차츰
차츰

차츰차츰

발행일	2022년 11월 4일

지은이	황중일		
펴낸이	손형국		
펴낸곳	(주)북랩		
편집인	선일영	편집	정두철, 배진용, 김현아, 류휘석, 김가람
디자인	이현수, 김민하, 김영주, 안유경, 신혜림	제작	박기성, 황동현, 구성우, 권태련
마케팅	김회란, 박진관		
출판등록	2004. 12. 1(제2012-000051호)		
주소	서울특별시 금천구 가산디지털 1로 168, 우림라이온스밸리 B동 B113~114호, C동 B101호		
홈페이지	www.book.co.kr		
전화번호	(02)2026-5777	팩스	(02)3159-9637

ISBN	979-11-6836-546-9 03810 (종이책)	979-11-6836-547-6 05810 (전자책)	

(주)북랩 성공출판의 파트너

북랩 홈페이지와 패밀리 사이트에서 다양한 출판 솔루션을 만나 보세요!

홈페이지 book.co.kr • **블로그** blog.naver.com/essaybook • **출판문의** book@book.co.kr

작가 연락처 문의 ▸ ask.book.co.kr

작가 연락처는 개인정보이므로 북랩에서 알려드릴 수 없습니다.

쓰고 그리며 완성한
홀가분함의 미학

차츰
차츰

황중일 지음

북랩

작가의 말

무엇이 재미있나? 고통과 좌절을 겪으면서 한 방울씩 흘러내리는 재미가 있는데, 글쓰기가 그렇다. 내가 초보의 늪에서 허우적대는 연필 스케치에도 그런 재미가 있다.

늙은 내가, 인생의 툇마루에 앉아서 해야 할 일은 글쓰기였다. 딱히 글감이 있지는 않았다. 도스토옙스키는 이런 말을 남겼다.
"사람은 누구나 소설가가 될 수 있다. 자기가 살아온 이야기를 쓰면 되니까."

편집부에서 내가 쓴 글의 장르가 뭐냐고 물었다. '자전적 에세이 소설'이라고 말했다. 그런 장르가 있는지 모르겠지만. 소설의 플롯을 염두에 두고 쓰기는 했다. 독자의 상상력을 초대하고 싶었으니까.

정지된 것이 움직이는 것보다 더 많은 감동을 줄 때가 있다. 한 장의 사진이나 한 점의 스케치처럼. 나는 그런 문장, 가다가 멈춘 듯한 문장을 쓰고 싶었다. 그 정지된 순간에 독자의 상상력이 은혜처럼 쏟아지기를 갈망했다.

차츰차츰

스케치 자화상으로 사진을 대신했다. 민망하고 부끄럽다. 나의 글도 마찬가지다. 이게 나다. 나라는 사람은 어쩔 수 없이 이렇다. 속죄하면서 고백하고 싶었다.

 글 쓰면서 좌절의 순간마다 외손녀 김하린을 생각했다. 종종 울었다.

 출판사 직원분들에게 감사드린다. 출판은 편집자의 예술이다.

 야외에서 새벽 수련을 지도해 주신 이영지 선생님에게 감사를 올린다.

 출판하라면서 끊임없이 나를 설득한 허유승 선생에게 고맙다는 말을 전한다.

 『차츰차츰』이 출판되기 전에 한 부만 별도로 제본해서 호스피스 병동에 있는 평생의 벗에게 주었다. 친구는 입원실에서 재미있게 읽었다며 이것저것 물어보기도 하고 내가 몰랐던 사실을 알려주기도 했다. 두 가지 버전의 『차츰차츰』은 내용이나 형식에서 적잖은 차이가 있다. 친구에게 준 『차츰차츰』은 내 마음대로 내 멋대로 쓴 글이다. 무엇보다 친구가 좋아해서 보람을 느낀다.

목차

작가의 말　4

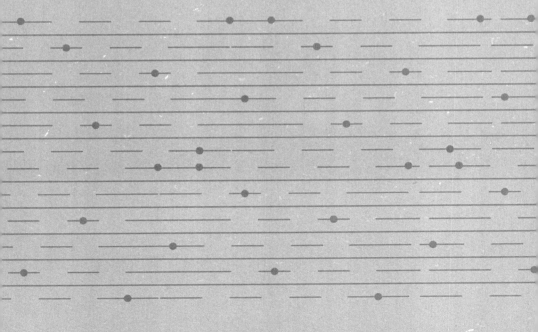

1.
너를 배우며

보고 싶다는 말을, 70년을 살고 해본다. 밤하늘의 별처럼 제 홀로 떠오르는 말이다. 너를 볼 수는 없지만 보이지 않는 너는 자나 새나 내 가슴에 있다. 나는 너를 배우고 싶다. 하지만 네가 나를 배울 필요는 없다.

나는 네가 아름답다고 상상한다. 시간의 시련을 이겨낸 사람은 아름답다. 미리 말해 두지만, 지금부터 내가 하는 말을 다 믿지는 마라.

휘트먼(Walter Whitman 1819~1892)이라는 미국 시인이 이런 말을 했단다.

"젊은 여자는 아름답지만 늙은 여자는 더 아름답다."

내가 스무 살 때는 그 시인의 수사학에 반했었지. 휘트먼은 목수였어. 그 밖에 인쇄공에서 건설 노동자까지, 막노동이라면 안 해본 일이 없었단다. 목수는 자신의 앎이 몸에 녹아든 사람이야. 머리로 아는 게 아니라 몸으로 아는 사람이지. 나는 목수를 존경해.

뜨개질이든 요리든 청소든, 누군가의 헝클어진 머리칼을 보듬어주든, 남을 위해 무엇인가를 하는 손은 아름답단다.

나이 들면서 선하고 아름다운 얼굴을 알게 되었어. 휘트먼이 진실을 말했다고 생각하게 된 거야. 세월을 견뎌낸 깊은 주름을 존경하게 되었지. 선(善), 존경, 신뢰, 이게 다 같은 말이야. 이런 말이 합쳐서 미(美)가 되는 거 아니겠니. 여자만이 아니고 남자도 늙어서야 아름다운 사람이 있단다.

다석(多夕) 류영모(1890~1981)는 우리말의 '아름다움'을 어떻게 풀이했는지 한번 들어보렴. 내가 이해한 대로 말해볼게.
아름다움은 '알음'에서 왔다. 알음은 안다는 뜻이다. 아름다움은 또한 '앓음'에서 왔다. 앓음은 '병을 앓다'처럼 아프다는 뜻이다.
아픔을 이기면서 알게 된 것, 세월과 함께 몸에 스며들어 체화된 앎, 그런 앎을 성취한 사람이 아름답다는 거야. 우리말의 '아름답다'는 본디 그런 뜻이라는 거야.
다석은 농부가 되고 싶어 했는데, 농부도 목수처럼 아름다운 사람이지.

내가 어렸을 때는 매일 밤 별을 보았단다. 북극성과 북두칠성이 가장 선명했지. 아는 별자리가 그거뿐이어서 그랬을지도 모른다. 밤을 밤답게 지키지 못한 탓에, 별을 보기가 점점 힘들어졌다. 네가 보려고만 한다면 금성과 은하수는 볼 수 있으리라. 인간이 도달할 수 없고 역사를 가늠할 수도 없는 아득한 존재를 볼 수 있다는 사실은 경이롭고 아름답다. 별도 우리처럼 태어났다 사라진다. 태양도 언젠가는 소멸한다. 자기 생을 마감하고 사라지는 것들은 눈물겹게 아름답다.

움베르토 에코는 이탈리아의 어느 천문대에서 자신이 태어난 날의 별자리를 볼 수 있는 행운을 누렸지. 에코가 얼마나 흥분하고 열광했는지, 죽어도 좋다는 느낌이었단다. 천문대에서 별자리를 찾는 너의 모습을 그려본다. 네가 별을 사랑하고 보아야 하는 까닭은 네 마음에 우주가 있기 때문이다.

모국어 사전을 뒤지는 일은 아름답다. 낱말 풀이나 정의(definition)는 일종의 동어반복이다. 소설가 김훈은 국어사전에서 새로운 인식을 얻을 수 없다고 탄식했다. 하기야 사전을 단어들의 거대한 공동묘지라고 말한 사람도 있단다. 하나의 단어는 그 단어가 꼭 필요한 자리에 놓일 때, 비로소 의미를 빛낸다. 그런 경우를, 나는 단어의 탄생이라 부르고 싶다.
네가 어떤 단어를 고정관념을 벗어난 틀에서 달리 정의한다면, 재미나겠지. 정의를 먼저 내리는 사람이 이긴다는 말은 중국 속담이다.

아름다움에는 스승이 없다. 아름다움은 창조하고 발견하고 찾고 만지고 느껴보는 것이다. 눈으로 볼 수 없는 아름다움도 많단다.

숲의 냄새를 맡아보아라. 네가 숲에서 숨 쉴 때, 새와 곤충과 동물과 온갖 미생물이 어우러져 숨 쉬던 수수 천년의 시간을 숨 쉬는 것이다. 나무 밑에 무엇이 있는지 살펴보아라. 벌레와 개미와 기생식물이 나무에서 떨어진 모든 것들을 이용한다. 나무의 뿌리가 뻗은 흙에서는 분해와 부패가 일어나는 부식토층과 그 밑에 미네랄이 풍부한 토양층이 있단다. 생명의 경이와 신비는 땅 밑에도 있지. 수수만년 태고의 숲을 경험하고 나면, 말로는 표현하기 어려운 아름다움도 많다는 것을 깨닫게 되리라.

네 주변의 모든 사람과 사물을 사랑으로 대하거라. 정성으로 섬기거라. 그러지 못할 까닭이 어디 있겠니. 생명과 더불어 생명이 없는 것까지 사랑하는 삶은 아름답다. 그런 삶을 산다면, 너는 네 안에 있는 하느님을 만나게 되리라.

나는 미래의 기억에서 너를 만난다.
너의 꿈 망울과 뜻 망울이 아름답게 피어나길 기도한다.

차츰차츰

2.
너를 떠나며

이가 흔들린다. 엄지와 검지를 입에 넣어 흔들리는 불안을 점검한다. 아프지는 않다. 이 하나가 툭 빠진다. 피 한 방울 흘리지 않고 이렇게 큰 이가 이리도 쉽게 빠지다니! 기다리고 있었다는 듯이, 이제야 해방되었다는 듯이, 늠름한 송곳니 하나가 떡하니 나를 치어다본다. 썩은 데도 없이 멀쩡하다. 야생의 본능과 함께 다이아몬드 하나가 내 입에서 빠져나왔다. 나는 송곳니를 깨끗이 씻어 물컵에 담가 둔다. 60년을 꿋꿋이 버텨주었으니, 고맙다.

야자수가 보이는 창밖으로 하얀 2층 건물이 언뜻 보인다. 무성한 아카시아에 가려진 그 건물은 바람결에 제 모습을 살짝살짝 보여준다. 나는 밖으로 나와 아카시아 길을 따라 천천히 걷는다. 5월의 아카시아꽃 향은 짙은 향수 같다. 머리가 어질어질하다. 나는 자석에 이끌리듯 2층 건물의 창이 보이는 쪽으로 간다. 2층은 그녀가 일하는 곳이다. 미루나무가 병풍처럼 둘러선 2층 건물의 마당에는 여러 종류의 차가 나란히 늘어서 있다. 미루나무는 빨리 자라지만 수명이 짧다. 1층 현관 왼쪽 독립된 주차 공간에 그녀의 은회색 승용차도 보인다. 그녀의 2층 집무실 창은 열려있다. 그녀가 자리에서 일어나 움직인다면, 그녀의 얼굴을 볼 수도 있다. 나는 우람한 아카시아에 몸을 기댄 채, 열린 2층 창문을 응시한다. 아카시아 꽃말 중에 내가 기억하는 건 '청순한 사랑'이다. 아카시아 향기는 달콤하고 관능적이다. 아카시아꽃 향에 취한 내 정신을, 내 몸이 나무라듯 말한다. 지금 네 짓거리가 전국에 생중계된다고 생각해봐. 잘못을 들킨 듯 생각이 쑥스러워한다.

〈위대한 개츠비〉의 개츠비는 가난 때문에 사랑하는 데이지와 헤어졌다고 생각한다. 먼 후일 그는 데이지의 집이 마주 보이는 곳에 저택을 마련하고, 매일 밤 흥청망청 파티를 열면서, 혹시라도 데이지가 나타나기를 기다린다. 그러나 나는 지금 빈털터리다. 나는 발각되지 않은 위조지폐다. 게다가 나의 몸은 망가질 대로 망가졌다. 나의 수치가 나를 구원할 수 있을까.

나는 아카시아 길을 올라와 그녀가 얻어준 한달살이 방으로 돌아와 짐을 챙긴다. 어디로 가야 하나? 나도 모른다.

대학노트 10권을 배낭에 넣으니 허전해 보이지는 않는다. 그 노트들은 1990년대 나의 독서일기다. 무슨 귀중품이라고 나는 그걸 챙겨왔다. 하긴 배낭을 채울만한 다른 것도 없었다.

5월의 마지막 햇살이 따사롭다. 끼니를 두 때나 걸렀지만 배가 고픈지도 모르겠다. 무슨 일이 생기면 꼭 전화하라고 그녀가 말했지만, 언제나 바쁜 그녀다.

차츰차츰

고등학교를 졸업했을 때, 내 가슴에 비를 뿌리던 노래, 카사비앙카(White House). 나는 그 하얀 2층 건물과 반대쪽으로 마음을 공글리며 곧장 걷는다. 걸어야 한다. 내가 지금 사람임을 증명할 수 있는 유일한 방법이다.

큰길로 들어서기 전에 조밀한 관목숲을 향해 나의 송곳니를 힘껏 던진다. 편히 쉬어라. 나는 이 섬에서 살아남을 수 있을까. 눈부신 5월의 하늘을 바라본다. 이마에 땀이 번지기 시작했다.

* 모든 게 살아있는 듯한 죽음이다. - 에곤 실레

* 안녕! 이 세상의 온갖 슬픔이 이 한마디에 있다. - 비트겐슈타인

3.

너를 보내며

폴 고갱의 〈타히티의 두 여인〉을 보면서 당신을 생각합니다. 당신의 얼굴이 보입니다. 건강하면서 수줍은 모습이 살갑습니다. 제주 화가 강요배의 〈칸나〉를 보면서도 당신을 생각합니다. 출렁이는 파도를 배경으로 한 야생의 빨간 꽃들. 넓고 푸른 잎사귀들. 자세히 보니 바람이 부네요. 바람은 자기를 한번 건너보라고 아우성칩니다. 그림 속 칸나는 바닷바람을 온몸으로, 흔들리는 몸짓으로 받아냅니다.

당신은 잊으셨겠지만, 나는 당신이 했던 말을 기억합니다.
"우리 술 한잔해요."
나는 놀랍니다. 당신이 그런 말을 다 하다니!
"술값은 제가 낼게요. 애 키우시려면 한 푼이라도 아끼셔야죠."
나는 당신의 낯선 놀림이 그저 좋기만 합니다. 당신은 안주도 없이 술을 잘도 마십니다. 직장생활이 좋은가 보다 생각했지요. 당신에게서 달보드레한 진달래술의 향기가 납니다. 그때는 몰랐습니다.

차츰차츰

당신이 전혀 술을 못한다는 사실을.

　내가 오산에서 서울로 이사한 뒤로 우리는 한동안 서로의 소식을 몰랐습니다. 우리 둘을 다 아는 사람을 내가 만난 건 우연이지만, 그래서 당신을 다시 만나게 된 건 필연일까요.

　어느 명품관에서 진주를 발견했습니다. 타히티 산 10㎜의 흑진주. 나는 그 흑진주에서 당신의 눈을 봅니다. 당신을 닮은 흑진주가 은은하고 영롱합니다. 당신에게 선물하리라, 나는 결심합니다. 면죄부를 사려는 중세인처럼. 나는 청담동을 들락날락 발품을 팔며 그 흑진주의 안녕함을 여러 번 확인합니다. 이런 명품은 인연이 닿아야만 살 수 있다고, 명품관 직원이 말합니다. 내가 그 인연을 끌어안으려 할 때, 당신이 결혼한다는 소식을 듣습니다.

　나는 지금 서귀포 앞바다를 바라봅니다. 실바람이 얼굴을 간지럽힙니다. 귤꽃이 하얗게 피는 5월입니다. 그때도 지금처럼 5월이었지요.
　우리는 길에서 마주 섭니다. 아직도 학생티가 가시지 않은 당신의 풋풋함. 당신은 나에게 뭔가를 건네면서 수줍게 말합니다.
　"축하해요."
　이 한마디를 남기고 당신은 종종걸음으로 되돌아섭니다. 나는 당신의 뒷모습을 멍하니 바라만 봅니다. 먼 길을 되돌아가야 하는 당신의 마음을, 나는 도무지 헤아리지 못합니다. 차 한잔하자는 한

마디 말조차 건네지 못합니다. 잠깐이면 되는 것을.

당신이 나에게 준 금반지는 내 생일 선물입니다. 나는 그날이 내 생일인지도 몰랐습니다. 그 선물을 결정하기까지 얼마나 많은 생각이 당신을 맴돌았을까. 나는 당신의 생일을 지금도 모르는데.

내가 사려고 했던 흑진주는 당신을 위해서가 아니라 나를 위해서였는지도 모릅니다. 그 흑진주가 당신에 대한 나의 모든 부끄러움을 가릴 수 있었을까요. 무엇보다 그런 선물에 마음이 흔들릴 당신이 아닌데도 말입니다. 분수에 맞게 살아야 한다고, 당신은 저를 탓했을지도 모릅니다. 나는 진정한 선물이 무엇인지도 몰랐습니다. 내가 초등학생일 때, 외국의 유명한 배우가 역시 유명한 여배우에게 결혼선물로 엄청나게 비싼 다이아몬드 반지를 선물했다는 방송을 듣고, 솔직히 그때는 이해하기 어려웠습니다. 다이아몬드가 사랑의 증거라면, 그게 무슨 사랑인가?

당신을 통해 나는 선물의 의미를 바로 알게 되었습니다. 내가 당신에게 꼭 주고 싶은 선물은, 당신의 초상화입니다. 그 무엇과도 바꿀 수 없는 선물, 연필로 그린 초상화. 당신이 영원히 알지 못할 나의 선물입니다.

당신과 완전히 헤어지고 나서, 나는 자주 악몽에 시달렸습니다. 내가 알지도 못하는 젊은 여자를 희롱하고 때리는데 여자는 그래도 웃기만 합니다. 여자는 계속 웃습니다. 꿈에서도 내가 이상하고 무섭다고 생각합니다. 좋은 꿈도 꾸었습니다. 내가 당신의 발을 씻어주는 꿈이었어요. 당신의 얼굴은 안 보이는데 어떻게 당신의 발인 줄 아는지, 신기하기만 합니다. 옅은 갈색의 작은 발이었습니다.

나의 조급한 심성을 달래주고 나의 설움을 씻어주었을 당신이 나를 떠난 것은 천만다행입니다. 나는 참된 사람을 몰라보는 사람이었습니다. 당신은, 당신 안에서 내가 온전할 수 있다는 희망을 준 첫 사람이었습니다. 우리가 함께 사진을 찍을 수 있었다면, 아마도 우리의 얼굴은 서로를 위해 태어났다는 기쁨으로 반짝였겠지요.

천경자 화백의 〈길례 언니〉를 보는데 당신 생각이 또 납니다. 타히티 여인과 길례 언니가 칸나를 들고 나를 바라봅니다. 당신의 얼굴이 곰비임비 피어오릅니다.

죽음에 대하여

나는 내 생일이 싫다. 다른 사람의 생일은 축하하고 선물도 보낸다. 축하 전보를 보낸 적도 많다. 지금은 우체국에서 축전을 취급하지 않는다. 우체국 가는 일이 점점 줄어든다. 편지를 쓰던 낭만은 멀리 사라졌다. 아련하고 애달다.

나는 생일 선물 받는 것이 어색하다. 축하한다는 말을 들으면 야릇한 죄의식을 느낀다. 다행히 나의 생일잔치가 많지는 않았다. 결혼하고 나니 사정이 달라졌다. 생각하지도 않았던 사람들이 찾아온다. 심지어 나의 생일을 기다리는 사람까지 생긴다. 나는 왜 평범한 즐거움을 누리지 못할까. 나도 궁금하다. 결혼 후 생일잔치는 장모님이 살아계신 처음 몇 해뿐이었다. 이제 내 생일은 스스로 알아서 나를 피한다. 다행이다.

나는 추석이 괴롭다. 고속도로를 가득 메운 귀성객들의 차량을 보면 우울하다. 고향을 찾아가는 사람들이 피난민 같다. 저들은 왜 저토록 고향을 못 잊는가. 귀성객들을 보면서 반성도 한다. 나는 왜 저들처럼 가족을 사랑하지 못할까. 왜 가족을 보면 서먹서먹해지는 것일까. 가족은 사람이 살아가는 존재 이유의 근원이라고 생각한다. 그런데도 추석이나 설날이 되면, 나는 핑계를 대고 가출할 궁리만 한다. 내가 태어날 때, 하느님이 깜빡 졸았나 보다. 어쨌든 나란 사람이 태어난 걸 보면, 하느님도 실수하신다. 하느님은 다시 태어나야 한다.

　사춘기 때, 자살하는 방법에 관심이 많았다. 자살의 명소로 알려진 샌프란시스코의 금문교(Golden Gate Bridge)에서 투신하는 짓은 내 취향이 아니었다. 백합꽃이 가득한 밀실에서 유럽의 어느 귀족이 질식사했다는 이야기도 마음에 들지 않았다.
　대학생일 때 에밀 뒤르켐의 〈자살론〉을 읽었다. 〈자살론〉이라는 제목에 속아서 그 방대한 연구서를 끝까지 읽었다. 훌륭한 책이었지만 나는 마지막 페이지까지 실망했다. 그 이후로 나는 자살의 사례에 관심을 기울였다.

　버지니아 울프는 돌멩이를 외투 주머니에 가득 넣고 강으로 걸어 들어가면서 세상을 등진다. 버지니아 울프의 아버지는 저명한 철학자였다. 그녀는 아버지에게 직접 교육을 받았고, 빅토리아 조 최고의 지성인들과 어울릴 수 있는 환경에서 성장했다. 그녀의 남편은 정치평론가였고 아내를 배려하는 노력이 가상했지만, 아내와 논쟁을 즐기는 사람이기도 했다. 버지니아 울프는 일기에서 자기 남편을 "신처럼 선량한" 사람이라고 말했다. 그녀는 유서에 이런 글을 남겼다.

"추행과 폭력이 없는 세상, 성차별이 없는 세상의 꿈을 간직하며…"

소설가, 시인, 전기작가, 그리고 유대인이었던 슈테판 츠바이크는 나치의 박해를 피해 브라질로 이주했으나 유럽의 미래를 비관한 나머지 우울증에 짓눌려 아내와 함께 수면제를 먹고 자살한다.

프랑스에 망명 중이던 발터 벤야민은 나치가 프랑스를 침공할 때 스페인으로 탈출을 시도하지만, 입국을 거부당한다. 스페인 국경지대의 포르부에 있는 호텔 방에서 그는 짧은 메모를 남긴다.

"나는 어떤 희망도 품을 수 없는 몹시 위험한 순간에 맞서 존재론적 판단으로 저항한다."

벤야민에게 '저항'은 자살이었다. 그는 모르핀 스물다섯 알을 지니고 있었다. 모르핀을 과다 복용하면 사망한다. 모르핀은 삶을 연장하기도 하고 끝내기도 하는 최고의 진통제다. 세계 지성사의 거인 벤야민은 타살이나 다름없는 자살로 세상을 떠났다. 그의 어떤 친구는 벤야민의 특성이 "심오한 슬픔"이라고 말했다. 스페인의 포르부에는 발터 벤야민을 추모하는 관광객들의 발길이 지금도 끊이지 않는다고 한다.

록 밴드 너바나의 리드싱어 커트 코베인은 헤로인에 취한 채 자기 머리에 총을 쏜다. 전설적인 기타리스트 지미 헨드릭스는 수면제

과다 복용 후 토사물에 코를 박은 채 죽는다. 커트 코베인과 지미 헨드릭스는 똑같이 27세에 생을 마감했다.

헤밍웨이는 사냥용 엽총을 제 입에 넣고 방아쇠를 당겼다. 헤밍웨이는 가장 사이가 좋았던 네 번째 아내 마리가 잠든 사이에, 고요의 심연에 폭탄을 던지며 악마의 모습으로 죽었다. 마리는 헤밍웨이에게 헌신적이었다. 헤밍웨이는 나쁜 남자로, 최악으로, 이기적으로 죽었다. 마리를 전혀 배려하지 않았다. 마초(macho)답지 않은, 어쩌면 가장 마초다운 죽음이었다. 헤밍웨이가 존경했던 그의 아버지도 권총으로 자살했다.

〈인간 실격〉의 작가 다자이 오사무는 내연녀인, 야마자키 도미에와 함께 강물에 투신한다. 그 두 사람은 각자 유서를 남겼는데, 도미에의 유서에는 이런 말이 있다.
"저만 행복한 죽음을 맞이해서 죄송합니다."
〈무진기행〉의 작가 김승옥이 스무 살에 다자이 오사무에게 심취했었다.
30대에 노벨 문학상 후보에 올랐던 미시마 유키오는 '덴노헤이카 반자이(천황폐하 만세)'를 삼창하고 공개적으로 할복자살한다. 일본 우익의 섬뜩한 모습이다.

천재기사 조훈현의 스승 세고에 겐사쿠는 1972년 84세에 자결한다. 조훈현이 병역문제로 귀국한 지 4개월 뒤였다. 세고에는 조훈현의 귀국을 누구보다 가슴 아파했다. 한창 뻗어나갈 애제자의 미래에 자갈이 물리고 말았으니, 자기의 존재 이유가 사라진 거나 다름없었다. 조훈현이 아홉 살 때, 소년의 기재를 알아본 세고에는 이렇게 말했다.

"이 아이는 내가 죽을 때까지 데리고 있겠다."

화불단행(禍不單行)인가! 1972년은 노벨 문학상 수상자인 절친 가와바타 야스나리가 자살한 해이기도 하다.

알퐁스 도데의 손자는 자기 아버지를 암살하도록 무정부주의자인 친구들을 설득한다. 친구들이 거절하자 아비를 죽이려던 그 아들은 자기 머리에 총을 쏜다. 알퐁스 도데는 죽은 손자를 옹호하고 변명하기 위해 동분서주한다.

들뢰즈는 아파트에서 투신자살한다. 몇 층인지는 몰라도 최소 5층 이상이었을 것이다. 그래야만 죽음을 보장할 수 있다. 들뢰즈는 식물인간이나 다름없었는데 잠깐 정신이 들었을 때, 죽을힘을 다하여 창가로 갔던 것이다. 철학자의 최후가 가엾다. 그럴 수밖에 없었던 들뢰즈를 애도한다.

미국의 소설가, 문예 창작과 교수, 1990년대 미국의 젊은이들을 대변하던 잘생긴 데이비드 포스터 월리스는 46세에 목을 매 자살한다. 1989년부터 2007년까지 강력한 항우울제를 복용하던 그는 자신이 데이비드 포스터 월리스라는 사실을 견딜 수 없어 했다고 한다.

안타깝다. 자살할 때는 살아있는 사람을 배려해야 한다. 강물에 투신하면 시체를 찾기 위해 애먼 사람들이 고생한다. 그런 식으로 죽으려면 생전에 기부를 많이 하거나 세금을 많이 냈어야 한다. 아파트에서 떨어지면, 성공적으로 떨어졌다 해도 보는 사람들이 충격을 받는다. 어떤 이는 평생 트라우마에 시달릴지도 모른다. 재수가 없으면 떨어지는 사람의 눈과 마주치거나, 더 재수가 없으면 충돌할 수도 있다.

단테의 〈신곡〉에서는 자살한 사람을 '자기 몸에 폭력을 가한 자'라고 부른다. 자기 몸에 폭력을 최대한 줄이는 것이 자살에 대한 예의이다.

애거사 크리스티의 소설에 나오는 살인은 거의 약물에 의한 것이다. 시체를 보고 토악질하는 장면은 없다. 애거사 크리스티는 병원 약국에 근무하면서 독극물을 관리한 경력이 있다. 그녀는 간호사이면서 면허가 있는 약제사였다. 나는 약물을 이용한 자살을 지지한다. 내가 가장 괜찮다고 생각하는 방법은 합법적인 안락사이다.

스위스는 1942년부터 비영리단체를 통한 안락사를 인정했다. 스위스는 외국인 안락사도 허용한다. 1988년 설립된 '디그니타스(DIGNI-TAS)'를 통해 한국인 두 명이 이미 안락사를 실행했다고 한다.

2021년 3월 18일 스페인 하원은 안락사 허용법안을 가결했다. 이날, 가톨릭 국가인 스페인의 보건부 장관은 "더 인간적인 사회를 향해 나아간 날"이라고 말했다.

아버지가 노환으로 입원하셨을 때. 나는 아버지가 편안히 빨리 돌아가시기를 바랐다. 어머니가 요양병원에서 코에 줄을 꿰고 계실 때, 나는 속으로 빌었다. 어머니, 이승의 안락은 다 동났어요. 기운을 내서 빨리 돌아가세요.

나는 왜 가족에게서 달아나려고 하는 것일까. 내가 법정에서 최후진술을 한다면, '가족을 너무 사랑하기 때문'이라고 말할 수밖에 없다.

장자는 아내가 죽었을 때 춤을 추었다고 한다. 죽음은 축제다. 나는 옛날부터 그렇게 생각했다. 장례식장에서 슬픈 척하는 일이 나는 정말 힘들다. 시체를 볼모로 장사하는 그런 데가 진짜 싫다. 나는 나의 죽음으로 산 사람들에게 최고의 선물을 주겠다고 일찍부터 다짐했다. 받는 사람들도 시간이 지나면 괜찮은 선물이었다고 생각할 것이다.

5.

편의점의 밤

그 여자는 새벽 한 시경에 들어와서 지난밤과 똑같이 행동했다.

죄송합니다. 좀 있다 갈게요.

수수께끼 같은 그 여인은 어제의 그 자리에 앉아서 어제처럼 돌부처가 되었다. 꽁지머리에 갸름하고 각진 얼굴, 30대 중반, 검정 오리털 파카와 빛바랜 청바지, 뒤축이 주저앉은 운동화, 어제처럼 오래 있겠지. 장 씨는 신경 쓰지 않았다. 손님도 없고 지루한 밤이었다.

장 씨는 여름 들머리에 편의점 야간 일을 시작했다. 처음에는 실수 연속이었다. 장 씨가 정신을 살짝 놓는 바람에 저지른 실수 하나를 소개한다.

술 취한 20대 여자가 들어온다. 조심하라고 경험이 말해준다. 현장의 경험은 버릴 게 없다. 그녀는 비틀거리며 닥치는 대로 물건을 가져온다. 그녀를 계속 주시하면서 가져온 물건의 바코드를 침착하게 찍는다. 그 손님은 성난 얼굴로 다시 물건을 가지러 간다. 때로는 분노가 충동적인 구매로 전이되는가 보다. 이때 다른 손님이 들어온다. 냉큼 '대기'를 누르고 새 손님을 응대한다. 또 손님이 들어온다. 손님이 없다가도 올 때는 밀려서 온다. 제일 먼저 온 젊은 여자 손님이 술내를 풍기며 한 무더기 상품을 계산대에 팽개친다. 깨질 물건이 없어 다행이다. 신속 정중히 보내야 할 손님이다. 이런 손님은 대체로 위험하다. 말없이 웃기만 했을 뿐인데도, 왜 반말이에요, 하면서 시비를 걸 수도 있다. 기다리는 손님에게는 눈웃음으로 양해를 구하면서, 술 취한 여자가 새로 가져온 물건의 바코드를 서둘러 찍는다.

손님들이 다 가고 다시 조용한 시간이 흐른다. 지각 대장인 후회가 어슬렁어슬렁 장 씨에게 다가온다.

아, '대기'를 해제하고 이어서 찍어야 했는데.

'대기'에 찍혔던 상품 값을 장 씨는 자기 카드로 결제한다. 장 씨의 속이 쓰리다. 그럴 수도 있지 뭐.

장 씨는 취객을 상대하는 게 제일 힘들다. 계산이 끝났다고 우기면서 그냥 나가려는 사람, 화장실에서 잠드는 사람, 억울한 일을 하소연하는 사람, 택시 불러 달라는 사람, 비틀거리다가 진열대의 상품을 떨어뜨리는 사람, 나라님을 욕하는 사람, 담배를 뜯은 다음 외상으로 달라는 사람, 마늘 냄새를 풍기면서 얼굴을 들이밀고 어디서 많이 본 것 같다고 치근대는 사람. 그래도 이런 정도는 양반이다. 혀 꼬부라진 여자들의 천태만상은, 현명하신 독자의 상상에 맡긴다.

일찍이 제주의 큰 별 김만덕 할망께서 '장사는 사람을 이해하는 일'이라고 말씀하셨다. 장 씨는 자기가 밤의 사회학, 밤의 심리학을 공부하는 중이라고 생각했다. 이제는 일도 익숙해지고 취객을 대하는 요령도 생겼는데 찬 바람이 불면서 손님이 눈에 띄게 줄었다. 겨울엔 원래 그래요. 점장은 가볍게 말했지만, 장 씨는 마음이 편치 않았다. 실수할지라도 정신없이 바쁠 때가 장 씨는 오히려 기뻤다. 환갑이 훌쩍 지나서 운 좋게 얻은 일자리가 정말 고마워서, 항상 주인의 마음으로, 자기가 주인이라고 생각하면서 일하는 장 씨였다.

〈사방팔방〉이라는 횟집에서 일하는 이모가 모처럼 얼굴을 디밀었다. 이모는 그 여자를 힐끗 보다가 장 씨에게 넌지시 귀띔했다. 저 여자 받자하지 마. 왜? 암튼 이상한 여자야. 이모는 그 여자가 왜 이상한지는 말하지 않았다. 그 여자는 새벽 5시 반쯤에 나갔다. 고맙습니다. 다소곳한 인사를 잊지 않았다. 장 씨의 근무시간은 23시에서 다음 날 07시까지였다. 주 5일 근무. 장 씨는 더 바랄 게 없었다. 장 씨는 콧노래를 부르며 지저분한 매장을 정리했다.

그 여자는 예약 손님처럼 0시 50분에 나타났다. 3일 연속 개근이었다. 우연히 마주친 타인. 공교롭게 같은 공간에 있게 된 타인. 낯익은 타인을 어떻게 대해야 하나. 장 씨는 숙제를 받아든 느낌이었다. 그 여자는 지금 갈 데가 없는 게 분명했다. 추위를 잠시 피하고 싶은 마음일 테고, 모른 척하면 될 일이었다.
장 씨는 01시 30분에 폐기 처리할 상품들을 확인했다. 온장고에 있는 베지밀 한 병의 바코드를 찍고 폐기 처리했다. 베지밀의 따스한 촉감이 좋았다. 폐기 식품은 근무자가 먹을 수도 있고 가져갈 수도 있다. 장 씨는 베지밀을 들고 자기도 모르게 그 여자에게 갔다.

"괜찮으시다면 이거 하나 드시죠."

장 씨는 수줍은 듯 어색하게 말했다. 여자는 사양하다가 일어나서 고맙다는 인사를 했다. 여자는 찬 손을 녹이듯 베지밀 병을 두 손으로 감싸 쥐다가 마침내 마시기 시작했다. 아주 조금씩. 홀짝홀짝. 장 씨의 목젖이 따스해졌다.

장 씨는 주말을 즐겁게 보냈다. 혹시나 해서 주말 야간 근무자에게 확인해 보았다. 아, 그 이상한 여자요. 제 근무 때는 안 왔어요. 왜 이상한 여자인지는 저도 몰라요. 그냥 사람들이 그렇게 말하던데요.

새로운 한 주가 시작되었다. 장 씨는 폐기 처리한 바나나 우유 한 개와 곰보빵 한 개를 그 여자에게 주었다. 그녀는 극구 사양하다가 공손히 받았다. 여자는 천천히 깨끗이 전부 다 먹고 나서 쓰레기를 처리하더니 냅킨을 뽑아 탁자를 닦았다.

다음 날 장 씨는 폐기 처리를 끝내고 여자의 몫을 챙겨 두었지만, 그 여자는 나타나지 않았다. 퇴근의 기다림으로 시간이 더디게 가는 밤, 힘겹게 04시가 지났다. 딸랑딸랑. 출입문의 종소리가 낭랑하게 울리며 문이 활짝 열렸다. 그녀였다.

깔깔깔.

여자의 웃음이 선득했다. 여자의 불콰한 얼굴이 광대 같았다.

여자는 장 씨에게 눈인사도 없이 바구니를 휙 뽑아 들더니 맥주가 진열된 곳으로 갔다. 눈이 개개풀린 중년의 사내가 건들거리며 뒤따라 들어섰다. 활짝 열린 문 사이로 칼바람이 들이쳤다. 실실 웃으면서 여자의 뒤태를 바라보는 사내의 눈빛이 음탕했다. 여자는 맥주 3병과 장충족발 하나와 2+1 사브레 3통을 담아왔다. 사내는 계산대 위로 카드를 휙 내던졌다. 장 씨는 그 여자를 못 본 척하면서 침착하게 결제를 마쳤다. 그 여자는 사내와 팔짱을 끼고 열린 문으로 사라졌다. 총을 쏘듯이 유쾌하게 웃으면서. 깔깔깔.

한동안 장 씨는 정신이 멍했다. 사람이 저렇게도 변하는구나. 연극을 본 듯했다. 정말 이상한 여자였다. 장 씨는 자신이 무시당했다는 생각은 하지 않았다. 상황에 따라 그럴 수도 있는 일이었다. 게임에서 모르는 게 나오면 패스하듯이, 그런 일은 그냥 패스였다. 그 후로 그 여자는 나타나지 않았다. 장 씨는 오히려 홀가분했다.

중국 관광객이 밀려들었다. 춘절(New Year Festival) 특수였다. 장 씨는 신바람이 났다.

'신니엔 콰이러'(새해 복 많이 받으세요).

'꽁스 파차이'(부자 되세요).

'짜이 찌엔'(안녕히 가세요).

장 씨의 어설픈 중국어가 본토 발음과 스스럼없이 어울렸다. 장 씨가 치매 예방을 위해 KCTV의 중국어 방송을 띄엄띄엄 보던 때였다. 더 열심히 배워둘 걸, 아쉽기 짝이 없었다. 장 씨는 중국 남쪽의 광저우에 가겠다는 새해 목표를 세웠다. 광저우에서 온 중국 손님과 전화번호까지 교환한 터였다. 짧은 영어와 필담과 손짓도 섞어가며, 하여튼 사람끼리는 통하기 마련이었다. 장 씨는 광저우에 가서 랍스터와 새끼 돼지 바비큐 요리를 먹고 싶었다. 나는 먹기 위해 산다고 주저 없이 말하는 장 씨였다.

중국 손님들은 싹쓸이 전문이었다. 바나나 우유를 왜 그렇게 좋아하는지 한 사람이 42개를 몽땅 쓸어가기도 했다. 담배도 보루 단위로 샀다. 중국 손님들은 워낙 자유분방해서 줄을 서지 않았다. 줄이라면 일본 사람들이 얌전하게 제일 잘 섰다. 영어 사용자들은 유쾌히 떠들면서도, 질서를 잘 지켰다.

손님이 한바탕 휩쓸고 지나가면, 장 씨는 '휴-' 할 때의 행복을 느꼈다. 벌써 06시였다. 장 씨는 매장을 정리하면서 노래 한가락을 흥얼거렸다. 이제는 애원해도 소용없겠지. 변해버린 당신이기에. 내 곁에 있어 달란 말도 못 하고 떠나야 하는 이 마음….

장 씨가 재고 점검을 마치고 근무일지를 작성할 때 사방팔방 이모가 들어섰다.

글쎄, 그 이상한 년이 자살했대. 경남 호텔 건너편에 공원 산책로가 있잖아. 거기 어딘가 소나무에 목을 매달았대. 독한 년. 백차에, 응급차에, 암튼 육이오 때 난리는 난리도 아니었대. 응? 가족은 없나 봐. 응? 무슨 사연인지 내가 어떻게 알아. 이상하긴 해도 사리 분별이 밝은 년이었는데. 다 제 팔자지, 뭐.

장 씨는 어리둥절하고 뒤숭숭했다. 뭔가 잘못되었다는 느낌이 들었는데 그게 뭔지는 알 수가 없었다. 자기 삶에 잠시 '대기'를 눌렀다가 나중에 환원시킬 수는 없었을까. 내가 그 여자의 자살을 방조한 것은 아니었을까. 폐기상품을 주지 않고 계속 모른 척했으면 어땠을까. 장 씨가 그 여자를 동정해서 폐기상품을 준 것은 아니었다. 그렇지만 주지 말았어야 했다는 생각을 떨치지 못했다. 후회라면 후회였다.

장 씨는 그 여자를 처음 보았을 때를 더듬어보았다. 그 여자의 첫인상은 고독한 자기 절제였다. 자존심이 꼿꼿해 보였다. 아직도 한창 젊은 여자였다.

그날 밤 깔깔대던 그 여자의 웃음이 세상을 조롱하는 것처럼 느껴졌다. 누가 말했더라. 한 사람의 인생을 이해하기 위해선 세계를 통째로 삼켜야 한다고.

장 씨는 문을 열고 거리를 살펴보았다. 어디선가 그 여자가 불쑥 나타날 것만 같았다. 제자리를 꼿꼿이 지키는 거리의 풍경을 향해 회오리바람이 몰아쳤다. 여전히 차가운 겨울이었다.

깔깔깔. 장 씨는 그 여자의 웃음을 애도했다.

6.
그 섬에서

　나는 넉 달 전에 이 섬에 왔다. 이 고등학교에 온 지는 한 달 남짓이다. 나는 타자의 소굴에 들어와 있다. 여기에는 다수의 타자가 있고, 나도 그들에겐 타자다. 지금의 내 자리는 어색하다. 어쩌다가 여기까지 오게 되었는지, 참담하다.

　학생부장이 2층 상담실로 올라왔다. 무슨 게임을 해도 내가 이길 수 없는 사람, 학생부장은 나에게 그런 사람이다. 상담실은 학생부 소속이다. 나는 매일 상담일지를 학생부장과 교감에게 결재받아야 한다. 아직은 상담이 없는 날이 더 많다. 상담일지를 결재받는 일도 우습거니와 결재받기 위해 상담하는 것은 아니다. 결재라는 절차를 존중하지만, 전자결재였으면 좋겠다. 오십 대 중반의 학생부장이 한마디 툭 던졌다.
　- 선생님, 혹시 라캉 좋아하십니까?
　뜻밖이다. 뭔가 혹 치고 들어오는 느낌이다.
　- 제가 좋아하기에는 너무 어려운 사람이지요.

- 그런데 라캉의 글에는 왜 수학 공식 같은 게 많은 겁니까?
- 프랑스 심리학자들은 수학도 전공한대요. 심리학은 소프트 사이언스(soft science)가 아니라 그냥 과학이다, 데이터 없이는 말하지 말자, 이런 전통이 있나 봅니다.
- 선생님은 심리학자 가운데 누구를 좋아하세요?
- 저는 〈피부 자아〉를 쓴 앙지외를 좋아합니다.
- 앙지외? 처음 들어보는데요.
- 앙지외는 상담자와 내담자 사이를 안아주는 자와 안기는 자로 설명했어요. 〈피부 자아〉는 피부가 뭐냐를 설명하는데 흥미진진합니다.
- 좀 더 자세히 말씀해 주시겠어요?
- 책 제목처럼 피부가 자아다, 두뇌, 나대지 마, 너도 나라는 피부가 없으면 존재할 수 없어, 뭐, 이런 느낌도 있고요. 외국 학자들의 글을 읽다 보면, 저도 모르게 고개가 끄덕여질 때가 많아요. 정말 공부 열심히 하는구나, 전공이 무엇이든 인문학의 깊이와 폭이 대단하구나, 연구비도 잘 나오는구나, 참 부러워요.

　앙지외는 라캉과 악연이 있어요. 라캉이 앙지외의 어머니를 상담했는데 자신의 논문에 필요한 자료를 뽑는 데만 신경을 썼나 봐요. 내담자를 이용한 셈이지요. 나중에 앙지외가 알고 분노했어요.
- 능력과 도덕이 비례하지 않는, 아, 루소가 생각나네요. 제가 대학 다닐 때 루소에게 반한 적이 있거든요.
　"인간은 자유롭게 태어나 어디에서나 쇠사슬에 묶여있다."

이 한마디에 팍 꽂혔지요. 그런데 자기 자식들을 보육원에 버렸잖아요. 능력은 있는데 사람됨이 문제가 되는, 어쩐지 씁쓸해요.

- 사람은 좋은데 무능한 경우도 많기는 하죠. 루소의 경우는 자식을 버린 아픔이 〈사회계약론〉이나 〈에밀〉 같은 저술의 원동력이 되지 않았을까 생각합니다. 프랑스 혁명이 일어나고 루이 16세가 감옥에 갇혔을 때 했다는 말이 재미있습니다.
"루소와 볼테르 그 두 놈 때문에 나의 왕국이 무너졌다."

- 선생님과 대화는 항상 즐거워요. 배울 것도 많고. 제가 누구랑 이런 말을 하겠어요.

- 김동리 선생이 "자네는 소설을 쓰게." 하셨다면서요?

- 쓰는 대신 읽기로 했습니다. 허허. 이런 말씀 드리긴 좀 뭣하지만, 제가 선생님을 추천할 때 잡음이 좀 있었어요. 연세가 너무 많다, 상담 전문가 자격증이 없다, 이명박 정부에서 청년 취업률을 높이려고 만든 자리인데 정부의 시책에 어긋나는 게 아니냐, 뭐 이런 말까지 나왔거든요. 학생들을 위해 어떤 선생님이 좋을까. 저의 기준은 이거 하나였어요. 그래서 방학 때 수당 한 푼 없는 비정규직에 선생님을 모신다는 게 예의가 아닌 줄 알면서도 제가 막 밀어붙였던 겁니다. 정말 고맙고 죄송합니다.

- 제가 고맙지요. 그런 걸 다 알고 계약서에 서명한 사람이 저니까요.

- 그렇게 말씀해 주시니 감사합니다. 아, 진짜 할 말을 빼먹었군요. 오늘 제주시 고등학교 학생부장들 모임이 있습니다. 한 달에 한 번씩 학교마다 돌아가면서 주관하는 모임인데 학생 지도에

관한 정보도 교환하고, 중요한 건 회식을 한다는 거죠. 하하. 선생님은 앞으로 그 모임에 특별회원으로 계속 참석하시게 됩니다. 정식으로 소개도 할 겁니다. 방과 후에 모시러 오겠습니다.

- 고맙지만 민폐를 끼치고 싶지 않습니다.
- 별말씀을. 아, 참. 교감 선생님도 당부하셨어요. 선생님 꼭 모시고 가라고. 선생님이 가시면 인기 많을 겁니다. 하하. 이따 뵙겠습니다.

학생부장의 유쾌한 모습을 처음 본다. 나도 기분이 좋다. 학생부장은 붙임성이 좋은 사람이다. 벗바리(뒤를 보살펴 주는 사람)가 어울리는 사람이라는 생각도 든다.

〈탈옥(Cool Hand Luke)〉이라는 영화에서 어머니의 사망 소식을 듣고 만돌린을 켜던 폴 뉴먼이 떠오른다. 내가 지금 여기에 있는 줄 어머니는 모르신다. 어머니는 내가 지금 살아야 하는 이유다.

한 끼를 해결하는 것은 중요하지만, 나 쉴 곳으로 빨리 가고 싶다. 남루하다. 아니, 아니다. 지금의 삶을 적극적으로 받아들이는 게 중요하다.

학생부장이 나를 소개하는 자리에서, 내가 학생부장을 '나의 각하'라고 소개하면 어떤 반응이 나올까?

7.
상담의 추억

김경민(2-5). 친한 친구 없음. 한 달 전에 부산에서 전학. 취미는 요리. 장래 희망은 일식 요리사(일본 유학 예정). 2남 중 막내. 형은 의대생(6년 터울). 아버지는 건축자재 자영업. 의사소통이 잘되고 부유한 가정. 왜소하지만 신체적 이상은 없음. 유전적 요인은 아닌 듯.

- 경민아, 찾아와서 고맙다.
- 고맙긴요, 뭘.
- 경민이는 뭐가 젤 맛있니? 좋아하는 음식이 뭐야?
- 복어탕이요.
- 맑은탕, 매운탕?
- 지리요. 아, 복지리를 복맑은탕이라고 하나요?
- 그렇게 말하자고 주장한 사람이 있어. 복어 회는 먹어봤니?
- 아니요. 엄청 비싸다던데.
- 싼 것도 있어. 복어는 종류가 많고 맛도 종류마다 달라. 복어
  회는 바닥이 비칠 정도로 얇게 썰어야 해.

차츰차츰

- 왜요?

- 육질이 단단해서. 나중에 배우겠지만 회나 고기는 어떤 두께
로 어떻게 써느냐에 따라 맛이 달라져. 소동파는 황복 회를 먹
고 나서 이 정도 맛이면 목숨을 걸 만하다고 했어.

- 선생님은 복어 회 드셔 보셨어요?

- 여러 번. 진짜는 못 먹어봤어. 황복 회는 두 번이나 먹을 기회
가 있었는데 인연이 닿지 않았어. 그런데 경민이가 어떤 일로
왔는지 궁금하네.

(경민의 얼굴이 갑자기 어두워진다.)

- 이야기한 불행은 더는 불행이 아니라고, 어떤 시인이 말했어.
괜찮아. 다 털어버려.

(쩝, 하고 경민이가 입맛을 다신다.)

- 녹차 한 잔 할래?

- 예. 고맙습니다.

(이럴 때 음악이 있으면 좋겠다. 차이콥스키의 피아노 협주곡 제1번.)

- 학교에 적응이 안 돼요. 꿈이 요리사라고 했더니 애들이 주방
장이라고 막 놀려요. 키 작다고 얕보기도 하고 육지 것이라고
무시하기도 해요. 지들도 그 육지 것들 덕분에 먹고 살면서. 그
리고 귀양 온 육지 선비들에게 배운 것도 많잖아요.

- 그래. 경민이가 말을 잘하네. 두 가지만 말해볼까. 놀림과 육지
것. 나도 고등학생일 때 KBS라는 놀림을 받았어. 그때는 갈비
씨를 그렇게 불렀어. 열등감이 없었던 건 아냐. 그렇지만 인간
이 육체만의 존재는 아니잖아. 좋다. 나는 정신의 크기를 보여

주마. 이렇게 생각하니까 별로 상처를 안 받았어. 내가 태연하니까 더 놀리지도 않더라.

- 아, 그렇군요. 저는 신경질적으로 반응했거든요. 그랬더니 떼창을 하면서 놀려요. 아, 무반응, 이제 좀 알 거 같아요.

- 그리고 주방장은 나쁜 말이 아니야. 세프(chef)가 주방장이야. 요리사라고도 하지. 친구들이 놀리느라고 그런 말을 했어도 말 자체가 놀리는 말이 아니잖아.

- 제가 많이 무식했네요.

- 요리사는 대단히 창의적인 직업이야. 의사인 형보다 네가 공부를 더 많이 해야 할 거야. 말이 나온 김에 의사와 요리사의 공통점은 뭘까?

- 둘 다 사람이고 '사'자가 붙는다는 거.

- 좋았어. 정말 중요한 공통점이 뭘까? 잘 생각해봐.

- 난센스 퀴즈는 아닐 거고, 음, 생각한다는 게 의외로 힘드네요.

- 힘들지. 그래서 생각 없이 사는 사람들이 많은 거야. '의식동원(醫食同源)'이라는 말을 아니?

- 의식을 동원한다구요?

- 약과 음식은 뿌리가 같다는 뜻이지.

- 아, 알겠어요. 그런데 약사와 요리사의 공통점이라고 해야 맞는 거 아닌가요?

- 아니지. 의사가 처방하고 약사는 처방전에 따라 약을 짓고.

- 아, 그렇지. 둘 다 사람을 살리는 일을 해요.

- 빙고! 나중에 경민이는 형하고 말할 기회도 많아질 거야. 의사도

음식을 알아야 하니까. 환자에게 어떤 음식이 좋은지 아는 건 의사의 의무야. 의대에서 그런 걸 얼마나 가르치는지 모르겠지만.

(뭘 말하다 이렇게 되었는지 모르겠다. 주제가 뭐였더라? 나는 메모지를 슬쩍 곁눈질한다. 그렇지. '육지 것')

－ 모든 섬에는 '육지 것'이라는 표현이 있어. 나는 제주도에 와서 '육지 것'이라는 말을 처음 들었을 때, 막 웃었어. 4.3사건의 영향이 아니더라도 육지 것들이 잘난 척하고 사기도 많이 쳤겠지. 나도 제주 토박이라면 그런 말을 썼을 거야.

－ 그건 선생님이나 그런 거죠. 육지 것이 멸시고 욕인데 불초 소생이 웃는다면 그건 바보이거나 위선이죠.

(재미있는 녀석이다.)

－ 그런가. 이렇게 생각하면 어떨까? 나는 너희들이 생각하는 그런 육지 것이 아니다. 따라서 내가 육지 것이라는 말에 민감하게 반응하거나 화를 낸다면, 결국 너희가 말하는 육지 것에 정당성을 부여하는 셈이 된다. 너희가 그런 표현을 쓰는 것도 까닭이 있겠지만, 나는 그냥 쿨하게 받아들이겠다. 경민이 생각은 어때?

－ 아버지도 그러셨어요. 그냥 허허 웃으면서 참으래요. 사회에 나가면 고등학교 동창도 힘이 된다고. 친구가 없으면 안 된다고. 고등학교 친구가 오래 간다고. 걔들도 지금은 어려서 그런다고. 저도 무슨 말인지 다 알겠어요. 그런데요, 사실은 제가 눈물이 많아요. 창피해 죽겠어요. 정말 미치겠어요.

(경민이가 갑자기 흐느낀다. 이럴 때 음악이 있으면 정말 좋겠네. 비틀즈

의 〈렛잇비〉. 나는 경민에게 티슈를 건넨다.)

- 운다는 건 자기 감정에 충실하다는 거야. 상황에 따라 조절할
  필요는 있겠지만 자기 감정에 충실한 건 나쁜 게 아니야. 감정
  은 이성이 모르는 걸 알거든. 나도 잘 울어. 이산가족이 만날
  때도 울고, 책을 읽다가도 울고, 드라마를 보다가 울지 않는 주
  인공을 대신해서 울기도 하고, 어린 시절 나에 대한 글을 쓰다
  가도 울고.

(경민이가 눈물 젖은 티슈로 입을 가리고 충혈된 눈으로 나를 빤히 바라
본다.)

- 그런데 제가 정말 적응할 수 있을까요?
- 지문이 어떻게 생겼는지 아니?
- 몰라요. 똑같은 지문이 없다는 건 알아요.
- 엄마 뱃속에서 태아는 갖가지 작은 스트레스를 받는대. 스트
  레스가 계속되면서 손가락의 연한 살가죽이 파이고 이 미세한
  선들이 나중에 고정되면 지문이 된다는 거야. 엄마 뱃속에 적
  응하는 과정에서 지문이 생긴 거지. 진화론의 핵심도 적응이야.
  변화에 가장 빠르게 적응한 종이 살아남는 거잖아. 엄마도 태
  아에 적응하지 않으면 안 돼. 그래야 애가 탈 없이 밖으로 나와.
  모든 생물에게 적응은 필연이야. 선택이 아니라고. 경민 군은 어
  떻게 생각하십니까?

(경민이가 엷은 미소를 띠며 자기 지문을 바라본다.)

- 선생님, 감사합니다. 지문이 그런 건 줄 몰랐네요. 지문이 존경
  스럽네요.

42

- 경민이는 이미 적응해 온 거야. 엄마 뱃속에서 시작해서 태어
난 다음에는 낯선 환경에 적응하고, 부모에게 적응하고, 유치원
에 적응하고, 이미 경민이는 적응의 용사라고.
- 첩첩산중이네요. 사회, 군대, 일본에 유학 가면 또 적응해야 하
고. 지금 적응은 아주 작은 거네요. 피할 수 없으면 즐기라고
했는데. 킬킬.
- 경민이 너 강의해도 되겠다. 적응 전문 강사. 김경민.
- 킬킬킬.
- 불교에서 말하는 자타불이(自他不二). 너와 내가 둘이 아니라 하
나라는 뜻이지. 차별을 없애고 서로 다름을 이해하고 존중한다
는 거잖아. 더 나아가 나를 버리고 너에게 맞춘다는 거, 적응이
이런 거잖아. 그래서 적응은 아주 중요한 철학적 주제가 될 수
도 있어.
- 남녀 간의 사랑이라면 가능합니다.
- 자타불이가 사랑의 다른 이름이야. 그래서 모든 고등종교가
사랑을 강조하는 거야.
- 어렵고 신기하네요. 적응을 새로운 관점에서 보게 된 것만으로
도 많은 공부가 되었습니다.
- 자, 입장을 한 번 바꿔보자. 역할 놀이인데, 나는 너고 너는 나
야. 자, 내가 먼저 시작한다. 선생님, 적응에 대해서 한 말씀 해
주시죠.
- 저더러 상담 선생 역할을 하란 말씀입니까? 이런 경우는 또 처
음이네요.

- 이런 놀이를 혼자서 가끔 해보는 것도 좋아. 자, 시작.

- 진짜 미치겠네. 음. 적응이란 말일세. 킥킥.

- 컷. 다시, 아, 빨리 좀 끝냅시다. 선생님.

- 적응은 쓰나 그 열매는 달다. 학생, 열심히 하게.

- 고맙습니다. 열심히 노력하겠습니다. 짝짝짝.

- 아, 쪽팔려. 선생님 또 와도 돼요?

- 언제든지.

- 진짜 속이 후련하네요. 선생님, 감사합니다.

나는 조금도 후련하지 않았다. 내 입으로 죄를 늘린 것만 같다. 한 인간의 영혼을 기웃거리는 것 같아 상담은 언제나 조심스럽다. 그런데 속이 메스껍고 뭔가 허전한 느낌이다. 왜 이럴까.

내가 적응에 대해 경민에게 한 말은 내가 들어야 할 말이었다.

차츰차츰

8.

수상한 동거

장 씨는 새벽의 소리에 눈을 떴다. 새벽은 새들의 시간이다. 장 씨는 침대에서 일어나 고집스러운 미닫이문을 열었다. 방문을 벗어나 오른쪽으로 방향을 틀고, 삐걱대는 마루를 서너 걸음 걷다가 오른쪽 벽에 붙은 뻑뻑한 미닫이 중문을 열었을 때, 장 씨는 흠칫 한발 물러섰다. 아득한 기억의 늪에서 한 단어가 천천히 떠올랐다. 벤!

스무 살 무렵 〈윌라드〉라는 영화에서 본 쥐들의 지존, 벤. 벤은 윌라드라는 고독한 청년의 친구였다. 지금 장 씨와 맞닥뜨린 쥐는 인기척에도 도망칠 기미가 없었다. 쥐의 본능을 잊은 쥐. 우아한 쥐꼬리가 몸통보다 훨씬 길었다. 이 구역의 벤인가? 장 씨의 모든 감각이 곤두섰다. 문득 〈윌라드〉에 나오는 악역 전문 배우 어니스트 보그나인이 생각났다. 그 순간 그 쥐는 잽싸게 사라졌다. 쥐가 나타난 곳은 옛날에는 방이었을 한 칸 정도의 공간이었다. 방 끝에는 부엌으로 통하는 여닫이문이 있는데 여닫을 때마다 곡하는 소리가 났다. 장 씨는 그 문을 늘 열어두었다. 늙은 장 씨가 더

늙은 문을 배려하는 마음에서였다.

지금 장 씨가 빌려 사는 집은 오래된 시골집이었다. 마당 풀이 사람 키만큼 하고, 온갖 벌레들이 자기들의 세상을 마음껏 누리는, 빌려주는 주인이 오히려 미안해하던 낡은 집이었다. 장 씨는 쪽마루에 걸터앉아 아침 햇살을 온몸으로 받아들였다. 몸처럼 마음도 따스해졌다.

여름은 물것들의 천국이었다. 모기향을 피우면 견딜 만했다. 이 집에는 장 씨를 움찔하게 하는 명물이 하나 있었다. 전투력 막강한 상위포식자, 지네. 야행성인 지네가 왜 대낮에도 설설 꿈틀대는지 정말 모를 일이었다. 장 씨가 진짜 모를 일은, 지네를 애완용으로 기르는 사람들의 심리였다. 지네에게 물어는 보았니, 너도 날 사랑하느냐고? 모든 사랑에는 폭력이 숨어 있다.

지네의 천적인 닭을 길러볼까, 장 씨는 그런 생각을 전혀 해본 적이 없다. 지네는 부엌에서만 출몰했다. 한 번도 장 씨의 문지방을 넘어서지 않았다. 서로의 경계를 존중하는 것. 장 씨가 생각하는 공존의 전제조건이었다.

장 씨의 방에 메뚜기 한 마리가 들어왔다. 그 메뚜기는 이리 폴짝 저리 폴짝 나갈 길을 찾는 모양새였다. 호기심이 왕성한, 장래가 촉망되는 메뚜기였다. 장 씨는 그 메뚜기를 믿었다. 장 씨의 믿음대로 메뚜기는 미로를 헤치고 제 갈 길로 되돌아갔다, 장 씨가 초등학교에 다닐 때는 '곤충 채집'이라는 여름방학 숙제가 있었다.

문방구에서 곤충 채집 표본을 팔기도 했다. 애처롭고 애틋하다.

장 씨가 사는 방 천장은 가운데가 불룩 주저앉았다. 임신한 천장이었다. 쥐들은 밤마다 천장에서 달음질했다. 쥐들은 달리기를 사랑했다. 장 씨가 어렸을 때 살았던 집의 천장도 쥐들의 운동장이었다.

천장의 한 가운데가 찢어지고 불운한 쥐 한 마리가 장 씨의 머리 꼭지로 떨어지면 어떻게 될까? 장 씨에게는 진지한 실존적 질문이었다. 장 씨는 책을 몇 권 겹쳐놓고 발돋움하여 천장의 불룩한 부분에 가만히 손을 대 보았다. 청진기를 든 의사처럼. 내려앉은 부분은 두툼하고 묵직했다. 여러 층이 겹친 느낌이었다. 보기보다 견고하다고 장 씨는 생각했지만 터무니없는 자기 위안일지도 몰랐다.

천장의 양 끝 움푹 파인 곳에는 거미줄이 걸려있었다. 거미는 보이지 않았다. 그 너덜너덜한 거미줄은 오래된 흔적이거나 끈질긴 함정이었다. 이 집에는 거미줄이 많았다. 재래식 화장실 안에도 처마 밑에도 귤나무들 사이에도 거미줄 천지였다. 거미는 장소마다 생김새가 달랐다. 장 씨는 최소한 네 종류의 거미를 관찰했다. 놀랍게도 처마 밑의 거미는 천연색이었다. 장 씨는 그 거미의 아름다움과 크기와 민첩함과 잔인함에 두루 놀랐다. 처마 밑 그 거미는 자기보다 큰 먹이를 거미줄로 칭칭 감으면서 닥치는 대로 물어뜯었다. 거미줄을 포승줄로 사용하는 놈은 처음 보았다. 일용할 양식을 위한 전투가 끝나면 그 거미는 시야에서 사라졌다. 진짜 자기 집으로 들어간 모양이다. 외래종이 들어와 터를 잡은 듯하다.

바퀴벌레는 장 씨 방의 고객이었다. 딱따구리가 좋아하는 바퀴벌
레는 고양이처럼 제 몸을 깨끗이 핥는다. 기특하게도 사람을 물지
않는다. 흑갈색 광택을 뿜내며 바퀴벌레는 유유히 벽을 가로지른다.
장 씨의 검지만큼 큰 바퀴벌레. 저 정도 크기라면 충분히 날 수도 있
다. 한 번도 나는 것은 못 보았다. 점잖은 녀석이다. 잡식성의 대가인
놈이 나타나면 잔망스러운 파리나 모기는 잠시 숨을 죽인다. 여기
바퀴벌레는 방바닥을 기지 않는다. 체통에 어긋난다는 듯이. 참 마
음에 드는 바퀴벌레다. 신세대 바퀴벌레들은 단것이라면 질색이다.
달콤한 살충제를 먹고 비참하게 죽어가는 조상들을 보았기 때문이
다. 어떤 재소자들은 바퀴벌레를 애완용으로 애지중지한다. 지네와
거미와 바퀴벌레. 이들의 공통점은 지극한 모성애다.

침대는 장 씨의 성이었다. 침대의 높이는 장 씨에게 신분 상징
(status symbol)이었다. 침대만 침입하지 않는다면 어떤 벌레나 곤
충이 방안에 들어와도 괜찮았다. 아무리 임시 주인이라도 사람의
도리가 있는 법인데, 장 씨의 앞날이 걱정된다.

어느 늦저녁에 장 씨의 방으로 쥐새끼 한 마리가 들어왔다. 정말
쥐의 새끼, 어리고 여린 쥐였다. 방문만 열면 통풍이 잘되어 시원
한 집이라, 방문을 열어둔 게 화근이었다. 문턱을 힘겹게 넘었을
그 새끼 쥐는 어, 이게 아닌데, 하는 눈치였다. 귀여웠다. 독 안에

차츰차츰

든 쥐는 본 적이 없어도 친숙한데, 방 안에 든 쥐는 보면서도 낯설었다. 어린 쥐의 보호자가 벤이고 방문 밖에 있을지도 모른다는 생각에, 장 씨는 천천히 침대에서 몸을 일으켰다. 기억력이 뛰어나지만 세 치 앞을 못 보는 쥐. 쥐뿔도 모르는 놈. 네 요놈. 다행히 새끼 쥐는 후다닥 문턱을 넘어 줄행랑을 놓았다.

때아닌 방 청소를 끝내고 땀을 식히면서 장 씨는 자신의 마지노선이 언제 무너질지 모른다는 불길한 예감에 사로잡혔다. 변화가 필요한 때였다. 그러나 장 씨는 조용히 읊조릴 뿐이었다.

사도 요한이시여, 어찌하여 당신은 파리나 쥐를 당신의 이웃으로 인정하셨나이까?

9.
슬픈 기쁨

이가 흔들려. 지구도 흔들리는 데 뭘. 이는 항상 흔들릴 준비가 되어있는 거야. 흔들리는 이를 엄지와 검지로 살살 흔들다가 뽑아버렸어. 뽑았다기보다 저절로 빠졌어. 저런, 송곳니였어. 싯누런 송곳니는 늠름했어. 썩은 데도 없고, 단단해. 볼수록 잘 생겼어. 나는 오늘 하루도 진화했어. 죽음을 향해 진화한 거야.

아침저녁으로 제3 한강교를 지날 때마다 빠져 죽고 싶었대. 죽어야지, 죽어야지 하면서 못 죽었대. 어느 날 갑자기 멀쩡하던 치아가 흔들리기 시작했다지 뭐야. 스물여덟 개의 치아가 단결해서 흔들흔들했다지 뭐야. 너무 무서워 살고 싶었대. 나 말고 다른 사람 이야기야.

내가 제주도에 홀로 왔을 때, 필연처럼 우연히 고마운 분을 만났다. 그분이 말고기도 사주고 전복도 사줬다. 죽이었으면 정말 좋았을 텐데 생전복이었다. 임플란트는 먼 나라 이야기고, 틀니라도

차츰차츰

시급한 상태라 생전복은 그림의 떡이었다. 나는 주방 이모에게 살짝 익혀달라고 부탁했다. 입에 마닐마닐한 게 그리웠다. 고마운 그분이 손사래를 쳤다. 날로 드셔야 몸에 더 좋습니다. 나는 전복을 우물우물하다가 그냥 삼키고 말았다. 목구멍이 놀라서 아야, 아야, 했다. 나는 그때 오른팔을 들 수 없었다. 생니가 빠지는 판에 팔인들 온전할까. 하여튼 만세를 한 번 불러보는 게 소원이었다. 운동장에서 뛰놀며 철봉에 매달리는 아이들이 더없이 화사했다.

나는 오른손으로 천천히 음식을 건져 올린 다음 내 입을 음식에 갖다 댔다. 상체가 온통 끌려갔다. 나의 부자연스러운 몸짓을 아무도 눈치채지 못했다. 고마운 바보들.

내 인생이 왜 이렇게 되었을까, 생각할 틈도 없이 나는 이 집으로 왔다. 이 집은 그 고마운 분의 생가였다. 나는 단독주택의 임시 관리인이 되었다. 집은 마음 편히 울 수 있는 곳이다. 집은 옛 기억을 위로하고 새 기억을 만든다. 나는 이제 만세도 부르고 날전복도 씹을 수 있는 몸이 되었다. 재래식 화장실을 사용하는 게 불편하지도 않다. 오른팔은 언제부터인지, 정말 나도 모르는 사이에 정상이 되었다.

나는 지금도 안다. 어딜 가야 비데 화장실을 이용할 수 있는지. 골프장은 확실하지만, 택시를 타야 한다. 호텔은 믿을 만해도 100%는 아니다. 어떤 도서관은 첫째 칸 화장실만 비데다. 병든 오른팔 덕분에 알게 되었던 길거리 지식이 제법 쏠쏠하다.

나는 이 집에서 고요를 배웠다. 밤이 거룩하다는 사실도 알았다. '고요한 밤 거룩한 밤(silent night, holy night)'을 새로운 귀로 듣게 되었다.

이 집에서는 여름에도 밤이 길게 느껴진다. 텔레비전이 없으니까 밤이 아주 길다. 밤이 길다 보면 별을 알게 된다. 밤은 별 볼 일 없는 인생을 별 볼 일 있게 만든다. 헤라클레이토스[1]는 말했다.

"해가 져야 저녁별을 볼 수 있다."

같은 말을 다석(多夕)은 이렇게 표현했다.

"태양을 꺼라."

그동안 내가 만났던 밤은 다 가짜였다. 대낮같이 환한 밤을 좋은 밤이라고 생각하며 헛살았다. 늦게라도 밤의 고마움과 가치를 알게 되어 다행이다.

움베르토 에코는 스페인의 갈라시아에 있는 과학박물관의 초청을 받았다. 에코의 출생일인 1932년 1월 5일과 6일 사이, 이탈리아의 알렉산드리아 밤하늘을 구경하는 특권을 누렸다. 에코 인생 최초의 밤이었다. 그 15분 동안 에코는 너무도 행복한 나머지 죽을 수도 있다는, 아니 죽어야만 한다는 느낌이 들었다고 한다.[2]

별을 보기가 점점 힘들다. 별은 고사하고 달을 보기도 쉽지 않다. 이제는 제대로 별을 보려면 천문대나 과학박물관에 예약해야 한다. 날씨의 운도 따라야 한다. 달 없는 그믐밤이 별을 관찰하기에 최고라고 다석(多夕)은 말했다. 다석이 살았던 시절은 그랬으리라.

---

1) 소크라테스 이전, 고대 그리스의 철학자 (BC535~BC475). 지구의 자전운동을 주장했다고 전해진다.
2) 움베르토 에코, 〈소설의 숲으로 여섯 발자국〉 (손유택 옮김. 열린책들, 1998)에서

대기가 흔들리면 별빛도 흔들린다. 그래서 별이 반짝이는 것처럼 보인다. 이제는 옛날처럼 별 보기가 힘들다고 탄식하는 사람이 없다. 정말 별을 보고 싶다는 사람이 몇이나 될까.

말을 끊으니 삶이 편안하다. 대화할 사람도 없다. 말을 끊으면 정신이 맑아진다. 말하는 입에 안식년을 준 것 같아 기쁘다.

제임스 조이스와 마르셀 프루스트가 처음 만났을 때, 서로 아무 말이 없었다고 한다. 프루스트가 열한 살 연상이다. 이를 두고, 인간은 누구나 어느 정도의 자폐적 성향이 있다고 어떤 이는 말했다. 우습다. 꼭 말을 해야 하나? 서로 말이 없어도 전혀 불편하지 않은 사람들도 있다. 프루스트와 조이스의 경우, 사실은 각자 상대에 대해 비슷한 뒷말을 했다고 한다.

"호감이 가지 않아요. 나는 그 사람이 쓴 것은 거의 읽지 않았어요."

실제는 상대의 작품을 상당히 읽었을 것이다. 비위가 뒤틀려 읽던 책을 집어 던질 때까지. 그래도 비트겐슈타인과 칼 포퍼가 처음 만났을 때보다는 훨씬 인간적이다.

나에게 말고기와 날전복을 사주었던 그분이 친구와 함께 찾아왔다. 친구분이 놀랍게도 텔레비전을 가져왔다.

"형님, 사람 사는 집에 텔레비전은 있어야죠. 이번에 벽걸이 텔레비전을 장만했어요. 그렇다고 이거 고물 아닙니다. 아주 멀쩡해요. 새거나 다름없어요."

손님 둘이 서둘러 텔레비전을 설치했다. 마음도 마음이지만 저 무겁고 거추장스러운 것을 어떻게 차에 실었을까. 나라면 꿈도 못 꿀 일이었다. 유쾌한 소란이 계속되었다.

"잘 나와?"

"안테나 위치를 조금 바꿔봐."

우리 집에 처음 텔레비전을 설치하던 날, 환하게 웃던 막내 여동생의 얼굴이 스쳐 지나간다. 두 사람은 손발이 척척 맞는다. 나는 그저 웃기만 한다. 이럴 때는 어떻게 거들고 어떤 말을 해야 할지 모르겠다. 나는 마음을 드러내는 태도가 늘 빈약하다. 고맙다는 말도 제대로 못 할 때가 많다.

텔레비전 하나가 조용하던 집을 잔칫집으로 만들었다. 적막하던 집안에 웃음꽃이 활짝 피었다.

"형님, 어때요. 잘 나오죠. 쌩쌩하네. 이제 한잔하러 갑시다."

그분은 술을 안 마신다. 그분의 친구와 나는 거나했다. 헤어지기 전에 그분의 친구가 말했다.

"형님, 저한테도 '각하'라는 말 한번 해주면 안 됩니까?"

"각하가 둘이면 나라 꼴이 어찌 되겠소?"

나의 TV 안식년은 그렇게 끝났다. 고독(solitude)의 기쁨도 이제는 안녕이었다. 아, 슬픈 기쁨이여.

10.
벌레를 위하여

꿩 한 마리가 마당을 거닌다. 까딱까딱. 나비들은 나무 사이를 날렵하게 넘나든다. 채송화나 국화는 나비들을 바라보기만 한다. 나비들은 화려하다. 흰 나비, 검은 나비, 노랑 나비, 분홍 나비가 아니다. 흰 점이 박힌 검은 날개, 빨간 테두리의 투명한 날개, 갈색 바탕의 흰 점박이 날개, 이렇듯 이름 짓기도 힘들게 나비의 날개 모습이 다채롭다. 장 씨는 나비의 색상과 크기에 놀란다. 여기 나비들은 한 번도 거미줄에 걸린 적이 없다. 석주명(石宙明, 1908~1950) 박사가 제주도에서 관찰했던 그 나비들일까?

석주명은 세계적인 나비 학자 이전에 '제주학'의 선구자다. 우리 문화의 원형이 남아 있는 제주도를 사랑했고 제주도방언집 등 6권의 제주도 총서를 남겼다. 석주명은 제주도 나비를 56종으로 분류했다. 그중에서 제주도 전역에 분포하는 15종의 이름은 듣기만 해도 황홀하다.

제주왕나비, 흰뱀눈나비, 은줄표범나비, 긴은점표범나비. 들신선나비, 작은멋쟁이나비, 큰멋쟁이나비, 줄흰나비, 제비나비, 산제비

나비, 산호랑나비, 긴꼬리제비나비, 활나비, 유리창떠들석팔랑나비, 제주도꼬마팔랑나비.[3]

가락지장사나비(상공 1,500m 이상), 큰녹색부전나비(1,000m 이상), 도시처녀나비(1,400~1,000m), 부처사촌나비(1,400m 이하) 같은 나비 이름도 있다니!

나비와 나방을 통틀어 인시류(鱗翅類)라고 한다. 나비와 더불어 생각나는 인물은 석주명 외에 〈롤리타〉의 작가 블라디미르 나보코프(1899~1977)가 있다. 〈롤리타〉로 유명해지기 전에 그는 미국에서 나비 전문가 또는 곤충학자로 근근이 생계를 이어갔다.

이브가 에덴에서 쫓겨날 때 나비들이 따라갔다고 한다. 나비는 환경에 예민하다. 나비가 나타나지 않는 곳은 살충제가 살포된 지역으로 보면 된다. 나비는 오랜 세월 인간 가까이에서 인간을 관찰해 왔다. 나비는 인간이 잊어버린 인간의 비밀을 많이 알 것이다.

검은 고양이 한 마리가 명아주풀 사이에 웅크리고 있다. 길고양이인지는 모르겠지만 낯익은 녀석이다. 장 씨가 어렸을 때는 사방에 널린 게 명아주였다. 시금치의 사촌인 명아주. 명아주를 따 가면 어머니가 나물로 무쳐주셨다. 새큼하니 맛있었다. 명아주 나물무침은 장 씨의 시각과 촉각과 후각과 미각의 정체성이었다. 명아주는 갖가지 미생물의 밥이 되기 때문에 땅을 기름지게 한다.

---

3) 〈한국의 르네상스인 석주명〉 윤용택 지음. 궁리, 2018. p.265

지금 장 씨가 바라보는 마당은 기름지다.

노벨 문학상 작가인 헤르타 뮐러(1953~ , 루마니아 태생의 독일 소설
가)의 〈숨그네〉에 명아주 이야기가 나온다. 1940년대 소련의 강제
수용소에 끌려간 죄 없는 사람들은 배고픔의 극한상황에 내몰린
다. 봄이 되면 그들은 명아주를 줄기째 뜨거운 물에 삶는다. 시금
치 맛이 난다. 국물은 수프가 되고 녹차처럼 마시기도 한다. 명아
주 이파리를 절여 생으로 먹기도 한다. 미생물뿐 아니라 굶주린 인
간에게도 명아주는 밥이다.

앞집의 흰둥이가 컹컹대며 풀숲에 나뒹군다. 푸드득, 장끼 한 마
리가 날아오른다. 언제 왔는지 까투리와 함께 멀리 날아간다. 흰둥
이는 꼬리를 흔들며 장 씨에게 아는 체를 한다. 검은 고양이는 흰
둥이가 안중에도 없다. 코앞에 흰둥이를 두고 낮잠을 즐기기도 한
다. 흰둥이는 순둥이다.

마당에는 매일매일 상추가 자란다. 장 씨가 자식 키우듯 하는 유
기농산물이다. 귤나무밭에는 깻잎들이 우거졌다. 저절로 자라는
깻잎들인데, 어쩌면 이 집의 터줏대감일지도 모른다. 오가피는 귀
족이다. 장 씨가 오가피 좋은 줄은 알면서도 그 쓰임새를 몰라서,
장 씨 손을 타지 않는 오가피는 귀족으로 남게 되었다.

앞집에 사는 김 씨가 약통을 짊어진 채 장 씨를 찾아왔다.
"안녕하세요. 제초하다 약이 좀 남았는데, 음, 제가 여기다 좀 뿌
려드릴까요?"

장 씨는 잠시 머뭇거리다가 말했다.

"혹시 제초제를 뿌리면 땅속에 사는 곤충들이 죽을까요?"

"거의 다 죽는다고 봐야죠."

"그렇군요. 고맙습니다만, 그냥 제가 뽑을게요. 감사합니다."

장 씨는 알았다. 이제 떠날 때가 되었음을. 김 씨의 호의를 호의로만 받아들일 수는 없었다. 자신은 어쩔 수 없는 이방인이었다. 장 씨는 집 관리에 무능했다. 동네 사람들이 얼마나 혀를 찼을까. 집주인의 재산권을 침해한다는 생각도 들었다. 그런데 장 씨에겐 뻔뻔한 철학이 있었다.

'나는 신세 질 만한 사람에게만 신세 진다. 그래서 나는 누군가에게 평생 은혜를 갚는 영원한 빚꾸러기가 되고 싶다.'

장 씨는 '신세'의 유효기간이 임박했음을 알았다. 그리고 동네 사람들이 자기를 가리켜 "벌레도 죽나요? 그 사람."으로 부른다는 것도 알았다.

마당을 조금만 들추면 굼벵이들이 바글거렸다. 장 씨의 마당에는 최소 3개 사단의 굼벵이들이 있었다. 앞마당에는 흑갈색, 터알에는 옅은 흑갈색, 귤밭에는 황갈색 굼벵이들이 우글우글했다. 굼벵이 외에도 이름 모를 벌레나 곤충들이 많았다. 수돗가 근처에는 지렁이가 나타나기도 했다. 돌을 밀치면 다윈이 사랑했다는 딱정벌레가 기어 나왔다.

14대 달라이라마가 뉴욕을 방문했을 때, 이런 질문을 받았다고 한다.

차츰차츰

"아이들에게 가르쳐야 할 가장 중요한 게 뭘까요?"

"곤충을 사랑하도록 가르치십시오."

장 씨가 굼벵이를 사랑하는 방법은, 그냥 내버려 두는 것이다.

장 씨는 솔직히 어떤 게 잡초인지도 몰랐다. '잡초' 하면 아메리카 인디언들의 속담이 떠오를 뿐이었다.

"잡초야 말로 대지의 친자식이나 다름없다."

잡초의 씨앗은 새들의 양식이 되기도 한다. 잡초가 있으면 벌레와 곤충들이 모여들기 마련이다. 그래서 이웃들이 장 씨를 못마땅히 여긴다는 것을 장 씨도 모르지는 않았다. 잡초를 뽑으면 어떤 일이 벌어질까. 김 씨와 이웃이 좋아한다. 무질서가 질서로 바뀐다. 어떤 벌레에게는 날벼락이 떨어진다.

장 씨는 예의상 풀을 조금 뽑지만, 허리가 너무 아프다. 씨이익, 씨이익, 우렁찬 울음소리가 들린다. 수컷 여치다. 여치는 육식성이다. 장 씨가 두리번거렸지만, 여치는 보이지 않았다. 장 씨는 냉수를 들이켜고 쪽마루에 앉아 숨을 골랐다.

장 씨는 언뜻 비명을 들은 듯했다. 기연가미연가하다가 다시 까무룩 잠에 빠졌다. 야간 일을 하는 장 씨에겐 낮에 푹 자는 일이 중요했다. 고통의 소리. 픽, 하는 소리. 장 씨는 눈을 감은 채 귀를 열었다. 짐승의 소리. 고통을 긁어내는 듯한 소리가 처절했다. 나는 고통의 소리를 얼마나 알고 있었을까? 장 씨는 잠을 밀치고 일어나 찢어진 창호지 틈을 통해 밖의 동정을 살폈다. 커다란 검은 개 한 마리가 수돗가에서 비틀거렸다. 피범벅 검은 털이, 밤송이 가시처럼 곧추선 털들이 부르르 떨 때도 몽둥이찜질은 계속되었다. 그 개는 고통에 헐떡이며 어떤 야만을 향해 애원하고 있었다. 개는 아직 죽지 않았다.

장 씨는 마루로 나갔다. 쪽마루로 통하는 미닫이문을 열려고 할 때, 장 씨는 자신을 향한 총구를 발견했다. 마주 보이는 김 씨네 창문 틈으로 길게 뻗은 은회색 총열이 반짝였다. 못 보던 젊은이가 한쪽 눈을 질끈 감은 채 총을 겨누고 있었다. 총구는 분명히 미닫이문을 겨냥했고, 문을 열면 장 씨의 가슴과 연결되는 위치였다. 장 씨는 다시 방으로 들어왔다. 헛것을 보았을까. 냉수를 벌컥벌컥 들이켰다. 정신이 번쩍 들었다. 어떤 결기가 치밀었다. 손바닥으로 마른세수하고 다시 마루로 나간 장 씨가 문을 활짝 열지는 못한 채 다시 한 번 밖을 살폈다. 총구는 사라졌다. 청년도 보이지 않았다. 검은 개도 안 보였다. 피범벅이 된 몽둥이를 든 사내가 대문 없는 문 쪽에 멀찍이 떨어져 있었다. 50대 중반. 건장하고 험상궂은 얼굴이었다. 뺨의 흉터가 훈장 같았다. 기억하기 좋은 얼굴이었다. 사내는 씩씩거리며 누군가와 말하는 듯했다. 상대를 확인할 수 없었지만 김 씨는 아니었다. 처음 보는, 그래서 더욱 잊을 수 없는 그 사내가 땅바닥에 침을 퉤 뱉었다. 모르는 차종의 트렁크 문이 열렸다. 사내는 허리를 굽혀 뭔가를 들어 올렸고, 곧이어 트렁크 문이 탁 닫혔다. 차는 사라지고 마당은 고요했다.

장 씨는 밖으로 나가 피의 흔적을 따라가 보았다. 수돗가에서 시작된 핏자국은 문까지 이어졌다. 입구에는 고인 피가 홍건했다.

개가 여기서 마지막 숨을 거두었으리라. 이 모든 일이 꿈이라면. 장 씨는 어찌해야 좋을지 몰랐다.

장 씨는 그 검둥이가, 누군가가 다정히 쓰다듬어 주었을 그 개가, 자기 대신 죽었다는 생각이 들었다. 장 씨의 몸이 후들거렸다. 자신의 무기력과 비겁함에 장 씨는 몸을 떨었다.

한 달 후, 장 씨는 유효기간 계산에 약간 착오가 있었던 그 집을 방문했다. 수도와 전기요금 고지서가 쪽마루에 흩어져 있을 게 분명했다. 장 씨는 집 입구에서 멈춰 섰다. 왠지 잘못 찾아온 것만 같았다. 딴 세상이었다. 마당은 풀 한 포기 없이 깨끗했다. 입구에서 쪽마루까지 예쁜 디딤돌이 징검다리처럼 박혀있고, 마루는 반짝반짝 윤이 났다. 터알이었던 자리는 받침대 위의 화분들이 온갖 자태를 뽐냈다. 전지를 좀 해야지, 누군가 지나면서 혀를 끌끌 찼던 귤나무밭은 흔적도 없이 사라져 공터로 변했다. 시원하게 넓었다. 상전벽해였다. 한 달 만에 이런 변화가 가능하단 말인가! 장 씨는 조심스럽게 안으로 들어가보았다. 마루에서 어떤 사내가 마치 기다리고 있었다는 듯이 장 씨를 반갑게 맞이했다. 사십이나 넘겼을까. 장 씨보다 훨씬 젊고 잘생긴, 무엇보다 김 씨가 좋아할 듯한 인상이었다.

"안녕하세요. 저 여기 살던 사람인데요."

"아, 예. 어서 오세요. 말씀 많이 들었습니다."

무슨 말씀을 많이 들었을지 장 씨는 뜨끔했다.

"전기세, 수도세 고지서 혹시 못 보셨나요?"

"제가 다 냈습니다. 아, 됐습니다. 됐어요. 몇 푼 되지도 않는데 뭐 그런 걸 가지고."

"고맙습니다. 이 집이 진짜 주인을 만났네요. 이렇게 변하다니. 꿩도 날아 오곤 했었는데."

"아마 꿩은 안 올 겁니다. 약을 많이 쳤거든요. 게네들은 냄새로 다 알아요. 얻는 게 있으면 잃는 게 있고, 어쩌겠습니까, 허허."

"집을 가꾸시느라고 고생 많으셨습니다."

"조그맣게 게스트하우스를 운영해 보려고 하는데 할 일이 태산입니다. 언제든지 놀러 오세요. 환영합니다. 허허."

사내는 친절하고 말씨도 엇구수했다. 이웃들과 어울리는데 아무런 문제가 없어 보였다. 그 집과 집주인을 위해서도 썩 잘된 일이었다. 장 씨는 자신이 부끄러웠다. 돌아오면서 장 씨는 기쁘면서도 허전했다. 웬 까닭인지, 알 수 없는 감정들이 서서히 물보라를 일으켰다. 지나간 삶의 장면들이 낡은 사진첩처럼 하나씩 펼쳐졌다.

사라진 거미와 굼벵이들, 돌아오지 않을 꿩과 나비들, 피 흘리던 검은 개의 애절한 눈, 야만의 몽타주와 섬뜩한 총구, 먼 길을 쫓아와 찐 고구마 하나를 건네주던 어머니, 내가 안 보일 때까지 바라만 보시던 풀솜 할머니, 쓰레기통을 뒤지던, 인도에서 본 뼈가 앙상한 하얀 소, 먼 옛날 울면서 집을 뛰쳐나오던 소년, 질병처럼 아프기만 하던 덧없는 젊음, 혼돈의 기쁨과 질서의 슬픔, 이 모든 것들, 견디고 견디다가 결국은 죽어야 하는 그 모든 것들을 애도하며, 장 씨는 만화방창 승승장구하는 자본주의를 웃음으로 매질했다.

11.
약수동 친구

약수동의 그 친구는 과묵했다. 내가 대학에 들어가자마자 그 친구와 가깝게 된 까닭은 바둑 때문이었다. 그 친구는 바둑을 꽤 잘 두는 편이었고 나는 그 친구를 두 점 접어줄 정도의 실력이었다. 넓은 방에서 친구와 나는 팝송을 들으며 시간을 잊은 채 바둑을 두었다. 친구의 방에는 토스터가 있었다. 폭신한 식빵과 딸기잼과 커피도 있었다. 그 방은 한쪽에 놓인 침대가 작아 보일 만큼 여유가 느껴졌다. 친구의 방은 나에겐 궁전이었고 낭비처럼 여겨지는 공간이었다. 그 공간은 무언가 성취하도록 유혹하는 나의 오랜 그리움이기도 했다. 훔치고 싶은 공간이었다. 그러나 나는 친구의 침대에 한 번도 내 몸을 던져본 적이 없었다. 친구의 어머니는 다정하고 우아하셨다.

바둑판 앞에 앉은 나에게 허락된 작은 공간, 바둑을 둘 때만큼은 누구도 침범할 수 없는 그 작은 공간을 지키기 위해 나는 허리를 곧추세우고 열심히 바둑을 두곤 했다.

그 친구는 대학 입학 전에 흉막에 염증이 생겨 오랫동안 입원했었다. 병원에서 그는 음악에 빠졌다. 신청곡을 받는 모든 라디오 음악 프로의 전화번호를 꿰뚫고 있었다. 자신이 예측한 전화번호의 끝자리까지 미리 다이얼을 돌려놓고 기다리다가 예상이 맞았다고 판단한 순간 검지를 살짝 떼었다. 그런 수법을 쓰는 사람이 그 친구만은 아니었겠지만, 친구는 가히 신의 손이었다. 연결될 때마다 자신의 이름을 댈 수는 없으니까, 삼청동에 사는 아무개입니다, 정릉에 사는 아무개입니다, 친구들의 이름을 둘러댔다. 전화가 연결되면 신청자들은 거의 공통된 말을 했다. 어디에 사는 아무개입니다. 저를 아는 모든 사람과 이 음악을 함께 듣고 싶습니다. 천편일률이었다. 개성이 예의를 지키며 눈치를 살피던 시대였다. 당시 청춘들의 음악은 팝송이나 포크송이었다. 쎄시봉과 통기타는 어느덧 청년문화를 상징하는 말이 되었다. 명동의 뮤즈, 종로 1가의 르네상스는 고전음악 감상실이었다. 나하고는 거리가 먼, 좀 있어 보이는 친구들이 가는 곳이었다.

몇몇 여자 친구들(female friends)이 음악을 잘 들었다면서 나에게 전화했다. 뜻밖이었다. 나는 처음에 무슨 소리인지 어리둥절했다. 그 친구가 내 이름으로 몇 곡이나 신청했는지는 모르겠다. 그 친구가 나에게 말했다.

"〈렛잇비(Let It Be)〉하고 〈검은 상처의 블루스(Broken Promises)〉를 네 이름으로 신청했어. 그 두 곡이 네 이미지와 닮았다고 생각했거든. 너를 생각하면서 신청한 건 그 두 곡뿐이야."

그 친구는 졸업 후에 캐나다로 투자 이민 갔다. 낯선 세상에 뿌리내리기 위해 정신없이 바쁠 때, 친구는 모처럼 짬을 내 낚시하러 갔다. 친구는 자리를 잡고 힘껏 낚싯줄을 던졌다. 물고기를 낚아 올리기 위해 안간힘을 쓰던 현지인들을 경탄하며 바라만 보던 친구였다. 기다릴 틈도 없이 휙, 챔질과 찌릿한 손맛. 그러나 기대보다는 작은 숭어였다. 다시 한 번! 낚싯줄을 던지려는 찰나, 꺽다리 경찰 아저씨가 다가왔다.

"Would you show me your fishing license?(낚시 허가증 보여주시겠습니까?)"

친구는 "없다"고 솔직히 말했다. 꺽다리는 인적 사항을 적고 사진을 찍더니 싱긋 웃으면서 "굿럭(Good luck)" 하고 돌아갔다. 한국이나 캐나다에서 경찰을 마주 볼 일이 없었던 친구는 급히 낚싯줄을 거두고 '낚시 허가증'을 어디에다 신청하는지부터 알아보았다.

며칠 후 친구는 법원에 출두하라는 통지서를 받았다. 눈앞이 캄캄했다. 교회에 가서 선배 교포들에게 물어봐도, 벌금 좀 내면 될 거라고 대수롭지 않게들 말했다. 아직 현지 영어에 능통하지 않았던 터라 친구는 법정에서 할 말을 쓰고 고치고 다시 썼다. 써달라고 부탁할 사람이 없지는 않았으나 친구는 자존심이 강했다.

"나는 낚시 허가증 없이 낚시했습니다. 나의 잘못을 인정합니다. 나의 잘못에 대한 법적인 판단을 겸허히 받아들이겠습니다. 나는 10개월 전에 이 나라에 투자 이민자로 온 사람입니다. 낚시에 허가증이 필요하다는 사실을 몰랐습니다. 우리나라에서는 허가증 없이 낚시합니다. 그러나 이 나라의 문화를 존중합니다. 존경하는 재판장님. 나의 자식 둘이 지금 여기서 초등학교에 다닙니다. 아버지가 법을 어긴 사람이라는 것을 자식들이 알게 될까봐 가슴이 아픕니다. 정신없이 살다가 처음 해본 낚시였습니다. 지금은 낚시 허가증이 있습니다. 이상입니다."

친구는 벌금 한 푼 내지 않고 홀가분하게 법정을 나섰다. 외국의 법정에서 당당하게 말한 친구가 자랑스럽기만 하다. 친구가 가끔 귀국할 때마다 술도 마시고 바둑도 두었다.

나는 제주도에 와서 휴대폰 번호를 바꾸었다. 뭐든 바꾸고 싶던 때였다. 마침 아내가 나를 찾아와서 아들의 말을 전했다. 가족이 전부 할인을 받는다나 뭐라나, 내가 요금을 내지 않아도 된다고 해서 허겁지겁 휴대폰을 바꾸었다. 아내와 함께 최신형으로 바꾸었다. 이상하게도 그 과정에서 전화번호 같은 정보가 많이 사라졌다. 나는 대탐소실이라고 생각하며 그냥 넘어갔다. 나는 지금도 내가 사용한 전화 요금을 내지 않는다. 지나고 보니 썩 괜찮은 아들이었다. 그러나 결과적으로 소탐대실이었다. 그 친구의 연락처가 없어졌다. 나는, 나를 내버려 두세요(Let it be)를 외치는 검은 상처의 블루스였다.

미안하다, 친구야.

12.
불멸의 드러머

약수동 산동네에는 또 다른 친구가 살았다. 시집간 누님의 반지하 단칸방에 빈둥빈둥 얹혀사는 친구였다. 내 절친의 고향 친구였는데 나하고도 금방 친구가 되었다. 그 친구는 프랑스 배우 장폴 벨몽도처럼 생겼는데 미남으로 통했다. 후리후리한 그 친구는 도시 밑바닥의 퇴폐미를 풍겼고 그런 느낌이 나에게는 매력적이었다. 초등학교만 졸업한 그는 자기 친구들이 대학생이라고 자랑했다. 그 친구의 누님은 산동네까지 찾아오는 우리를 기특해하시고 대견하게 여기셨다. 그때마다 우리는 누님의 가난에 죄지은 듯 몸 둘 바를 몰랐다. 그 친구는 당당하고 낙천적이었다.

"야, 너 혹시 매형 눈치 보면서 사는 거 아냐?"

"천만에. 우리 매형, 사람이야 좋지. 가끔 막걸리도 같이 마셔. 내 가장 친한 친구들이 대학생이라고 말하면, 껌뻑 죽지. 이래 봬도 나는 밥값을 하는 백수야. 니들 물지게 져봤어? 새끼줄에 매단 19공탄 양손에 들고 눈보라 휘날리는 산비탈 올라가 봤냐고. 니들이 인생을 맨몸으로 부닥쳐 보았느냐, 이 말씀이야."

그 친구의 꿈은 드러머였다.

"드럼은 아무나 치는 게 아니야. 리듬감이 죽여줘야 하거든. 손발이 각자 놀아야 해. 머리 나쁘면 못한다 이 말씀이야. 드럼은 모든 악기의 조상이야. 백남준이 피아노를 쓰러뜨리는 퍼포먼스를 했는데, 건반악기를 타악기로 사용한 거야. 그 퍼포먼스는 아울러 노동이야. 암, 위대한 노동이지. 피아노를 쓰러뜨리는 정확히 계산된 힘이 없으면 위험하다, 이 말씀이야. 예술이 노동이라는 걸 알아야 해, 알긋냐?"

우리는 딱히 그 친구에게 들려줄 만한 이야기가 없었다. 그저 친구의 꿈을 응원할 뿐이었다.

"백남준의 편지를 어떤 책에서 본 적이 있는데 한자가 너무 많아. 가방끈이 짧으면 불편하다는 걸 그때 처음 알았다. 또 처음 알은 게, 이 사람에겐 동양과 서양이 공존하는구나. 절대로 날라리가 아니구나. 니들도 백남준을 알아둬라. 알아서 남 주냐. 백남준이 말년에 당뇨 때문에 백내장 수술을 못 받았어. 니들 같은 먹물들은 눈을 소중히 여겨야 한다, 이거야. 알긋냐."

어느 날 미래의 드러머는 우리 둘을 나란히 앉혀놓고 트윈 베이스 드럼을 연습했다. 돈이 없어 드럼학원에 못 가는 친구를 위해 우리는 기꺼이 우리의 몸을 악기로 헌납했다. 친구는 우리의 어깨와 가슴을 쿵쿵 따 쿵쿵 따 입소리를 내면서 손으로 두드리다가, 이건 브러시 스틱으로 치는 거야 하면서 우리의 뺨을 간지럽게 살살 두드리다가, 침방울 튕기며 챙, 챙, 구음(口音)을 내다가, 따귀를 때리듯 찰싹찰싹 우리의 볼을 친 다음, 재빨리 자기 몸을 신나게 두드렸다. 따다, 따다, 챙챙, 챙. 나중에 안 일이지만, 트윈 베이스 드럼은 전용 페달을 이용해서 발로 연주하는 악기였다. 역시 한참 나중에 안 일이지만, 자기의 몸과 얼굴을 타악기처럼 두드리면서 노래했던 가수가 미국의 바비 맥퍼린이었다.

그 친구는 맨손으로 때로는 젓가락으로 열심히 드럼 치는 연습을 했다. 친구는 종종 건들거리며 걸었다. 리듬을 타는 중이라고 했다. 그럴 때는 슬럼가의 흑인처럼 보였다.

내가 고등학교 선생이 되었을 때, 그는 내 친구가 고등학교 선생이 되었다고 자랑하며 다녔다.

어느 여름밤에 집에 돌아온 나는 발을 씻고 바늘에 실을 꿰었다. 발바닥에 물집 잡힌 곳마다 실을 꿴 바늘을 조심스럽게 찔렀다. 실을 타고 체액이 흘러내렸다. 바늘 소독을 하는 게 원칙이지만 나는 특별히 신경 쓰지 않았다. 나의 발바닥이 워낙 귀족인지라 여름이면 겪는 행사였다. 하필이면 그때 미래 드러머의 전화를 받았다. 보고 싶은데 나올 수 없느냐, 용건은 간단했다. 통금이 있던 시절이었지만, 간단히 술 한잔하고 돌아올 수 있는 시간이긴 했다. 야, 발바닥이 나를 노려본다. 좀 있으면 여름방학이니까 그때 만나. 실컷 보자고.

며칠 후에, 보고 싶어도 볼 수 없는 그 친구를 만나러 나는 그의 고향으로 내달았다. 물왕리 저수지에 빠진 여자를 구하려다가 그 친구는 죽고 여자는 살았다. 영안실도 없고 문상객도 없었다. 약수동 삼총사 가운데 우리 둘은 7월의 태양 아래 현기증을 느꼈다. 누님은 우리를 붙잡고 통곡하셨다. 존재를 뒤흔드는 충격적인 소리, 피아노 쓰러지는 소리가 들렸다.

결혼하고 여름방학 때 물왕리 처형네에 놀러 갔다. 아내의 큰언니가 사는 곳이었다. 맏사위 큰형님은 대대로 고향을 지켜 오신 분이었다. 물왕리 저수지가 원래는 큰 형님네 소유였는데 일제 강점기에 몰수당했단다. 큰형님은 풍류를 아는 분이었고 약주를 좋아하셨다. 자식 같은 나를 무척 귀여워하시며 술을 권했다. 나는 아내보다 처가가 더 좋았다.

나는 깜짝 놀랐다. 물왕리 저수지에 빠진 젊은 여자를 구하려다 죽은 젊은이의 시신을 건져 올려 수습한 사람이 바로 큰형님이었다. 그때 물집 잡힌 발바닥을 질질 끌면서 내가 그 친구를 만났더라면, 그 친구의 인생 시계는 물왕리 저수지를 비켜 갔을 텐데. 오랫동안 억눌렸던 죄책감이 조금은 가시는 듯했다. 그 친구는 불멸의 드러머로 내 가슴에 다시 살아났다.

* 내가 어렵게 운구차에 실리고 있는데 다른 친구들처럼 날 들어주지도 않고 날 위한 시를 쓰지 못한 네가 무슨 친구냐며 시인이냐며 그런 시인 친구 필요 없다며 양지 공원 어두운 한낮에 흩어진 별빛들이 구름의 목울대를 가득 채우며

　　　　　　　　　　　　　　　　　　　　　　　차츰차츰

(중략)

고등학교 졸업 앞둔 겨울방학 함께 바다에 가자며 넌 시인이 꿈이니까 나중

에 시인이 되면 날 위해 시를 써주라며 바닷가에 글씨를 쓰면 파도가 지워버

리는 열아홉 살 아이는 셋 낳을 거라며 네가 시를 쓰면 제목을 내 이름 성환

으로 해 달라며 - 현택훈, 〈성환(星煥)〉부분

13.

내 친구, 시인

　나에게 음악을 가장 많이 들려준 친구는 시인 채성병이었다. 그는 일찍이 쓰러지는 법을 배웠다. 쓰러져야 일어설 수 있음을 체득한 듯했다. 그가 술 취해 길바닥에 쓰러지면 누군가가 신고했다. 파출소는 이골이 났고 행려병자 시설로 실려 간 적도 여러 번이었다. 가족관계를 조사하던 경찰은 이 애송이 술꾼이 '포도왕'의 아들이라는 사실을 알게 되었다. 도둑을 잘 잡아 별명이 된 포도왕. 친구의 아버지는 경찰들 사이에서 유명한 베테랑 형사였다. 이놈, 또 왔네. 아버지와 아들이 경찰의 유명 인사가 되었다. 친구는 유진 오닐처럼, 박인환처럼, 평생 술에서 헤어나지 못했다. 고등학생 때 권투 연습을 해서인지 다행히 친구의 몸은 탄탄했다.

　친구의 술은 일종의 자기 처벌이었다. 죽기를 작정하고 마시는 술 같았다. 어쩌면 살기 위해 마시는 술인지도 몰랐다. 도둑들에게 염라대왕 같은 아버지는 아들을 탓하지 않았다. 친구가 시인이 되었을 때, 시인의 아버지는 아들 삼 형제를 한 자리에 앉혀놓고 이렇게 말했다.

"우리 집안에 시인이 한 사람 있다는 건 자랑스러운 일이다. 너희 둘은 형님을 깍듯이 받들어야 한다."

동생들은 시인 형님을 깍듯이 받들다가 형님이 제일 좋아하는 술을 함께 마시기 시작했다. 동생들이 얼마나 열심이었는지 빛나는 청출어람이었다. 삼 형제가 들어가는 술집은 그날 다른 손님을 받지 않아도 되었다. 시인의 동생은 의사가 되었고 의사의 동생은 사진작가가 되었다. 그 동생이 찍은 멋진 풍경 사진이 10년 넘게 나의 초라한 집을 빛나게 했었다.

친구는 대학에 입학하면서 시에 전념했고, 친구와 나는 어딜 봐도 어울리지 않았지만, 문학을 매개로 친구가 되었다.

대학교 1학년 때, 공덕동 그의 집으로 처음 놀러 갔다. 젊어 보이는 친구의 어머니는 막걸리를 사다 주시고 자리를 피하셨다. 친구 어머니가 술을 사다 주는 일을 처음 겪는지라 어색했다. 지역에 따라 그런 풍습도 있어. 친구는 대수롭잖게 말했다. 친구의 집을 떠날 때, 어머니가 다시 나타나서 인사를 드릴 수 있었다.

사당동 시절, 시인은 레코드 가게를 운영했다. 결혼한 아들을 위한 포도왕의 배려였다. 시골 고등학교 선생이던 나는 서울에 올 때마다 친구를 만났고 밀린 숙제를 하듯 단둘이 술을 퍼마셨다. 내가 떴다, 하면 사당동에 비상경보가 울렸다. 나는 나쁜 친구였다.

친구와 함께 명동에서 잭 니컬슨 주연의 〈뻐꾸기 둥지 위로 날아간 새〉를 보았다. 뻐꾸기(cuckoo)에는 '미친놈'이라는 뜻도 있다.

언젠가는 자기가 술 때문에 정신병원에 갇히게 될 것이라고 친구가 걱정했다. 운명은 자기 예언을 사랑하는가 보다. 친구가 둔촌동 보훈병원 정신병동에 입원했을 때, 나에게 빨리 와달라는 연락을 했다. 개도 포니를 타고 다닌다는 개포동에 살던 나는 지금은 단종이 된 콩코드를 몰고 빛의 속도로 달려갔다.

친구는 어색하게 웃으면서 술을 끊겠다고 어린애처럼 나에게 맹세했다. 친구가 병원에 입원하게 된 것은 형을 위한 의사 동생의 비상조치 때문이었다. 친구는 제수씨에게 면목이 없었는지도 모른다. 제수씨도 의사였고 부부 합동작전이었다. 자기 정신은 멀쩡한데 왜 정신병동에 입원해야 하는지 모르겠다면서 친구는 투덜댔다. 친구의 금주 약속은 잠시뿐이었다.

고전음악은 친구의 피난처이고 산소 호흡기였다. 술과 시와 음악으로 짜인 삶이 그의 인생이었다. 어느 날 나는 큰맘 먹고 친구를 수준 높은 음악회에 초대했다. 친구와 함께 오케스트라 연주를 듣다가 제2 바이올린 소리가 안 들린다고 친구가 당황할 때, 나는 황당했다. 친구는 제2 바이올린 소리를 찾아 교양 없이 이리저리 자리를 옮겼고, 나도 하릴없이 친구 따라 이리저리 허둥댔다. 아, 이제 들린다. 친구는 안도했지만 내 귀에는 그 소리가 그 소리였다.

의사 동생이 의사를 그만두고 뉴질랜드로 갔다. 뉴질랜드는 칼 포퍼가 나치의 유대인 박해를 피해 은신했던 곳이었다. 사당동의 모든 식구가 뉴질랜드로 이주했다. 친구는 아버지가 계시는 뉴질랜드를 가끔 왕래할 뿐, 뉴질랜드 영주권을 끝내 받아들이지 않았다. 친구는 자기 어머니에 대해서는 한 번도 말한 적이 없었다.

어머니가 칠순을 맞이했을 때, 나는 어머니와 둘째 외삼촌을 료칸(일본의 전통 숙박시설)에 보내려 했었다. 생각을 바꾸어 부모님을 처음으로 여행하시게 한 곳이 호주와 뉴질랜드였다.

자기 예언을 끔찍이 사랑하는 운명이 또다시 시인을 찾아왔다. 어느 날 시인은 정장 차림으로 집에서 홀로 불편한 타인들을 기다렸다. 시인의 예측대로 정신병원에서 보낸 사람들이 들이닥쳤다. 시인은 품위 있게 병원차에 몸을 실었다. 그는 병원에서도 품위를 지켰는데 사실은 지키지 않을 수가 없었다. 그가 시인이라는 사실이 알려지자 교도소 같은 그 병원의 환자들이 모두 시인을 존경했다고 한다. 시인은 태어나서 처음으로 불특정 다수의 존경을 받는 '선생님'이 되었다.

친구는 어떻게 자신이 정신병원에 강제 수용될 것을 알았을까. 어떻게 시간까지 정확히 예측했을까. 왜 그런 일을 담담히 받아들였을까. 친구는 말하지 않았고 나도 묻지 않았다.

〈뻐꾸기 둥지 위로 날아간 새〉에 진짜 정신병자가 없었듯이 그 병원에도 진짜 환자는 없었다고 친구는 힘주어 말했다.

어느 날 땅거미가 시나브로 짙어갈 무렵, 환자 아닌 환자들의 리더가 시인을 찾아와 공손히 아뢰었다. 선생님, 오늘 밤 우리는 탈출합니다. 준비는 완벽합니다. 선생님께서 원하신다면 책임지고 모시겠습니다. 시인은 눈을 지그시 감은 채 고개를 끄덕였다. 리더와 그 수하들이 작전을 벌이는 동안 시인은 양복부터 찾아서 반듯하게 갖추어 입었다. 안 됩니다. 폭력은 안 됩니다. 시인의 만류 덕분에 인심을 잃었던 경비원 한 사람이 매타작을 면했다.

다음 날 오후 시인은 경찰의 호출을 받았다. 시인은 담담히 사실대로 말했다.

"가족들은 왜 선생님을 정신병원에 보냈을까요? 어떻게 생각하세요?"

"허허. 워낙 제가 술을 많이 마시니까."

"원, 세상에. 그럼 시인이 술 마시지, 콜라 마실까."

포도왕의 총명한 후배 덕분에 시인은 입원 전의 상황으로 되돌아갔다. 그때 함께 탈출했던 사람들은 대부분 다시 그 병원으로 잡혀갔다고 한다. 친구는 시인으로 대접받았던 그때 그 순간을 잊을 수 없다고 감격해서 말했다.

친구는 인생의 후반부를 인천에서 보냈다. 친구의 술 때문에 많은 사람이 친구를 떠났다. 친구가 운영하는 카페에는 예술한다는 족속들이 많이 모였다. 옛 친구가 떠나면 새 친구가 생겼다. 친구는 말년에 〈반성〉의 시인 김영승과 가깝게 지냈다.

친구가 나에게 음악을 들려준 세월이 줄잡아 10년이었다. 나는 친구가 들려주는 음악을 전화로 들어야 했다. 30분에서 길게는 한 시간 동안 받는 고문이었다. 친구가 들려주는 음악은 재미가 없었다.

제2 바이올린 소리를 구별하는 인간과 그렇지 못한 인간의 차이였다. 친구는 먼저 전화를 끊는 법이 없었다. 나는 도를 닦듯이 친구가 들려주는 음악을 들었다. 한 번도 제대로 감상해본 적이 없었다. 내가 감상할 음악이 애당초 아니었다. 그렇다고 내가 듣고 싶은 음악을 들려달라고 할 생각은 눈곱만큼도 없었다. 나도 자존심은 있었다. 가끔 술에 전 몽롱한 목소리는 덤으로 들어야 했다. 친구는 혼자 술을 홀짝이면서 전화로 말하곤 했다.

"너는 깊이 들어가면 안 돼. 음악에 깊이 들어가면 안 되는 거야."

포도왕이 뉴질랜드에서 돌아가신 후 이런 일이 부쩍 잦았다. 나는 최소한의 예의상, 적어도 지금 두 인간이 존재한다는 사실을 입증하기 위해서, 친구가 아니라 나를 위해서, 내가 먼저 말을 걸기도 했다. 그나마 내 고통을 조금이라도 줄일 방법이었다.

"듣다 보면 결국 모차르트로 되돌아온다는 말이 있던데 왜 그런 거야."

"음, 그럴 수도 있지. 어쨌든 너는 깊이 들어가면 안 돼."

깊이 들어가면 안 된다는 말을 왜 그렇게 많이 했는지는 모르겠지만, 나는 원래 깊이와는 거리가 먼 인간이었다. 나는 뭘 알아도 시험에 절대 안 나오는 것만 알았다. 듣기만 하는 것도 여간 고역이 아니어서, 없는 밑천을 박박 긁어가며 주빈 메타의 대표 음반이 뭐냐고 물었더니 친구는 말러 심포니 2번 〈부활〉을 말했다. 어째서 그 음반이 훌륭한지는 설명하지 않았다. 하긴 설명해도 내가 이해할지는 의심스러웠다. 친구도 나에게 할 이야기는 딱히 없었다. 혼자 듣기가 외로워 같이 들어줄 누군가가 필요할 뿐이었다. 친구가 원래 대화를 즐기는 편도 아니었다. 김종삼 시인처럼 방송국에서 일했으면 딱 좋았을 텐데.

어느 날 친구는 현대 작곡가의 생소한 음악을 들려주었다. 귀를 막고 싶었다. 이런 것도 음악이라니, 믿어지지 않았다. 지금까지 들었던 음악은 그래도 양반이었다. 그래, 세상은 바야흐로 미친 놈 천지로구나. 〈맥베스〉의 한 구절이 떠올랐다.

"인생은 백치가 지껄이는 이야기. 소음과 분노로 가득 찬 아무 의미도 없는

이야기. (Life is told by an idiot, full of sound and fury, signifying nothing.)"[4]

음악의 탈을 쓴 소음이 나의 인내심을 마구 찔러댔다.
"무슨 음악이 이러냐. 나 지금 고문받는 느낌이야."
친구는 내가 도달할 수 없는 별에서 혀 꼬부라진 소리를 했다.
"음, 처음엔 다 그래. 시간이 해결해 줄 거야."
나는 내 팔자가 한심했다. 시인에게서 도망치지 못한 나를 저주했다.

늦은 밤에 시인 친구께서 전화하셨다. 친구와 나 사이에는 심야에 통화 금지라는 아무런 약정이 없었다. 그런 약속이 있대도 고분고분 지킬 친구는 아니었다.
"너에게 꼭 들려주고 싶은 곡이야. 끊지 마. 잘 들려?"

---

4) 셰익스피어의 〈Macbeth〉 5막 5장에 나오는 맥베스의 독백. 윌리엄 포크너는 이 독백에서 인용한 제목으로 〈 The Sound and the Fury 〉라는 불후의 걸작을 남겼다.

"이상한 소리가 들리는데."

"기다려봐. 스피커 위치를 바꿔볼게. 잘 들려?"

"잘 들리지 않아도 괜찮아. 그런데 내가 왜 이런 걸 들어야지."

"내가 들으면 들을수록 이 곡이 너를 똑 닮았어. 그냥 너야, 너."

여전히 느리고 몽롱하긴 했지만, 친구의 목소리에 활기가 묻어났다. 나는 모처럼 착한 마음으로 '나'를 들어보았다. 머리가 지끈거렸다. 인내심이나 감수성의 문제가 아니었다. 길기는 왜 그렇게 긴지. 정말 최악이었다.

"그 곡이 나라면 나는 괴물이다."

마침내 괴물은 처음으로 먼저 전화를 끊었다. 전화기는 부서지지 않았다.

서귀포의 별 없는 밤하늘을 바라보다가 문득 나를 똑 닮았다는 그 음악이 생각났다. 겸손히 끝까지 들어보고 싶었다. 곡명이 암호 같았다는 느낌만 남아 있다. 작곡가는 무슨 케네디였다. 케네디까지 생각하다가 나는 깜짝 놀랐다. 그 친구가 나를 똑 닮은 음악을 들려준 그때가 마지막 통화였다니!

제주도에 올 때 나도 제정신은 아니었다. 그 친구와 연락을 끊겠다는 생각도 없이 어쩌다가 오랜 시간이 지났다. 내가 볼멘소리로 전화를 먼저 끊었을 때, 시인은 친구의 목록에서 내 이름을 영구 삭제했을지도 모른다. 나와 닮은 음악을 발견해서 정말 기뻤는데, 어쩌면 시인은 모욕을 느꼈을지도 몰랐다. 친밀함이 경멸을 낳는다는 말처럼 나는 그때 그 친구를 경멸했을 것이다. 생각해 보니 우리가 싸운 적은 없었다. 갑자기 그 친구가 그리웠다. 나는 그의 청각을 존경했고, 그의 시보다는 그의 미각을 더 존중했다. 그는 음식에 까다롭지 않았다. 사실은 그가 미식가라는 사실을 아는 사람이 몇이나 될까. 나는 그 친구를 기억하는 모든 사람에게 수소문해 보았다. 아무도 시인의 행방을 모른다. 알코올 중독으로 다시 입원한 건 아닐까.

여보시게, 친구. 술 한잔해야지. 오랫동안 내가 무심했네. 지금 나는 이 한 마디를 할 수가 없다. 2019년 10월 3일, 하늘이 열린 날, 시인 채성병은 하늘로 갔다. 나는 반성한다. 밴댕이 소갈딱지 같은 나의 소갈머리를. 나는 우정에 대해 아직도 배울 게 많다.

벗이여, 손녀까지 보았으니 복되다. 늦었지만 인생 졸업을 축하한다.

* 타자에 대한 긍정의 몸짓이나 포용의 태도는 천상병에 가깝고, 사랑과 평화를 섬기는 방식은 김종삼을 따르고 싶어 했다.
술과 음악이 그의 곁을 떠난 적이 없었다. 인천 어느 시장 안의 주막과 '말러'의 심포니를 각별히 좋아했다. 순정이 있는 사람들을 공경했고, 순정한 것들 앞에서만 고개를 숙였다. - 윤제림 (시인)
채성병 유고 시집 〈아직도 아름다운 세상은 있다〉(문학과 사람 2020) 서문에서

차츰차츰

14.
평생의 벗

평생의 벗이 전화로 말했다.

"내가 며느리 생일에 책을 선물하려고 하는데, 대충 내용은 알지만, 며느리한테 선물해도 괜찮은지 네가 읽고 판단해 줘."

"무슨 책인데."

"<82년생 김지영>이라는 책이야."

"그런 책이 있다고?"

"요즘 잘 나간대. 서점에 가면 있을 거야."

며느리가 시집와서 처음 맞이하는 생일에 책을 선물하려는 그친구는 책과 막걸리를 사랑한다. 거의 모든 창간호를 수집하는 취미도 있다. 지금도 나에게 책을 보내주거나 소개한다. 내가 읽지않은 책, 내가 모르는 작가를 그 친구는 귀신같이 안다.

<82년생 김지영>을 읽고 나는 많은 생각에 잠겼다. 한국의 남자들은 여자들 앞에서 겸손해야 한다는 나의 지론은 위선이었다. 내가 모르는 여자들의 아픔이 너무 많았다. 아쉬운 느낌도 있었

다. 둘로 금을 긋는 생각이 많았다. 먼 옛날 피타고라스 학파는 모성 숭배의 시대로 되돌아가야 한다고 역설했다. 지금 우리가 까마득한 역사에서 찾아야 할 지혜는 무엇일까? 역사를 먼저 불러내는 전술은 어땠을까?

원래부터 여성은 남성보다 우월한 존재였다. 이브는 뱀의 유혹에 빠진 게 아니라 뱀을 기다리고 있었다. 과감히 인간의 역사를 열기 위해서. 그래야 신은 절대적인 경배의 대상이 된다. 이브는 신의 계획을 미리 알고 있었다.

주민등록번호 뒷자리가 왜 남자는 1로 시작하고 여자는 2로 시작하느냐는 항변에는 나도 모르게 웃음이 나왔다. 어떻게 이런 거까지 생각했을까? 나는 2라는 숫자에서 자식을 업은 어머니의 모습을 본다. 〈모권(母權)〉의 저자 바흐오펜은 2를 여성의 숫자로 이해한다. "2는 생성과 소멸이 반복되는 삶을 뜻한다." 모성 숭배에서 소멸은 죽음이나 몰락이 아니라 "더 높은 존재로 다시 태어나는 전제조건"이다.

여성은 존재하지 않는다고 라캉은 말했다. 여성성의 본질 같은 것은 없다는 뜻이다. 페미니스트들이 좋아할 말이다. 나는 여성성의 본질이 있다고 생각한다. 내 어릴 때는 남자들이 싸우면 어머니나 누나는 두남두지 않고 무조건 말렸다. 여성성이 점점 사라지는 듯해서 오히려 슬프다.

〈82년생 김지영〉에는 안타까운 이분법도 있고, 많은 자료를 바탕으로 논리적인 주장을 펼치기도 하지만, 조바심도 엿보인다.

모든 혁명에는 조바심이 있다는 게 나의 생각이다. 나는 어쩔 수 없는 보수 꼴통이지만, 이 세상 모든 김지영이 가고자 하는 길을 응원한다.

궁금해서 친구에게 물어보았다.
"며느리 반응이 어때?"
"고맙다고 말하는데, 음, 그런 책을 별로 좋아하지 않나 봐."
"시아버지가 아직 어려우니까 조심스러웠겠지."
"글쎄, 허허."

대학교 1학년 때 친구와 나는 종로 2가에서 만났다. 친구의 초등학교 여자 동창이 종로 2가에서 근무하는데 같이 만나자는 것이었다. 종로 2가는 대학생 시절 나의 성지였다. 종로서적이 있었고 관철동에 한국기원이 있었고 길 건너 YMCA가 있었다. 친구와 친구의 동창과 나는 한국기원 1층의 풍전 다방에서 만났다. 친구가 나를 '미래의 서울'이라고 소개했다. 친구의 입에서 그렇게 멋진 표현이 나올 줄은 미처 생각하지 못했다. 나는 그저 무심한 척했다. 친구의 동창과 나는 서로 소 닭 보듯 했다. 나중에 알았지만, 친구의 동창은 계동에 사는 출가한 셋째 언니의 집에서 직장을 다녔다. 내가 있던 외가의 삼청동과 계동은 엎어지면 코 닿는 거리였다. 공간으로 엮인 인연은 이상하게 질겼다. 한참 나중에 알게 된 사실이지만, 친구의 동창은 그날의 일을 일기장에 간단명료하게 기록했다.
"오늘 국민학교 동창을 만났다. 친구와 함께 나왔다. 별 볼 일 없는 친구의 친구는 얼마나 별 볼 일 없을까."

그 친구는 한때 도서관에서 살았다. 나는 필요한 책을 도서관에서 빌리는데 그 친구는 사서 본다. 친구는 시험공부를 위해 도서관을 이용했다. 진급과 관련된 시험이니까 중요한 시험이다. 공무원이라면 '국장'의 자리에 오른 다음 은퇴하고 싶을 것이다. 나는 공무원 사회를 잘 모르지만, 서울이나 지방이나 국장은 가장 중요한 실무 책임자라고 생각한다. 지위로 사람을 평가할 수야 없겠지만 국장이 되면 보람과 성취를 느낄 것이다. 시골에선 잔치가 벌어지고 현수막이 걸릴 일이다.

모든 시험은 인정(認定) 투쟁이다. 진급이나 입시에 관련된 시험은 특히 그렇다. 그러나 나이 오십에 시험공부를 한다는 건 쉬운 일이 아니다. 정년이 아직 10년이나 남았는데 누구라도 한 번쯤 도약하고 싶을 것이다. 누구는 성공하고 누구는 실패한다. 서글프지만 피할 수 없는 현실이다. 친구의 마음은 어땠을까. 친구가 부평 도서관에서 땀을 뻘뻘 흘릴 때, 서울에 살던 나는 친구의 처지를 몰랐다. 응원도 격려도 하지 못했다. 부끄럽다. 떨어져서는 못 살 것처럼 너나들이하던 친구도, 살다 보면 틈이 벌어질 때가 생긴다. 친구란 무엇일까. 추사 김정희를 흠모했던 청나라 선비들은 추사가 있는 조선을 향해 술잔을 올리며 시 한 수를 읊기도 했다.

〈논어〉의 한 구절이 생각난다.

"유붕자원방래, 불역락호(有朋自遠方來, 不亦樂乎)? 친구가 먼 곳에서 찾아온다면 또한 즐겁지 아니한가?"

나는 '먼 곳에서'라는 말을 주목한다. 친구란 고전 작품처럼 시간과 공간을 초월한 존재다. 우정이란 시공에 구애받지 않는 한결같은 마음이다.

시험공부 하다가 포기한 사람도 많았던 모양이다. 친구와 함께 공부하던 사람이 자기가 공부하던 시험 문제집을 친구에게 주고 먼저 떠났다고 한다. 친구는 그 사람이 주고 간 문제집도 열심히 공부했다.

강남에서 시험 보는 날, 전철을 타고 가는데 앉을 자리도 없고 서서 문제집을 보던 친구는 죽을 맛이었다. 기진맥진해서 시험장에 들어갔을 때, 친구는 깜짝 놀라서 자기도 모르게 자기 얼굴을 손으로 가렸다. 수험생 모두가 언 수탉 같았다. 살아있는 송장처럼 느껴졌다. 저토록 모두가 죽기 살기로 공부했단 말인가! 신통하게도 그 문제집으로 공부한 것과 같은 유형의 문제들이 실제 시험에서 여럿 출제되었다.

친구는 합격 소식을 병원에서 들었다. 시험이 끝난 후 시름시름 앓다가 입원한 상태였다. 행정학, 헌법, 민법 등 생소한 과목에 얼마나 시달렸으면 병원 신세를 졌을까. 친구의 입원실로 축하객들이 몰려들었고 친구는 언제 아팠느냐는 듯 그날로 퇴원했다.

친구가 시험에 합격했을 때, 많은 사람이 놀랐다. 막걸리만 잘 마시는 줄 알았더니! 심지어 친구의 아내도 전혀 기대하지 않았던 결과였다. 친구의 아내는 일찌감치 심심한 위로의 말을 미리 건넨 터였다. 도전에 의미를 두라고. 결과에 절대로 실망하지 말라고. 아내의 말을 잘 듣는 친구는 결코 결과에 실망하지 않았다.

나서지도 않고 위축되지도 않으면서 자기 할 일을 묵묵히 하는 것이 그 친구의 미덕이었다. 나에게 없는 것이 그 친구에게는 있었다.

신문에는 나지 않았지만 아는 사람들끼리만 쉬쉬하면서 탄식한 일이 많았다고 한다. 그 시험에 세 번째 도전했다가 낙방한 어떤 사람이 자살했다. 그 후에도 모방 자살인지 몇 사람이 잇달아 자살했다. 사무관이 뭐길래? 그 시험에 낙방한 어떤 사람의 사모님 되시는 분이 이런 말씀을 하셨단다. 그 사람은 단번에 합격했는데 당신은 두 번이나 실패했잖아, 당신이 자칭 똑똑하다며. 그 말을 들은 낙방자는 가출 후 자살했다. 얘들아. 절대 인간을 비교하지 마라. 비교는 불행의 씨앗이니라.

그 시험을 준비하는 사람들 가운데는 아예 출근도 하지 않고 시험공부에 전념하는 사람들도 있었다. 물론 월급은 꼬박꼬박 챙기면서. 그래서였을까. 그 시험은 친구의 합격 3년 후에 폐지되었다. 부작용이 많다는 이유로.

그 친구는 40대 중반에 LA로 날아갔다. 한 여인을 만나기 위해. 그 여인은 친구의 첫사랑이었다. 친구가 아는 정보는 첫사랑의 이름과 LA에 산다는 사실, 달랑 두 개뿐이었다. LA에는 고교를 졸업하자마자 이민 간 고교 동창이 한 명 있었다. 나도 아는 그 동창은 친구의 부탁을 하늘에서 내린 거룩한 사명으로 받아들였다. 나는 은근히 놀랐다. 첫사랑을 20년 이상이나 간직한 친구가 낯설어

보였다. 운명이 둘 사이를 갑자기 갈라놓는 바람에 잘 있어요, 잘 가세요, 이별의 말도 없이 헤어졌는데, 더 늦기 전에 얼굴이라도 한 번 보고 싶었겠지. 나는 그렇게 생각한다. 나는 그 마음 이해한다. 그림자라도 봤으면 하는 사람이 나에게도 있으니까. 나는 친구의 첫사랑을 몰랐다. 나도 그 친구에 대해 모르는 게 있었다. 하긴 그 친구도 나의 마지막 사랑을 모른다.

그 친구는 모범적인 공무원이었고 믿음직한 가장이었다. 만일 하느님이 '간음하지 말라'는 계명 하나만을 기준으로 의인을 선발한다면, 그 친구는 하느님 오른쪽에 앉고도 남았다. 친구의 첫사랑이 여고생일 때 내가 분명히 보았을 텐데, 성공회 앞마당 소나무 벤치에 앉아있던 그 소녀인지 서 있던 그 소녀인지 기억이 야속하다.
LA의 동창은 친구의 첫사랑을 찾아냈고 통화에 성공했고 약속 장소에 반드시 나오겠다는 확실한 약속까지 받아냈다. 오, 자랑스러운 바다 건너 동포들. 친구의 첫사랑, 그 영롱한 비밀이 사반세기 만에 베일을 벗는 운명의 순간이 초읽기에 들어갔다.

모범 남편의 지존이신 나의 친구는 LA 공항에서 동창의 영접을 받고 동창의 차를 타고 약속 장소로 간다. 동창이 힘주어 말한다.
"여기서는 대낮에 포옹해도 돼. 네 감정이 시키는 대로 자연스럽게 하란 말이야."
친구보다 동창이 더 조바심을 낸다. 투수와 포수의 거리만큼 저만치서 마침내 등장하는 한 여인을 향해 친구는 천천히 사반세기의 발걸음을 옮긴다. 마치 평균대 위를 걷는 듯하다. 감정이 시키는 대로 자연스럽게 하려는 바로 그 순간, 친구는 여인의 뒤에서 후광처럼 빛나는 낯선 사내를 발견한다.

"같이 나오면 어떡해요?"

"어쩔 수 없었어요. 길도 모르고 운전도 몰라요. 여기서는 운전을 모르면 다닐 수가 없어요."

친구와 동창, 여인과 여인의 남편, 이 네 사람은 동창이 안내한 한인 식당에서 오래된 친구들처럼 회포를 나눈다. 알고 보니 여인의 남편은 친구의 고향 선배다.

친구에게 물어보았다.

"참 대단하다. 태평양을 왕복한 소감이 어때?"

"말도 마라. 천 원짜리 막걸리가 거기선 만 팔천 원이야. 그렇다고 안 마실 수 있냐. 우리 막걸리 출세했더라. 껄껄껄."

첫사랑을 만난 이후로 친구는 사무관 시험에 전념했을 것이다.

차츰차츰

15.

어머니

내가 어렸을 때는 거지들이 많았다. 우리 집 단골 거지는 여자였다. 옆집 누나 같은 젊은 여자였다. 각설이 타령은 없었다. 어쩔 줄 몰라서 연신 고개만 숙이는 거지 누나였다. 어머니는 쪽마루에 밥상을 차려주었다. 가난은 평등했고 새우젓이 반찬으로 오르던 시절이었다. 거지 누나는 밥을 깨끗이 비웠다. 오이지 신 국물도 남김없이 마셨다. 거지 누나가 올 때마다 나는 안도했다. 용하게도 우리가 굶지 않을 때만 오네.

여름이었다. 그때는 진짜 더웠고 진짜 추웠다. 계절들은 자존심이 강해서 철마다 그 개성이 뚜렷했다. 어느 날 동네에서 거지 누나를 보았다. 시뻘건 눈에서 불똥이 튀는 듯했고 숨을 헐떡이면서 땀을 뻘뻘 흘렸다. 밖으로 삐져나온 풍선 같은 배를 부둥켜 잡고 뒤뚱거렸다. 풍선 같은 배가 만삭이라는 걸, 그때 나는 알고 있었다. 거지 누나의 그런 모습이 놀랍고 무서웠다. 나는 그저 거지 누나가 다른 집에 가서도 밥을 잘 얻어먹기만을 바랐다. 내가 본 것을 누구에게도 말하지 않았다. 그런 일은 비밀로 해야만 한다고 혼자서 생각했다. 그날 이후로 거지 누나는 보이지 않았다.

어머니는 동네 반장이었다. 동네에는 글을 모르는 사람들이 있었다. 어머니는 그들에게 편지를 읽어주고 답장도 써 주었다. 시집가는 동네 누나를 위해 수를 대신 놓아주는 일도 많았다. 우리 집은 특선이 아니었다. 특선은 전기가 낮에도 들어왔다. 우리 집은 전기가 저녁 한때만 들어왔다. 어머니는 여름 새벽 밖에서 수를 놓기도 하셨다. 어머니는 대신하는 일이 많았다. 연말이면 동네 사람들이 콩이나 보리나 쌀을 걷어서 어머니에게 드렸다.

어머니는 반장을 겸하여 부녀회장이 되었다. 새마을 운동이 어머니에게 준 새로운 직함이었다. 나는 그때 '유달영'이라는 이름을 처음 들었다. 박정희의 쿠데타 직후 유달영 박사는 한국을 덴마크처럼 만들려고 했던 당대의 선각자였다. 나중에 안 일이지만 유달영은 양정고보 시절 김교신 선생의 애제자였다. 김교신은 다석 류영모를 존경했으므로 유달영이 다석을 존경하게 된 것은 자연스러운 일이었다. 책의 제목은 잊었지만 새마을 운동에 관해 유달영 박사가 쓴 책에는 어머니 이야기도 나온다.

어느 봄날 나는 공연히 마음이 설레었다. 나는 집에 있으면서도 새 옷으로 갈아입었다. '조선일보' 기자가 집에 오는 날이었다. 조선일보라는 신문을 그때 처음 알았다. 내가 아는 신문은 아버지가 보시던 동아일보였다.

"기자가 왜 우리 집에 와?"

90

"새마을 운동을 잘했다고 엄마를 인터뷰하러 온대."

Yes, No, OK, 다음에 내가 알게 된 영어가 Interview다. 아 참, 'I love you'도 알았었다.

기자는 키다리였고 얼굴이 거무튀튀했다. 그냥 동네 아저씨였다. 키다리 아저씨는 말하다 말고 중간중간 수첩에 뭔가를 적었다. 나는 침을 꼴깍 삼키면서 지루한 시간을 건너냈다. 기자를 만나는 게 결코 쉬운 일이 아니었다. 기자가 몸을 약간 비틀더니 드디어 나를 보고 빙긋이 웃었다. 자세히 마주 보니 그윽하게 인자한 모습이었다. 조용한 목소리와 잘 어울리는 얼굴이었다. 이름이 뭐냐, 몇 학년이냐, 좋아하는 과목이 뭐냐, 나는 척척박사처럼 거침없이 대답했다. 기자 아저씨는 또 수첩에 끼적였다. 습관인 모양이다.

며칠 후 아버지께서 조선일보를 가져오셨다. 만년필로 표시된 어머니의 기사를 읽었다. 몇 줄 안 되는 토막기사였다. 아버지의 만년필 표시가 없었다면 찾기도 힘들 뻔했다. 나는 읽고 또 읽었다. 내 이야기는 한 단어도 없었다. 카메라도 없이 손바닥만 한 수첩에 끼적이기만 할 때부터 뭔가 수상하기는 했다. 그때부터 나는 기자를 불신하게 되었다.

어머니는 노래를 좋아하셨다. 설거지하시면서 자주 노래를 부르셨다. 뜨개질이나 수예하실 때는 조용히 허밍을 많이 하셨다.

헤밍웨이의 어머니는 빼어난 성악가였지만 의사와 결혼하면서 음악을 포기했다. 우리 어머니도 그런 경우가 아니었을까. 어머니는 전국 규모의 새마을 지도자 노래자랑 대회에서 '압도적'인 대상을 차지하신 일도 있다. 〈목포의 눈물〉, 〈신라의 달밤〉, 〈노란 셔츠 입은 사나이〉 같은 노래가 주류를 이룰 때, 어머니의 성악은 신선했을 것이다. 무엇보다 전문적인 음악교육을 받은 사람이 드물던 때였다. 어머니의 음역은 소프라노였다. 청아하면서도 강렬한 고음이 듣는 이의 숨을 턱턱 막히게 했다. 대상 시상식이 끝나고 앙코르가 천둥 번개 치듯 할 때, 물론 내가 직접 본 것은 아니지만, 사회자가 신이 나서 어머니에게 정중히 한 곡을 강력히 권유할 때, 아마추어 사회자는 청중의 열광을 흔히 자신의 성공으로 착각하는 사람이지만, 어머니는 또 한 곡 부르지 않을 수 없었다. 노래가 끝나고 또다시 앙코르, 앙코르의 천둥소리가 진동했지만, 어머니는 서둘러 단상에서 단하로 피신했다.

〈가고파〉, 〈돌아오라 소렌토로〉, 〈오, 대니 보이〉는 어머니의 3대 애창곡이었다.

나는 어머니와 단둘이 두 번 영화를 보았다. 어머니와 처음 본 영화는 실망스러웠다. 영화관이 아닌 천막 안에서 내내 서서 보았다. 초등학교 입학 전이라 나는 공짜였다. 화면은 흐릿하고 지지직거리는 소리가 났다. 비 오는 장면이 아닌데 화면에 비가 내렸다. 한 가지는 확실히 기억한다. 주연 배우의 이름이 '황해'였다.

고등학교 1학년 때 어머니와 함께 본 영화는 나의 영화관람 역사상 기념비적인 사건이었다. 어머니와 함께 내가 제일 좋아하는 평양냉면을 먹고 교복을 입은 채 당당히 영화관에 입장했다. 그때 어머니는 시청 부녀아동계 계장이었다. 부녀아동계는 나중에 부녀아동과가 되고 어머니는 부녀아동과 과장이 되었다.

상상인들 할 수 있었을까. 더블오 세븐! 숀 코너리의 007시리즈 제1탄 〈Dr. No(살인 번호)〉였다. 정말 환장하게 재미있는 영화였다. 기절초풍할 신세계였다. 어머니와 함께 보기에 살짝 민망한 장면도 없지는 않았지만 새로운 천지창조였다. 어머니도 무척 즐거워했다. 대학생 때 프랑스 영화 〈남과 여〉도 어머니와 함께 본 듯한데 기억이 확실하지 않다. 어머니와 나는 D.H.로렌스의 〈아들과 연인〉과 같았다. 헤밍웨이가 아버지의 아들이라면 로렌스는 어머니의 아들이었다. 나도 어머니의 아들이었다.

어머니의 음식 중에서 내가 제일 좋아한 건 돼지고기가 들어간 김치밥이었다. 서귀포에서 나 혼자 여러 번 김치밥을 시도해 보았는데 어머니의 그 맛이 영 아니었다. 어머니의 비지찌개도 잊지 못할 맛이었다.

내가 대학생이 되면서 어머니와 나는 약간 서먹서먹한 사이가 되었다. 부녀아동과에서 주관하는 어린이날 행사가 있는데, 시장님의 축사 원고를 써보라고 어머니가 말씀하셨다. 새마을 운동에 대한 홍보도 곁들여야 한다면서 필요한 자료는 얼마든지 있다고 하셨다. 문맥의 흐름을 유지하며 새마을 운동으로 어떻게 슬그머니 빠져나갔다 되돌아와야 할지 나는 자신이 없었다. 그보다 어린이날과 새마을 운동을 결부시키는 자체가 불쾌했다. 어린이들에게 정부의 주요 사업을 홍보하면서 새마을 운동 일꾼에 대한 꿈을 심어주려는 의도가 엿보였다. 담당 공무원 가운데 축사를 쓸 만한 사람이 없다는 말인가 하는 생각도 들었다. 어머니는 참고하라며 몇 년 전에 다른 시장님이 했던 축사 원고를 보여주었다. 빳빳한 도화지를 빨간 리본으로 묶었는데 노트처럼 펼치면서 읽을 수 있었다. 붓으로 단정하게 쓴 글이었다. 나는 첫 페이지를 넘기기도 전에 기시감에 빠졌다. 내가 고등학교 2학년 때 멋모르고 처음으로 쓴 시장님 축사였다. 씁쓸한 재회였다. 나는 그런 글을 쓰는 게 이제는 싫었다. 정말 쓰고 싶어도 쓸 수가 없었다. 어머니께서 말씀하셨다.

"이제는 컸다고 어미 말도 안 듣는구나."

어머니의 장례식장에서 한 친구가 어머니를 회고했다.

중학교 2학년 때였을 거야. 시청 가는 길 쪽에서 어머니를 딱 만난 거야. 응. 맞아. 시청 근무 얼마 안 되었을 때지. 그런데 어머니가 날 오부자 집으로 데려갔어. 꽤 유명했잖아. 그때 내가 먹은 게 뭔 줄 아냐? 모리소바야. 중학교 입학식 때 자장면을 처음 먹었는데 촌놈이 모리소바가 뭔 줄 알겠어. 국수 같은데 갈색이야. 국수 위에 김이 뿌려져 있어. 이거 참. 국물이 없는 거라. 어디에 있었는지 덴뿌라 하나가 눈부셔. 응? 내가 먹은 게 텐자루소바일거라고. 난 지금도 모리소바 밖에 몰라. 어머니가 "우리 모리소바 먹을까." 그러셨거든. 그런데 젓가락이 종이 속에 들어가 있는 거야. 어머니가 젓가락을 빼 주시더라. 젓가락 받침대라는 게 있더라고. 간장에 담가 먹으라고 어머니가 먹는 법을 가르쳐주셨는데, 무슨 간장이 짜지도 않고 그렇게 맛이 있냐. 츠유? 아, 그 간장 이름이 츠유로구나. 참 신기한

차츰차츰

맛이더라. 그런데 다 먹고 났을 때 내 기분이 어땠는지 아냐. 내가 갑자기 소중한 사람이라는 느낌이 드는 거야. 웃기지 않냐.

반세기도 훨씬 지나 처음 듣는 이야기였다. 어머니는 친구의 추억 속에 소중하게 살아계셨다.

우리 동네 장 씨는 말한다. 엄마는 죽지 않는다고. 누구에게나 엄마는 끝까지 살아있다고.

16.
그분

그분은 싸움을 잘한다. 말싸움이 전문인데 특기는 비틀기다. 상대의 자존심을 비트는 데는 독자적인 경지에 이르렀다. 상대는 속 좁은 사람으로 몰릴까 봐 화도 못 낸다. 예를 들어보겠다. 김치찌개가 먹음직하다. 파가 고명처럼 얹혀있다. 파를 싫어하는 사람이 가장자리의 국물을 떠서 맛본다. 이때 그분이 나타나서 김치찌개를 휘휘 젓는다. 꼭 한 말씀 남기신다.

"뭘 먹어봤어야지."

싸울 일이 아닌데도 싸움으로 발전시키는 기술이 그분에겐 무궁무진하다. 그분이 싸울 때 아무도 그분을 편들지 않는다. 그래서 그분은 외로운 투사다. 나는 '외로운 투사'라는 말을 하염없이 좋아하지만, 솔직히 그분을 좋아하지는 않는다. 그분의 전투력만큼은 존경한다. 문제는 그분의 싸움이 누군가를 창피스럽게 한다는 점이다. 그분의 가족이나 지인들에게 특히 그렇다. 보통 사람이라면 피하거나 싸우지 않을 일에 그분은 열정적으로 대들기 때문이다. 그분이 왜 외로운 싸움닭이 되었는지, 유전자 검사를 해보면 알지도 모르겠다. 그분에게 감정의 후진기어가 있었으면 좋겠다.

그분은 돈을 잘 꿔준다. 없으면 빌려서라도 꿔준다. 빌리지 못하면 가족의 보험까지 막무가내로 해약해서 꿔준다. 그분은 박애주의자인가? 솔직히 모르겠다. 뭐라 쉽게 정의할 수 있는 분이 아니다. 문제는 빌려준 돈을 '거의' 돌려받지 못한다는 사실이다.

어느 날 그분이 채권자의 자격으로 돈을 받으러 갔는데, 채무자가 야반도주했다. 얼마나 급했는지 애완견을 놔두고 도망쳤다. 그분은 불쌍한 그 강아지를 집으로 데려왔다. 말티즈인데 예쁘긴 엄청 예뻤다. 유럽 귀부인들의 사랑을 받을만했다. 5천만 원의 가치가 있는지는 의문이지만. 내가 앞에서 '거의'라는 부사를 쓴 까닭은 이 말티즈 때문이다. 내가 10여 년 전 제주도로 망명할 때 유일하게 작별 인사를 한 존재가 있었으니, 바로 그 개였다. 그때 그 녀석의 슬픈 눈동자를 지금도 잊지 못한다. 내가 사라진 후 그 개는 3일 동안 먹지 않았다고 하는데, 병원에서는 우울증 진단을 내렸단다. 그 말티즈는 이제 너무 늙어서 그분의 온갖 정성으로 하루하루 버티다가, 2021년 6월 23일, 한 많은 세상을 떠났다. 그분에게는 5천만 원 이상의 가치가 있는 존재였다. LA갈비 구운 거 조금 먹고, 수박 쪼가리 조금 먹고, 물 조금 핥다가 '꺽' 소리를 내면서 그분 옆에서 눈을 뜬 채 죽었다. 번쩍 뜬 두 눈은 아무리 덮어주려 해도 감기지 않았다. 그분이 슬픔에 겨워 어찌할지 모를 때, 개 장례 지도사 두 명이 집에 왔다. 그분에겐 퍽 잘난 아들이 있는데 그 아들의 슬픔도 이만저만이 아닌지라 아들의 주장대로 유골

함까지 추가했다. 유가족은 개 화장터까지 따라가지 않아도 된다. 모든 장례 절차는 사진으로 전송된다. 총비용 77만 원. 그 아드님 되시는 분은 돈이 많은가 보다. 그분은 복도 많다.

그분은 거짓말을 잘한다. 거의 모두가 그분의 거짓말에 속는다. 하지만 그 거짓말로 그분의 손에 잡히는 실속은 아무것도 없다. 어쩌면 인간은 항상 속을 준비가 되어있는지도 모른다. 시인 김수영은 거짓말을 하지 않는 게 어떤 사상보다 백배는 더 낫다고 말했다. 백번 동감이다. 하지만 나는 결이 좀 다른 말을 하고 싶다. 호모 사피엔스의 거짓말은 생존을 위해 진화한 것이다. 또한 거짓말처럼 인간적인 게 없다고 생각한다. 나는 거짓말이 인류발전에도 공이 많았다고 생각하는 사람이다. 사기꾼은 영어로 confidence artist, 줄여서 con artist다. 거칠게 직역하면 신뢰 예술가다. 상대가 믿을 수밖에 없도록, 예술의 경지에 오른 거짓말은 아무나 하는 게 아니다. 나는 사기꾼은 싫어하지만, 거짓말은 사랑한다. 우리를 한없이 끌어당기는 myth(신화)의 원래 뜻도 거짓 이야기(false story)다. 승자의 기록이라고 말하는 '역사'에는 진실 같은 거짓이 또 얼마나 많을까. 드라마에 푹 빠진 사람들은 그게 다 거짓인 줄 알면서도 한숨 눈물 지으며 난리법석이다.

비트겐슈타인이 일곱 살인지 여덟 살인지 아무튼 어렸을 때, 궁전 같은 자기 집 계단에 앉아 한나절을 고민했다고 한다.

'거짓말이 분명히 이익이 될 때, 사람은 왜 거짓말을 하면 안 되는 것일까.'

어릴 때는 누구나 천재다. 피카소는 어린아이처럼 되는데 평생이 걸렸다고 말했다. 진실은 거짓이라는 가면을 쓰고 나타나기도 한다. 나는 비트겐슈타인이 거짓말 같은 진실을 많이 말했다고 생각한다. 그는 대학원 철학과에 진학하려는 제자를 극구 말려 의학을 전공하게 했다. 강단 철학은 죽었다고 생각했기 때문이다. 그 때문에 학부모의 항의를 받기도 했다. 교수가 되려는 제자들도 그의 만류에 시달려야 했다.

비트겐슈타인은 자기 강의에 확신을 가질 수 없을 때가 많았나 보다. 그래서 강의가 끝나자마자 스트레스를 풀기 위해 서부 영화를 보러 달려갔다는 일화가 전해진다. 하긴 선생처럼 거짓말을 많이 하는 직업이 또 있을까.

그분은 절대로 자신이 거짓말한다고 생각하지 않는다. 그분에겐 거짓 기억 증후군(false memory syndrome)이 있을 뿐이다. 기억을 창조하면 거짓 기억이 된다. 나는 거짓 기억을 나쁘게 생각하지 않는다. 시시콜콜 모든 일을 완벽히 기억하는 과잉 기억 증후군(hyperthymesia syndrome)보다야 좋지 않겠는가. 문제는 가슴 아프게도 그분이 타인의 거짓말에 너무도 잘 속는다는 사실이다.

그분은 생활력이 강하다. 생계를 위해서라면 어떤 험한 일도 마다하지 않는다. 그분은 쌀이 떨어졌는데도 책이나 읽는 사람을 슬픈 짐승이라고 생각한다. 안빈낙도나 강태공의 낚시 같은 말이 그분에겐 통하지 않는다. 개가 풀 뜯어 먹는 소리, 아니 개도 안 물어갈 소리다. 문제는 그분의 공치사가 자신의 모든 공을 한 번에 날려버린다는 사실이다. 나라는 사람이 제일 잘하는 건 혼자 가만히 있는 것이다. 점잖게 살려면 침묵이 필요하다. 그런데 그분에겐 그게 그렇게 어려운 모양이다. 나라는 사람은 사방팔방이 적막하든, 시끄럽든, 코로나가 기승을 부리든 말든, 여기 서귀포에서 지금도 혼자 잘 노는데 말씀이다.

그분은 청결의 사명을 가지고 이 땅에 태어나신 분이다. 더럽고 지저분한 꼴을 못 본다. 그분은 또한, 무질서에 질서를 부여하는 판관이다. 어느 날 갑자기 계시라도 받은 듯 안방과 건넌방의 질서를 교환한다. 안방의 것은 건넌방으로, 건넌방의 것은 안방으로. 그런 일이 그분에게 어떤 의미와 보람을 주는지는 그분만이 아는 일이다. 책상에 있던 책이 서가의 엉뚱한 곳에 꽂혀있고, 중요한 메모지는 구사일생으로 쓰레기통에서 발견된다. 그분의 청소는 규모가 크고 창의적이지만 누군가에게는 울화의 도화선이 된다. 그분과 함께 살려면 그분의 법을 따라야 한다. 씻고, 닦고, 쓸고, 혹시 오줌 방울이 튄 곳은 없는지 변기를 꼼꼼히 살펴야 한다. 그분의 안정과 평화를 위해서 누군가는 자신의 자유와 권리를 포기해야 한다. 그분 앞에서 고개 숙이고 숨죽이면 모든 건 해결된다. 그러나 이미 자유를 맛보았던 자에게는 죽기보다 어려운 일이다.

그분의 별명은 야전사령관이다. 좀 과장된 느낌이 들지만, 하긴 과장이 없으면 별명이 아니다. 밖에서 강하다는 정도로 이해하면

차츰차츰

된다. 요양원이나 장애인 시설 같은 곳에 가서 봉사하는 사람들이 적지 않다. 그러나 봉사하는 사람들도 각계각층, 천차만별이다. 시설에 계신 환자들의 옷은 세탁기에 들어가기 전에 손빨래가 필요할 때가 많다. 어떤 사람은 악취 때문에 현장에서 쓰러질 지경이다. 그런 사람은 현장 복귀가 불가능하고 오히려 위로와 간호를 받아야 한다. 야전사령관은 경험이 없거나, 있더라도 비위가 약한 사람들을 비교적 냄새가 좋은 곳, 밥하고 음식 만드는 곳으로 이동시킨다. 각자의 능력에 맞게 배치하고 적응훈련도 시킨다. 환자를 목욕시킬 때는 시설의 직원들과 합동작전을 펴기도 한다. 어떤 곳에서 한 명의 일꾼이 된다는 것은, 한 분야의 전문가가 된다는 것과 같다.

큰일을 할 때는 어쨌든 그분이 필요하다. 예를 들어 500명의 식사를 두 시간 안에 최저 비용으로 최고 맛있게 준비하려면 어떻게 해야 하나? 그분에게 물어보면 된다. 그분의 능력과 속도를 다른 사람은 따라오기 힘들다는 게 문제라면 문제다. 일찍이 칭기즈칸은 연전연승의 용맹 무쌍한, 칭찬받아 마땅한 장수를 이렇게 평가했다.

"저 장수는 자기 부하들이 얼마나 힘들어하는지를 모른다."

그분은 기약 없는 연재소설 같아서 그분에 얽힌 이야기는 끝나도 끝난 것이 아니다. 대충 그분을 총평하자면, 내가 그럴 자격이 있는지는 모르겠지만, 그분은 2%가 넘치고 2%가 모자란다. 지쳤다. 이제 그만하자. 이미 눈치를 채셨겠지만, 그분은 나의 아내다.

등소평과 비슷하게 생기신 장모님, 고봉년 여사는 제주 출신이다. 살림이 넉넉해서 육지로 시집갈 때, 논 60마지기(12,000평)를 결혼 지참금처럼 친정에서 마련해 주었다고 한다. 내가 지금 제주도에 있는 것도 결코 우연만은 아니라는 생각이 든다. 장모님은 45세에, 아차, 이걸 어쩌나, 임신하고 말았다. 이미 손주들의 재롱을 볼 때였다. 장모님은 민망하셨는지 애를 지우려 했다. 옛날 시골에서는 그런 일을 처리하는, 현대의학이 전혀 모르는 비방들이 있었나 보다. 그런데 어떤 방법도 소용이 없었다. 언덕에서 회전 낙법을 해도, 떼굴떼굴 굴러보아도, 간장을 퍼 마셔도, 태아는 끄떡없었다. 오, 불쌍한 장모님.

어느 추운 겨울밤, 동네의 애받이 전문 할머니가 장모님의 애를 받아냈다.

"에그그 어쩌나, 계집앤데 죽었네그려, 쯔쯔."

죽은 아기는 시멘트 포대에 둘둘 말려 차디찬 윗목으로 밀쳐졌다. 얼마나 지났을까. 희미한 울음소리에 장모님은 화들짝 놀랐다. 그 아기의 기적적인 소생은 장인어른을 춤추게 했다. 장인어른은 애석하게도 막내 사위를 못 보고 돌아가셨는데, 수완이 좋고 호탕한 분이라고 들었다. 아기는 몸에 좋다는 온갖 것을 냠냠거리며 할아버지 같은 아버지의 무릎에서 천상천하 유일 지존의 지위를 누렸다. 그때 좋은 걸 얼마나 많이 먹었는지 아내는 지금도 잔병치레가 없다. 틀니나 임플란트도 없다.

수수께끼 같은 2%의 비밀을 이제는 알겠다. 그 아기는 엄마의 뱃속에서 사랑은커녕 온갖 핍박에 저항하다가 공포의 엄마 뱃속을 탈출했을 때는 기진해서 기절했다가, 이 몸이 이렇게 죽을 수는 없다, 설움과 오기가 뒤엉킨 채 생존의 유일한 무기인 울음을 쥐어짜듯 끌어낸 것이었다. 그 아기의 출생 전은 지옥이고 출생 후는 천국이었다. 나는 출생 전이 천국이고 출생 후가 지옥이었다.

우리가 부부의 연을 맺게 된 까닭은 오로지 하느님 때문이다. 상극끼리 만나서 어떻게 사는지, 잘만 산다면 세계평화도 가능하지 않을까, 하느님께서 궁금하셨던 모양이다.

그분은 항상 가진 것보다 더 쓰고 살았다. 그런데도 지금까지 끄떡없다. 그분의 팔자가 그런가 보다. 팔자는 모든 논리에 재갈을 물린다. 이러쿵저러쿵 말해봤자 팔자 앞에서는 아무 소용없다.

그분은 우리의 결혼기념일을 다음과 같이 정의하면서 서귀포에 홀로 사는 나에게 매년 문자까지 보낸다.

"당신이 지옥에 빠진 날.
깔깔깔."

* 인생은 지식을 경멸한다. 인생이 숭배하는 건 열정과 에너지와 거짓말이다.

– 제임스 설터 (미국의 소설가. 작가의 작가로 불린다. 공군 조종사로 한국전쟁에도 참전했다.)

17.
카프카

내 여행을 위해 딸이 적금을 들었다.

나는 프라하에 가고 싶다. 카프카(1883~1924)의 고향이다. 카프카는 독일어로 글을 쓴 체코의 유대인이다. 슬프다. 그는 독일인도 체코인도 유대인도 아니다. 독일과 체코에서는 유대인을 인정하지 않았을 것이고 유대인은 독일어를 사용하는 유대인을 배척했을 것이다.

나는 카프카를 좋아한다. 모르기 때문에 좋아한다. 이런 이유로 내가 좋아하는 또 다른 작가는 우리의 소설가 박상륭이다. 카프카는 나와 비슷한 데가 많다. 그는 프라하의 도서관을 좋아했다. 프라하의 공예 도서관, 대학 도서관, 대출 도서관을 애용했다고 한다. 나도 도서관 없이는 못 사는 사람이다. 나는 학생들에게 도서관에서 연애하라고 꼬드기는 사람이다.

"나는 공원과 골목길 다니는 걸 가장 좋아한다."

카프카의 말인데, 나 역시 그렇다. 한 가지 추가할 게 있다면 나는 시장 바닥을 누비는 것도 좋아한다. 외국에 가면 그곳의 전통 시장에 가보고 싶어 안달이 난다. 삶이 입맛을 잃고 허덕일 때는

차츰차츰

시장에 가야 한다.

프라하에 가면 카프카의 산책길을 꼭 걸어보고 싶다. 프라하에는 카프카의 모든 흔적이 보전되어 있다고 한다. 생가에서 묘지까지.

카프카는 스케치를 많이 남겼다. 솜씨는 없어도 나 역시 스케치를 좋아한다. 노력해서 나도 많은 스케치를 남기고 싶다. 중학교 1학년 때 미술반에 들어갔는데 은근히 돈이 들었다. 미술반 선생님이 의욕적이어서 일요일에도 그림 그리러 나갔다. 도시락도 싸가야 했다. 나는 학교 다니면서 도시락을 싸간 적이 없었다. 물감도 필요했다. 나는 문예반으로 옮겼다. 문예반에는 원고지가 넉넉했다. 돈이 없어도 할 수 있는 예술이 문학이라는 것을 그때 알았다.

카프카는 펠리스 바우어와 두 번 약혼하고 두 번 파혼했다. 나중에 다른 여자와 약혼했다가 또 파혼했다. 키르케고르는 레기네 올센과 세 번 약혼하고 세 번 파혼했다. 두 사람이 참 많이도 닮았다. 헤밍웨이는 세 번 이혼하고 네 번 결혼했다. 나는 한 번 약혼에, 한 번 결혼했다. 어쩐지 내가 멋져 보인다.

카프카와 키르케고르는 아버지 때문에 힘들어했다. 오죽하면 카프카는 〈아버지께 드리는 편지〉라는 책을 썼을까. 하지만 거의 모든 아들은 아버지 때문에 힘들어하는 법이다. 아버지에게 인정받지 못해 괴로워한 최초의 인물은 〈창세기〉에 등장하는 카인이었다. 카인이 아벨을 질투하게 된 것도 인정 투쟁에서 실패했기 때문이다. 애들아, 제발 자식을 능력에 따라 차별하지 말아라. 하긴 자식을 낳아도 하나만 낳는 세상이니 내가 걱정할 일은 아니지만.

카프카는 왜 세 번이나 파혼했을까. 카프카는 소심하고 우유부단했다. 카프카는 먼저 결별을 말하지 못한다. 그는 버림받기를 원한다. 상대가 먼저 떠나기를 기다리고 기다릴 뿐이다. 어쩜 나를 똑 닮았을까.

카프카의 일기를 보면, 그는 자신과의 대화를 소중히 여긴 사람이다. 그는 틈만 나면 자기 내면으로 탈출하려는 사람이다. 카프카의 탈출은 밖을 향하는 escape가 아니라 안으로 향하는 inscape다.

대학원 다닐 때 〈빨간 피터의 고백〉이라는 연극을 보았다. 어떤 여자에게 속닥거려 그 여자의 돈으로 함께 보았다. 송승환의 〈에쿠우스〉도 그런 식으로 보았다. 그 여자가 없었다면 나는 연극 구경을 평생 못했을지도 모른다. 그 여자는 나중에 내 아내가 되었는데, 나는 후손들에게 이 말만은 꼭 남기고 싶다.

"애들아, 절대 빚지지 마라. 노예가 별 게 아니다. 빚지고 살면 노예가 되는 거란다."

〈빨간 피터의 고백〉은 카프카의 〈학술원에 드리는 보고〉를 각색한 것이었다. 삼일로 창고 극장에서 보았는데 추송웅의 모노드라마였다. 추송웅의 연기가 인상적이었지만, 카프카에게 접근하기는 쉽지 않았다. 빨간 피터는 출구 없는 상황에 빠진 원숭이다. 그 원숭이는 단 하나의 출구를 위해 인간을 관찰하고 인간의 흉내를 내지만 절망한다. 인간이라고 특별히 다를까. 2020년대 지구별은 코로나라는 미로를 헤매고 있다.

카프카의 작품은 미로다. 산에서 길을 잃은 사람이 온 산을 헤매도 사실은 제 자리를 맴도는 경우가 있다. 카프카에게 해방이나 구원 따위는 없다. 카프카의 세계는 할 수 없는 것(can't)이 해야 하는 것(must)을 그림자처럼 따라다닌다. 제논의 역설처럼 아무리 애써도 토끼는 거북을 따라잡지 못한다. 카프카의 주인공들은 바라는(望) 곳을 바라만(視) 보다가 끝내 쓰러진다.

〈성〉의 주인공 K는 측량 기사로 초빙된다. 성에 도착해도 들어가지는 못한다. 〈심판〉은 K가 체포되는 것으로 시작한다. 체포의 이유는 끝까지 밝혀지지 않는다. K는 소송에 휘말린다. 화가는 K에게 이렇게 말한다.

"무슨 죄를 지어서 기소되는 것이 아니라 기소되었기 때문에 유죄가 되는 거야."

〈이상한 나라의 앨리스(Alice in Wonderland)〉의 한 장면이 떠오른다. 여왕이 앨리스에게 말한다.

"판결이 먼저고, 유죄냐 무죄냐는 나중 일이다. (Sentence first - verdict afterwards)."

카프카의 분위기가 그대로 느껴진다. 〈이상한 나라의 앨리스〉는 카프카의 〈변신〉을 있게 한 수많은 길라잡이 가운데 하나라고 생각한다.

〈포기하라!〉는 카프카의 메모 같은 열 줄짜리 글이다. 길 잃은 사람이 경찰에게 길을 물어본다. 경찰이 말한다. "포기하라, 포기해!" 경찰의 말이 옳다. 길은 무수히 많지만, 당신을 위한 길은 없다. 포기해야 한다. 변신을 위해서는. 카프카는 이런 말을 하기도 했다.

"길은 없다. 우리가 길이라고 부르는 것은 망설임에 불과하다."

카프카는 생전에 무명 작가였다. 대학에서 법학을 전공한 그는 14년간(1909~1922) 산재보험공단의 모범적인 관리였다. 이사까지 승진했고 산재 예방의 탁월한 전문가로 인정받았다. 그는 노동자들의 사고를 줄이기 위해 프라하 공업대학의 기술 과정을 이수했고, 산업 현장의 기계들을 직접 개량하기도 했다. 카프카는 병약하지 않았다. 요트를 소유했고 수영과 하이킹에 몰두했다. 그는 언제나 사람들에게 돈을 빌려주었고 받을 생각을 하지 않았다. 알폰스 무하처럼.

카프카는 자기 얼굴을 보고 신음했다.

"이것이 신의 형상이란 말인가?"

내가 보기에 카프카는 미남이다. 카프카는 자기를 나약한 존재로 만들기 위해 때로는 엄살이 필요하다고 생각한다. 일종의 속임수다. 의태(擬態, mimicry)처럼. 나뭇잎나비가 낙엽을 모방해서 자기를 보호하는 것처럼 말이다. 카프카는, 아무도 관심 두지 않는 나약함으로 위장하여, 세상을 전복시키고 싶었는지도 모른다. 사람들 사이에 널리 오르내리는 이런 말을 남긴 사람이 바로 카프카다.

"한 권의 책은 우리 안의 얼어붙은 바다를 부수는 도끼여야 한다."

카프카는 <카프카와의 대화>의 저자 야누흐에게 자기 책상의 서류 더미를 "종이 감옥"이라고 말했다. 그는 관료주의에 넌더리를 치면서도 자기 일에 성실했다. 플로베르가 말했다.

"진리 안에서 살아가는 사람은 직업과 결혼과 가족의 의무에 얽매어있는 사람이다."

플로베르에 심취했던 카프카는 이 말에 공감했을 것이다. 카프카는 진리 안에서 살기 위해 '얽매이는' 것에 구애받지 않았다. 결혼만 빼고. 결혼은 자기와의 대화에 방해되니까.

카프카는 야누흐에게 말했다.

"괴테는 우리 인간에 관한 것은 거의 다 말했어요."

괴테와 성경을 인생의 반려로 삼았던 카프카는 그리스도를 "빛으로 가득한 심연"이라고 표현했다. 카프카는 어떤 종교도 믿지 않았고 술을 멀리하고 담배도 피우지 않았다. 카프카와 교제했던 여자들은 그 남자를 질서 정연한 미로처럼 생각했을 것이다.

<변신>은 이렇게 시작한다.

> 그레고르 잠자는 어느 날 아침 뒤숭숭한 꿈에서 깨어났을 때 침대에 누워있
> 는 자기 몸이 보기 흉한 해충으로 변해 있는 것을 발견했다. (김재혁 옮김. 고
> 려대학교 출판부, 2008)

카프카의 작품에 '왜?'는 없다. 그냥 일어나 보니 벌레가 되었다. 주인공은 그냥 받아들인다. 비탄이나 저주도 없고 원래의 자신으

로 되돌아가겠다는 열망이나 노력도 없다.

철학자 강신주는 카프카의 〈변신〉이 "가족 이데올로기를 신랄하게 조롱"했다고 말한다. 법학자 박홍규는 "엄청난 권력 앞에서 언제나 불안한 존재가 그 권력에 저항하는 수단으로 작은 것으로 변신한다."고 주장한다. 체코 출신인 밀란 쿤데라는 〈변신〉이 "검은색의 기이한 아름다움"이라고 묘사했다.

나는 〈변신〉을 좋아한다. 내가 이해할 수 있는 카프카의 유일한 작품이다. 〈변신〉에는 미로가 없다. 나는 〈변신〉의 그레고르 잠자가 나의 변신처럼 느껴진다. 변신을 꿈꾸지 않고 어떻게 살아갈 수 있단 말인가. 비록 벌레가 되는 한이 있더라도 말이다. 변신이 없는 삶은 남루하다. 나에게 카프카는 〈변신〉의 작가다.

〈이상한 나라의 앨리스〉에서 앨리스가 말한다. Was it a cat I saw?(내가 본 게 고양이었던가?) 회문(回文)이다. 거꾸로 읽어도 같은 문장이 되는 팰린드롬(palindrome)이다. 우리말에도 얼마든지 있다.

다 이심전심이다.

여보게 저기 저게 보여?

다시 합창합시다.

카프카의 〈변신〉은 회문과 같다. 변신해도 운명은 바뀌지 않는다. 그래도 나라면 변신을 택하겠다. 인간의 지식이 빅뱅의 폭발처럼 아무리 팽창했어도 하늘과 땅과 바다에 대해서 여전히 우리는 모르는 게 훨씬 많다. 인간에 대해서는 더욱 그렇다. 인간에 대해

차츰차츰

우리가 자신 있게 말할 수 있는 게 대체 뭐란 말인가. 나는 카프카를 해석할 수 없기에 해석하지 않는다. 그냥 받아들이고 느낀다. 기약할 수 없는 어느 날에 카프카의 작품을 다시 만나게 된다면, 나는 또다시 미로에 빠질 것이다. 미로는 세상에 내던져진 우리의 운명이다.

13.
알폰스 무하

프라하에 가봤으면 좋겠다. 알폰스 무하(Alfons Mucha 1860~1939)는 체코 모라비아 지방에서 태어나 프라하에서 죽었다. 무하는 화가다. 카프카와 대조적인 인물이다. 무하는 자기 밖으로 향하는 사람이고 카프카는 자기 안으로 파고드는 사람이다. 그 두 사람은 서로의 존재를 몰랐을지도 모른다. 무하는 방랑자였다. 빈, 뮌헨, 파리, 아메리카, 러시아 등 무하의 발자취는 드넓다.

무하는 열여덟 살 때, 프라하의 미술 아카데미에 입학하려 했으나, 거절당했다. 이유는 재능 부족. 하지만 무하는 초상화를 그리면 굶지는 않을 거라고 자신했다. 이런 낙천성이 무하를 영원한 보헤미안으로 만들었다. 무하의 방랑이 낭만적인 것만은 아니었다. 무하는 한 치 앞을 내다볼 수 없는 어둠을 씩씩하게 헤쳐 나간다. 그리고 어둠에서 끝내 빛을 찾아낸다. 그는 절망에 빠졌을 때, 자기 인생의 기념비적인 전환점이 왔다고 생각하는 사람이다. 무하에게 '밀려남'은 새로운 세계로 '들어감'의 기회가 된다. 나는 무하를 존경한다.

무하는 스물한 살에 빈으로 간다. 비트겐슈타인(1889~1951)의 고향, 빈. 천재 화가 에곤 실레가 활동했던 빈. 당시 빈에는 프로이트(1856~1939)가 살고 있었다. 에곤 실레는 태어나기 전이다. 무하와 프로이트가 만난 일은 없지만, 그 두 사람은 똑같이 1939년에 죽었다. 나는 이런 우연의 일치를 좋아한다. 정말 아무런 의미도 없지만, 그냥 혼자 히죽거리며 좋아한다.

무하는 석판화 작업을 제의받았을 때, 해본 적은 없지만 할 수 있을 것 같다고 말한다. 그리고 의뢰자가 기대했던 이상으로 멋지게 해낸다. 무하는 어떤 일이든 직접 부딪쳐가며 자기의 잠재 능력을 끌어내는 사람이다. 무하는 겸손하고 성실하고 붙임성이 좋았다. 그는 선한 사마리아인이었다. 재능은 있는데 돈이 없는 친구들을 많이 도왔다. 무하의 돈은 먼저 본 사람이 임자였다. 힘들게 번 돈을 남을 위해 기꺼이 쓰면서도 어린애처럼 좋아한 무하는 많이 벌어도 늘 돈이 부족했다. 무하의 천성이기도 하겠지만, 프리메이슨의 영향도 있었을 것이다. 프리메이슨은 박애, 평등, 평화를 신봉하는 비밀결사체이다. 무하는 프리메이슨 파리 지부의 일원이었다. 나중에 프라하의 프리메이슨 지부 설립에도 주도적인 역할을 한다.

실내장식, 삽화, 달력과 엽서의 그림, 교회의 성화, 무대장치, 무대의상과 보석 디자인 등, 무하의 예술은 전부 삶과 직결된 것이었다. 무하는 조국을 위해 체코의 화폐도 디자인했다. 그는 우리 곁의 예술가였다. 실용미술을 예술로 격상시킨, 대중이 사랑하는 친구 같은 화가였다. 고고한 예술가들은 무하를 무시하거나 B급 정도로 여겼다.

무하는 북이탈리아를 여행하고 뮌헨으로 유학도 간다. 인생의 고비마다 무하에겐 후원자가 나타난다. 겸손, 친화력, 성실이 어우러진 무하의 재능은 후원자를 제 발로 찾아오게 한다.

1887년, 27세의 젊은 무하는 파리로 간다. 파리는 아르누보(Art Nouveau, 새로운 예술) 작가들의 성지였다. 무하는 프랑스 정부의 훈장을 받을 정도로 파리에서 성공한다.

무하는 파리에서 고갱(1848~1903)을 만난다. 고갱은 타히티에서 돌아온 후에도 한동안 무하의 작업실을 같이 사용한다. 술 마시고, 노래하고, 기타도 치면서. 고갱이 무하의 아틀리에서 상의만 걸치고 바지는 벗은 차림으로 하모늄(harmonium, 작은 오르간)을 치는 사진이 남아 있다. 1895년 무렵 무하가 사진의 매력에 흠뻑 빠졌을 때다.

무하는 로댕(1840~1917)과 함께 모라비아 지방을 여행한다. 여행을 좋아하는 로댕이 프라하에 갈 때, 무하는 기꺼이 안내의 소임을 도맡았다. 로댕의 권유로 조각도 해본다. 세계적으로 알려진 무하는 마흔여섯, 늦은 나이에 고향의 순박한 시골 처녀와 결혼했다. 무하의 가정은 화목했다. 내가 제일 부러워하는 일이 무하에게는 그냥 자연스러운 일이었다.

무하가 그린 여자들은 순정만화의 여주인공 같다. 소녀들이 좋아할

　　　　　　　　　　　　　　　　　　　　　　차츰차츰

그림에 어른들이 왜 열광했을까. 수수께끼다. 무하가 그린 여자들은 청순하고 매혹적이면서 도도하다. 여자들의 배경에는 거의 자연이 등장한다. 그래서 여자들의 관능은 건강한 에로티시즘이 된다.

무하에게 모델은 실제를 묘사하기보다는 이미지와 분위기를 끌어내기 위한 대상이었다고 생각한다. 무하가 그린 여자들은 다르면서 같다. 모네의 〈루앙 대성당〉 연작처럼.

무하가 그린 진짜 여자 그림은 딸의 초상화를 그린 유화 하나뿐이라고 추측해본다. 무하의 딸은 무하의 마지막 모델이었고, 화가이기도 했다.

무하의 〈황도 12궁〉은 12개의 별자리를 그린 그림이다. 새침한 젊은 여자의 프로필이 전면을 차지하고 12궁은 상징으로 나타난다. 별이 없는 별 그림이다. 무하의 작품에서 별은 배경 그림으로 많이 등장한다. 〈사마리아의 여인〉은 수많은 별이 은하수처럼 이어져 있다. 〈춘희〉에는 반짝이는 별들이 눈송이처럼 떨어진다. 세인트루이스 만국박람회 포스터의 배경에도 별들이 반짝이고, 한 여인이 인디언의 손을 잡고 있다. 당시 세인트루이스에는 인디언 보호지구(Indian Reservation)가 있었다. 인디언의 권익에 관심이 많았던 〈대부〉의 말론 브란도가 보았다면 좋아했을 그림이다.

나는 프라하의 별을 꼭 보고 싶다. 지금까지 내가 본 최고의 별은 몽골의 별이다. 몽골의 여름은 밤 10시가 되어도 대낮처럼 환하다. 그러다 갑자기 어둠이 내리고 찬란한 별들이 쏟아지는데 손에 잡힐

듯하다. 나는 프라하의 밤하늘에서 무하의 별을 찾고 싶다.

  프라하는 무하를 반기지 않았다. 로댕의 가이더, 상업적인 작가로 무하를 매도했다. 젊은 작가들도 무하의 예술은 시대에 뒤졌다고 무시했다.

  무하 일생일대의 야심작은 〈슬라브 서사시〉다. 캔버스의 총길이 120m가 넘는 20개의 연작이다. 무하는 슬라브 민족의 자부심과 함께, 체코의 역사를 세계에 알리고 싶었다. 동포와 소통하려는 열망과 애국심이 어우러져 무하의 예술혼을 자극했다. 그 결과가 〈슬라브 서사시〉였다. 그 대작은 미국에서도 전시되었다.

  무하 말년에 프라하는 나치에 점령되었다. 무하의 영향력을 우려한 나치는 프리메이슨을 트집 잡아 무하를 체포하고 고문했다. 무하가 죽었을 때, 나치는 집합금지 명령을 내렸으나 무하의 장례식에 10만 명이 몰려들었다. 도스토옙스키의 장례식에는 3만 명에 가까운 사람들이 참석했었다.

  무하는 체코를 빛낸 사람들과 함께 묻혀있다. 그 묘지에는 카프카도 있다. 무하는 삶 자체가 예술이었다. 무하는 내가 생각하는 가장 아름다운 사람이다. 그리고 무하의 일생은 지금 나의 눈시울을 적신다.

  딸아, 고맙다. 아빠는 이제 프라하에 가지 않는다. 그리 알럼.

차츰차츰

19.
외가

　나는 외가의 사랑을 많이 받았다. 초등학교 때 방학만 되면 어머니는 나를 외가로 보냈다. 외가에서는 굶지 않아도 되었다. 외가는 내 영혼의 지문을 만들어 주었다. 외할머니와 둘째 외삼촌은 유년의 내 기억을 담금질했다.

　나는 할머니 옆에서 잤다. 가끔 할머니 다리를 주물러 드렸다. 할머니는 반도 호텔에 근무하셨다. 할머니는 버려지는 외국 우편물의 우표를 모았다가 막내 삼촌과 나에게 주셨다. 여름에는 할아버지가 모리소바를 해주셨고 겨울에는 할머니가 김치말이 국수를 해주셨다. 하얀 동치미와 시뻘건 국물의 배추김치. 외가는 나를 포함해 8명이었는데 동치미파와 배추파로 종종 갈렸다. 나는 할머니파였다. 그때는 김칫독을 땅에 묻었다. 연탄가스에 중독되면 김칫국을 퍼마시던 시절이었다. 그때의 김칫국은 죽어가는 사람도 살렸다. 맛집이 아무리 많아도 그 옛날 할머니의 동치미 맛을 내는 집을 나는 아직 찾지 못했다.

할머니의 목소리는 나지막하고 느리면서 명료했다. 묘하게 힘이 느껴지는 소리였다. 힘 있는 것은 조용했다. 할머니는 나에게 가끔 말씀하셨다.

"너는 네 아버지를 닮지 마라."

나는 얌전히 듣기만 했다. 어떤 면을 닮지 말아야 하는지 나는 몰랐다. 구체적인 말씀은 없었으니까. 나는 한 번도 '왜'냐고 묻지 않았다. 할머니도 아버지도 미워하지 않았다. 나는 멍청하거나 착한 아이였나 보다.

우리 가족은 평안남도 진남포(지금의 남포)에서 온 피난민이었다. 외할아버지는 배를 구해서 가족을 피난시켰다. '바람 찬 흥남 부두'는 우리 이야기가 아니었다. 어머니가 나를 낳은 지 얼마 안 되었을 때, 우리는 세낸 배를 탔고, 그때까지만 해도 나는 금수저 출신이었다. 어머니 아래로 독수리 5형제 같은 다섯 명의 남동생들만 있었다.

흔들리는 배에서 나의 운명도 흔들렸다. 어찌된 셈인지 엄마 젖이 나오지 않았다. 남들처럼 눈보라를 헤치며 피난길에 나섰더라면 젖동냥이라도 했으련만, 속수무책이었다. 돈도 권력도 의사마저 소용없는 상황이었다. 할아버지의 재력이 수모를 당하는 순간이었다. 그때 그 절박한 상황에서 누가 하느님에게 기도하고 부처님에게 빌었는지 나는 모른다. 그렇지만 하나는 안다. 굶주림이 나의 숙명이라는 것을, 나는 그때 이미 예견했다고 확신한다.

갓 스물을 넘긴 둘째 삼촌이 권총을 빼 들고 첫째 삼촌과 함께

차츰차츰

뱃머리로 나간다. 저 멀리 기적처럼 배 한 척이 보인다. 둘째 삼촌은 관심을 끌기 위한 총소리 '탕탕', 허공에 휘날리고 우리의 배는 무작정 전속력으로 그 배에 접근한다. 이게 어찌된 일인가. 미군들이 왜 거기서 나와? 마침내 둘째 외삼촌의 시간이 시작된다. 베이비 헝그리, 베이비 다잉, 아메리카 넘버 원, 베이비 베이비 헝그리 다잉. 미군들이 오렌지 주스 몇 통과 복숭아 통조림 한 통을 던져준다. 던져주는 걸 척척 받아내는 건 큰 삼촌의 특기다. 둘째 삼촌의 이야기는 재미와 과장이 정비례한다는 게 가족들 사이에서의 통설이다. 권총은 있었지만, 총알은 없었다는 증언도 있다. 기억은 정체성이다. 가짜 기억과 함께 기억의 모든 편집이나 왜곡은, 거짓이 아니라 또 다른 진실이다. 나는 둘째 삼촌의 서사(敍事, narrative)를 있는 그대로 받아들인다.

아직 끝난 게 아니다. 이야기를 좀 더 계속해 보자. 나는 메이드 인 유에스에이 오렌지 주스를 쪽쪽 빨아 마셨다고 한다. 환성이 터졌다. 얼마나 마셨을까. 갑자기 어머니가 나를 끌어안고 우셨다. 빈속에 찬 것을 갑자기 먹이면 어떡해. 어떡하냐고. 아이고. 원래 희극과 비극은 샴쌍둥이처럼 붙어 다니는 법이다. 중요한 것은 내가 아직도 살아서 이 글을 쓴다는 사실이다. 이참에 분명히 말해둘 게 있다. 나는 뼛속까지 친미주의자다.

피난 와서 잠시 밤밭(지금의 율전)에 살 때, 어느 빨래하기 좋은 봄날, 나는 시냇물을 타고 두둥실 떠내려갔다. 모세처럼. 천둥 같은 고함을 사방팔방 드날리며 나를 구한 의인들이 있었으니, 바로 외삼촌들이었다. 장남으로서 가난한 집안의 희망이 되어야 하는 십자가의 운명을 나는 계속 이어가게 되었다. 오로지 외삼촌들 때문에.

외가가 없었다면 나는 존재 자체가 불확실한 존재였다. 나는 지금도 외가를 향해 거수경례를 붙일 준비가 되어있다.

외가는 일본 사람들과 친했다. 특히 둘째 외삼촌의 중요한 인맥은 전부 일본 사람이었다. 둘째 외삼촌은 한때 엔화를 한화처럼 뿌려댔다. 지갑에 엔화밖에 없었기 때문이었다. 나의 절친이 외삼촌을 따라 일본에 간 적이 있었는데, 그 친구는 어떤 일본 사람에게 극진한 대접을 받았다. 둘째 외삼촌이 나의 친구를 진남포 시절 그 누님의 큰아들이라고 구라를 풀었기 때문이었다.

외가는 친일파였다. 해방을 맞이했을 때, 기쁨과 혼란을 동시에 느낀 사람들이 외가만은 아니었을 것이다.

어렸을 때 나는 둘째 외삼촌에게 〈OK 목장의 결투〉에 나오는 커크 더글라스를 닮았다고 말했다. 삼촌의 입이 귀에 걸렸다. 나중에 '위키 리'라는 가수가 외삼촌을 더 닮았다고 생각했지만, 그 이야기는 하지 않았다.

둘째 외삼촌은 내가 초등학교에 들어가기도 전에 내 아버지를 욕했다. 시간표를 짜놓고 욕하는 사람처럼 보였다. 나는 아무렇지 않았다. 우리 아버지가 왜 나쁘냐고 묻지도 않았다. 누가 뭐라든, 내 아버지가 나쁘다는 생각도 없었다. 전혀 슬프지도 않았다. 어쨌든 우리 아버지는 욕먹는 사람이었다. 외할머니와 둘째 외삼촌에게.

둘째 외삼촌은 자기 아버지도 욕했다. '욕'의 사명을 갖고 태어난 듯했다. 삼촌의 말을 그대로 옮기자면, 나의 외할아버지는 '쪼다'였다. 요리를 잘하고, 유난히 키가 크고, 잘생겼다는 점에서, 나는 외삼촌이 외할아버지를 많이 닮았다고 생각한다. 물론 최희준과 위키 리처럼 분위기는 사뭇 다르지만.

내가 시골에서 고등학교 선생 할 때, 외할아버지께서 폐결핵에 특효라는 '개소주'를 가지고 오셨다. 색시집에 모시고 가야혀. 그게 최고여. 나이 든 선생들이 나를 놀렸다. 개소주는 기름기가 많고 먹기에 역겨웠다. 할아버지를 생각하며 개소주를 꼬박꼬박 챙겨 먹었다.

나는 서울로 가서 사당동 친구가 잘 아는 의사에게 검사를 받았다. 검사 결과는 폐결핵 완치였다. 믿을 수 없었다. 개소주밖에 먹은 게 없는데요. 젊은 의사는 짜증을 냈다. 개소주 같은 소리는 하지 마세요. 사진을 보면 이건 흔적이에요. 폐결핵이 있었다는 흔적. 그렇게 믿을 수 없다면 다른 검사를 할 수도 있어요.

할아버지의 개소주는 위대했다. 개소주의 '개'는 우리 집에서 기르던 검둥이였다. 기쁨과 슬픔이 칡뿌리처럼 뒤엉켜있었다. 나는 검둥이의 명복을 빌면서 사당동 친구와 진창 술을 마셨다. 사나웠던 검둥이의 기운이 내 온몸에 찌릿찌릿 흐느끼듯 퍼져나갔다.

나는 친할아버지, 친할머니를 모른다. 피난 때 내려오시지 못했다. 나의 친할아버지는 한학에 조예가 깊으셨다는 말을 들었다.

할아버지와 할머니가 함께 찍은 사진을 어릴 때 본 생각이 난다. 친할아버지는 근엄하셨는데 나를 볼 때는 따뜻하게 웃어주실 분 같았다. 할머니는 촌스럽게 느껴졌다. 외할머니처럼 세련되지 않았다. 하지만 나이가 들면서 사진 속 친할머니가 그립다. 나에게 친할아버지와 친할머니는 영원한 부재다. 나는 부재의 정체성과 함께 살아야 한다.

친구들은 모두 친할아버지, 외할아버지가 되었다. 내가 친할아버지가 되어도 역할 모델이 없지만, 좋은 할아버지가 되려고 노력할 생각이다. 하나뿐인 아들은 결혼할 생각이 없는 모양이다. 뭐, 독신도 나쁘지는 않다.

언젠가 둘째 외삼촌이 나의 친할아버지를 증언했다.
"훌륭하신 어른이다. 학식도 높으시고 인격이 고매하셨다. 네 아버지가 그 어른을 닮았어야 했는데. 백 분의 일이라도 말이다."

20.
둘째 외삼촌

외가는 모계사회였다. 나는 모계사회가 좋다. 생물학적으로 여성은 남성보다 우월하다. 태아의 몸에 테스토스테론이라는 남성 호르몬이 추가되지 않는 한, 모든 아기는 여자로 태어난다. 미토콘드리아는 산소를 이용해 에너지를 만드는 기관이다. 난자 안에는 수백 개의 미토콘드리아가 있지만, 정자에는 몇 개에 불과하다. 그나마 난자에 들어가면 다 죽는다. 우리 몸에 없어서는 안 될 미토콘드리아는 100% 어머니에게서 받은 것이다. 더 무슨 말이 필요하랴.

모계사회에서는 외삼촌의 발언권이 강하다. 외삼촌은 친권자이기도 하다. 둘째 외삼촌은 외할머니의 최측근에 있는 비서실장이었다. 외할아버지는 열외였다. 외할아버지는 남한에서 바뀐 환경에 적응하지 못했고, 무엇보다 하나뿐인 딸의 남편을 선택했다는 원죄가 있었다.

고등학교 2학년 때였다. 후덥지근한 여름날 학교 도서관에 있다가 더위가 사그라질 무렵 집에 와 보니, 반가워해야 할지 반가운

척해야 할지 난감한 둘째 외삼촌이 어머니와 함께 계셨다. 소주를 자작하시던 삼촌은 술잔을 높이 치켜들며 나를 환영했다.

"이럇샤이마세(어서 옵쇼)."

나는 멋쩍게 웃었지만 왜인지 불안했다. 나는 불길한 기운을 부엌으로 끌고 갔다. 대충 씻은 다음 삼촌을 마주 보며, 불행이 행복으로 바뀌길 바라며, 어머니 옆에 다소곳이 앉았다.

"누이야, 나 이번엔 정말 누피고 말가서."

'누피다'는 삼촌의 용어인데 '때려 눕히다'의 준말이었다. 삼촌에게 눕혀져야 할 사람은 아버지밖에 없었다. 그런데 어머니의 태도가 수상했다. 삼촌을 말리긴 하는 데 적극적이지 않았다. 오히려 맞장구치다가 어떤 대목에선 일본말로 주고받으면서 뜨겁게 손뼉까지 쳤다. 나는 아버지의 귀가를 걱정했다. 요즘이라면, "긴급상황. 가정의 평화를 위해 외박을 요청함." 문자라도 보낼 텐데.

"누이야, 나 진짜 누핀다맨 눕혜. 내 성질 모르네."

이 장면에서 왜 내가 불쑥 나섰는지는 지금도 모르겠다.

"삼촌, 말씀은 고맙지만 여기는 삼촌의 나와바리가 아닙니다."

"고꼬와 오레노 나와바리다, 여긴 내 구역이다, 이런 말이잖아. 기레이데스네(멋지다)."

어머니가 갑자기 흥분하셨다. 어머니가 10년은 젊어 보였다.

"누이야, 우리 발밑에가 언제 이렇게 컨."

'발밑에'는 삼촌이 만든 말이었다. 삼촌의 논리에 따르면 조카는

차츰차츰

족하인데, 족하(足下)⁵⁾를 우리말로 옮기면 '발밑에'가 된다. 삼촌은 나한테만 '발밑에'라는 표현을 썼다. 내 아래 전도유망한 삼촌의 나머지 조카들은 당신의 안중에도 없었다.

"야, 한 분밖에 없는 내 누님이 니 오야지(아버지) 때문에 고생하시는데, 동생인 내 마음이 어떠캇네?"

"삼촌, 한 분밖에 없는 어머니를 둔 아들의 심정은 어떻겠습니까?"

어머니는 박장대소하셨다. 어머니가 그렇게 좋아하시는 모습을 처음 보았다. 어머니의 격려를 받았다고 생각한 나는 조급하게, 안 해도 좋을 말을 꺼내고야 말았다.

"삼촌, 가십시오. 우리 문제는 우리가 해결합니다."

외가를 향한 최초의 자주 독립선언이었다.

"데떼이께(나가), 너보고 나가라는 소리야."

삼촌에게 내 말을 확인시키는 어머니가 치어리더처럼 발랄했다. 나는 그 순간, 세상 모든 여자가 나를 슬프게 할 거라는 불길한 예감에 사로잡혔다. 살아보니 그 예감은 기막힌 선견지명이었다.

"가십시오. 가시라고 말씀드렸습니다."

나는 흥분했다. 왜 그렇게까지 삼촌을 몰아붙였을까. 그때의 나를 설명할 수 있는 말은 한 단어밖에 없다. 사춘기!

결말은 허무했다. 울음에서 웃음이 나왔듯이 비극은 희극을 낳았다.

"누이야, 사요나라."

---

5) 足下는 조선 시대에 상대에 대한 경칭이었다.

어머니가 삼촌을 격려했다.

"니게루가 카찌!(도망치는 게 이기는 거야.)"

이때부터 나는 모계사회에 반기를 들었고 아버지를 위한 공개적인 투사가 되었다.

대학생일 때, 외할머니와 단둘이 텔레비전을 보았다. 나훈아의 사랑은 눈물의 씨앗, 어쩌구 하는 노래가 흘러나왔다.

"저게 뭐야, 유치찬란하게."

나는 무심코 내뱉었는데 할머니가 말씀하셨다.

"그런 사랑도 있지 않겠니."

나는 깜짝 놀랐다. 그때부터 나는 나훈아라는 가수를 주목하게 되었다. 할머니의 사랑은 어떤 사랑이었을까. 할머니는 할아버지 말고 사랑한 다른 사람이 있었을까. 나는 할머니의 새로운 과거를 본 듯했다. 할머니께서 기회를 잡으신 듯 조용히 말씀하셨다.

"그때 네가 철이 없어서 그랬는지 모르겠지만, 그러면 못쓴다."

나는 정말 소스라치게 놀랐다. 내가 까마득히 잊고 있었던, 고등학교 2학년 때 둘째 외삼촌을 들이받았던 그 이야기였다. 나는 온몸에 선득한 찬 결을 느꼈다. 그때 둘째 외삼촌은 할머니가 보낸 자객이었다는 생각도 들었다. 언제나 나의 편이었던 할머니가 또 말씀하셨다.

"네 엄마가 결혼할 때 브라스밴드가 동원됐단다. 그 시절엔 꿈도 꿀 수 없는 일이었지."

나는 할머니의 그런 말이 싫었다. 그런 이야기를 듣는 나는 기뻐

126

하는 대신 알지 못할 죄의식을 느꼈다. 할머니는 과거의 포로였다.

일찍이 어머니가 말씀하셨다.
"소리 안 나는 총이 있으면 쏴 죽이고 싶다."
이런 말을 어린 나에게 한 번도 아니고 두세 번은 하셨다. 총을 맞을 사람은 아버지였다. 소리 안 나는 총으로 쏘면 안 죽는 것인지, 일단 죽었다가 보름달이 뜰 때 다시 살아나는 것인지, 나는 몰랐다. 왜 그러는데요, 엄마. 나는 이런 말을 하지 않았다. 나는 왜 궁금하지 않았을까. 나도 모른다. 어린이는 어른의 아버지라고 한다.[6] '어린이'는 방정환 선생이 만드신 말이고 작은 어른이라는 뜻이다. 내가 어찌 작은 어른의 깊은 뜻을 헤아릴 수 있겠는가. 물론 그런 말을 듣는 내 마음이 편하지는 않았다. 내가 지금 살아있는 것인지, 부모가 따로 있는데 다리 밑에서 주워온 자식은 아닌지, 도대체 나는 누구인지, 나는 종종 혼란을 느꼈다.

어머니가 '소리 안 나는 총'을 말할 때, 한 가지가 분명해졌다. 할머니의 말씀, '너는 아버지를 닮지 마라.'가 결코 틀린 말이 아니라는 사실이었다.

집에서 가까운 곳에 큰 공장이 있었다. 쇠사슬이 가로질러 쳐진 정문은 위압적이었다. 차가 출입할 때는 경비원 아저씨들이 쇠사슬을 풀었다가 다시 쳤다. 학교 운동장보다 더 큰 그 공장의 뒤쪽

---

6) The child is father of the man. 워즈워드의 시 〈My Heart Leaps Up〉에 나오는 말. 이 시는 우리
    에게 〈The Rainbow, 무지개〉로 더 많이 알려졌다.

끝에 작은 사무실이 있었는데, 아버지가 일하시는 곳이었다. 초등학교 3학년 때, 오후반 학교 가기 전에 나는 몇 번인가 어머니가 싸준 도시락을 아버지에게 갖다 드렸다. 아버지는 항상 무언가를 열심히 그렸는데, 물론 설계 도면이었다. 그 사무실에서 다른 사람들은 본 적이 없었다. 아버지는 그곳에 오래 근무하지 않으셨다.

시내 중심가인 동인천역 맞은편 번듯한 건물 3층에 건축사무소가 있었다. 아버지가 설계 도면과 씨름하는 곳이었다. 중학교 1학년 때 학교 갔다 오는 길에 슬쩍 한 번 들어가 보았다. 아버지 뒤에 두꺼운 유리판이 깔린 큰 책상에 어떤 아저씨가 신문을 보고 있었다. 내가 인사할 때, 그 아저씨는 고개만 까딱했다. 인상이 날카롭고 웃는 법을 배우지 못한 사람 같았다. 아버지께서 자장면을 시켜주셨다. 나는 거기에서 자장면을 두 번 먹었다. 세 번은 먹었어야 했는데. 아버지는 그곳에도 오래 계시지 않았다.

실패는 아버지의 마약이었다. 아버지는 실패를 끊지 못했다. 아버지는 실패와 연애했다. 아버지가 생각하는 건축(Architecture, 으뜸 기예)은 종종 건축주와 마찰을 빚었을 것이다. 아버지의 실패는 더 큰 실패로 이어졌다. 나는 결혼하고 나서도 아버지의 실패로 생긴 구멍을 열심히 메워야 했다. 아들은 아버지의 폭로된 비밀이라는 말이 있다. 그때는 몰랐지만, 이제껏 살아보니 나는 아버지의 아들이었다.

둘째 외삼촌은 아버지가 깜찍하다고 했다. 깜찍하다는 '깜찍하

게 거짓말한다.'를 아는 사람만 알게 줄인 말이었다. 아버지가 일본
에서 공부했다는 것도 거짓말이라고 했다. 갑자기 기억의 장막이
뒤집히면서 돌아가신 아버지의 얼굴이 나타난다.

"내가 깜찍하다고."

아버지는 허공을 향해 싸늘하게 비웃었다. 아버지의 눈이 충혈된
듯했다. 슬프다. 기억들도 싸우는구나. 기억들도 인정 투쟁을 하는
구나. 나는 그때 아버지의 참담한 모습을 지금도 잊을 수가 없다. 둘
째 외삼촌은 철저하게 아버지를 무시했다. 그러나 첫째 외삼촌은 아
버지와 친구처럼 종종 소주잔을 기울였다.

나는 사춘기 때 아버지를 위해서 외가와 싸웠고 그다음에는 아버
지와 싸웠다. 내 안의 괴물이 불쑥 튀어나와 불효막심하게 싸웠다.
재떨이를 던져가며 패악질을 했다. 어려서부터 수없이 들었던 그 말,
'너는 아버지를 닮지 마라.' 그 부정적인 말이 내 무의식에 차곡차곡
쌓이고 쌓이다가 어느 한 순간에 갑자기 화산처럼 폭발한 듯했다.

'억압된 것은 반드시 회귀한다.'

정신분석학의 명언이 된 프로이트의 말은 옳았다.

아버지와 싸운 다음에 나는 나 자신과 싸웠다. 나를 경멸하면서
싸웠다. 나는 이제 싸우지 못한다. 싸울 대상도 없다. 늙은 복서는
피 흔적이 지워지지 않은 사각의 링에 짐을 부리듯이 철퍼덕 주저앉
아 초점 잃은 눈으로 무연히 허공만 바라본다. 한때는 내가 가족을
위한 투사였다는 사실을 기억하는 사람이 이제는 아무도 없다.

21.
식물원에서

식물원에 갔어. 동양에서 제일 크다는 온실에서 나는 슬펐어. 동물원의 사자를 보면 슬퍼지는 그런 슬픔이야. 식물들의 세상에 나비가 없고 새소리도 안 들려. 고향을 잃은 식물들만 가득한데 식물원이 거대한 인큐베이터 같았어. 수용소 같았어.

아프리카의 사자 사냥꾼들은 세 번 놀란대. 사자 발자국을 보고 놀란 다음, 사자 울음소리를 듣고 놀라다가, 사자와 맞닥뜨렸을 때 정말 놀란대. 동물원의 사자는 놀라움이 없잖아. 오랫동안 새장에 갇혀있던 새는 풀려나도 날지를 못한대. 본성을 잃는다는 것은 살아있는 죽음이야. 문득 나도 살아있는 죽음을 사는 게 아닐까 생각했어.

라일락은 4월에 피어. 수수꽃다리의 개량종이 라일락이야. 우리 아버지가 좋아하시던 〈베사메 무초〉의 리라꽃도 수수꽃다리의 다른 이름이야. 수수꽃다리의 가지에는 수많은 겨울눈이 매달려 있어. 눈은 식물이 태어나는 곳이야. 봄이 오면 보이지도 않던 작은 눈에서 수많은 꽃과 잎이 피어나는 거야. 라일락도 마찬가지야. 어

차츰차츰

떤 사람이 4월에 라일락을 보았는데 너무 화사해. 겨우내 죽은 줄 알았는데 화려하게 부활한 거야. 자기의 죽음 같은 삶을 애써 외면 하면서 모르는 척하고 살았는데 라일락 앞에서 자기 삶의 실체가 드러나고 말았어. 자기의 삶과 라일락의 삶이 극명하게 대조되었거 든. 그래서 "4월은 가장 잔인한 달"[7]이라고 말하지 않을 수 없었어. 내 생각이 그렇다는 거야. 시에 무슨 정답이 있겠어.

나는 최고의 보호를 받는 식물들이 오히려 불쌍했어. 걱정할 게 없는 식물들. 인간이 제공한 환경에 적응하느라 자기 본성을 다 잃 었을 거야. 자기가 누구였는지도 잊었을지 몰라.

파피루스를 보았어. 새파란 줄기가 낭창대는데 맨 위에는 옥수 수수염 같은 것들이 어지러워. 파피루스의 밑은 흩어지지 않게 줄 로 묶여있어. 원래는 저런 모양이 아니었을 거야. 옛날 옛적에 나일 강 삼각주를 뒤덮었던 파피루스는 어떤 풍경이었을까. 갈대 같은 수초가 어떤 과정을 거쳐서 종이가 되었을까. 플라톤은 파피루스 에 어떤 필기구를 이용했을까. 종이(paper)가 파피루스(papyrus)에 서 나온 말이잖아. 파피루스로 만든 종이는 삼베 같다고 하는데 느낌이 안 와. 한지는 닥나무가 원료야. 파피루스의 종이와는 달 라. 어떻게 다른지는 모르겠어. 나는 정말 무식한가 봐. 내가 고등 학교 졸업할 때, 교지에 쓴 장래 희망이 '무식을 퇴치하겠다'였는데.

---

7) T.S 엘리옷의 〈황무지(The Waste Land)〉의 첫 구절. "April is the cruelest month."

소현세자가 봉림대군과 함께 심양으로 끌려가다 민가에서 휴식할 때, 마부대의 아들 요기내를 불렀어. 17세에 아버지를 따라 병자호란에 참전한 소년 병사야. 〈맹자〉를 달달 외우고 뜻까지 익힌, 드레가 있어 보이는 요기내. 소현세자는 그 소년 병사에게 고풍[8]으로 붓과 먹과 종이 세 권과 백금 약간 냥을 주었어. 아마도 세자는 요기내보다 한 살 어린 동생, 한양에 남은 인평대군을 생각했을 거야. 나는 파피루스 앞에서 한참을 서성거렸어. 종이가 무엇인가를 생각하면서. 종이가 없다면 내 인생도 없을 거야.

보리수 나무는 아기야, 아기. 석가모니 무릎 위에 있어도 좋겠어. 보리수 아래 가부좌를 튼 석가모니의 모습이 잘 떠오르질 않아. 인도의 보리수는 삼십 미터까지 자란대. 내가 지금 바라보는 보리수는 나에게 말을 걸지 않아. 어떤 연상 작용도 일어나지 않는다고. 보리수가 불교와 힌두교에선 성스러운 나무잖아. 나는 보리수를 향해 몸 성히 계시라는 말만 했어.

파파야 나무는 멋있어. 쭉 뻗었어. 직선을 사랑하는 나무야. 그냥 뻗기만 해서 외로울지도 몰라. 하늘을 향한 단순한 구조가 마음에 들어. 몬드리안이 좋아했을 나무야. 몬드리안은 수평선과 수직선을 사랑했어. 정사각형과 직사각형을 좋아했고 원과 대각선은 싫어했지. 아, 마티스는 곡선을 사랑했는데.

---

8) 고풍(古風): 윗사람이 아랫사람에게 돈이나 물건을 선물로 주는 풍습.

차츰차츰

수평과 수직은 형태를 만들고 형태를 인식하는 기준이야. 수평과 수직을 연결하면 사각형이 되지. 사각형을 기본구조로 한 몬드리안의 추상화 〈빅토리아 부기우기〉를 조선 시대 여인들이 만든 보자기 무늬와 비교한 화가가 있었어. 정은미던가? 정말 우리 보자기 멋있더라. 몬드리안이 우리 옛사람들의 보자기를 보았으면 분명히 감탄했을 거야.

바오밥 나무를 보고 실망했어. 〈어린 왕자〉에 나오는 바오밥 그림과 너무 달라. 바오밥 나무는 아프리카에서 신성한 나무야. 바오밥 나무 구멍 속에 사람이 살기도 한대. 내가 본 바오밥은 너무 어려. 전설에 따르면 바오밥은 신이 처음 만든 나무야. 〈어린 왕자〉의 삽화와는 전혀 다른 바오밥을 텔레비전에서 본 적이 있어. 마다카스카르의 바오밥. 대리석 기둥처럼 미끈하게 쭉쭉 뻗었어. 탄성이 절로 나와. 화가들이 왜 바오밥을 즐겨 그리지 않았을까. 그린 사람이 많은데 내가 모르는 걸까.

아프리카에서 나무는 재판의 상징물이야. 부족 원로들이 나무 주변에서 판결한대. 그래서 정의를 기념하는 모든 건물은 나무로 둘러싸여 있다는 거야. 나무는 가장 오래된 생명체야. 서아프리카 세네감비아의 바오밥 나무는 육천 년을 살았대. 파브르한테 배운 거야. 파브르는 독실한 기독교인이었는데 식물의 장구한 역사를 '천천히 이루어진 창조'라고 말했어. 파브르는 곤충학자로 유명한 사람이지만 식물 연구도 많이 한 사람이거든. 다윈이 파브르를 '최고의 관찰자'라고 칭송했었지.

한 가지 의문이 들어. 식물은 가만히 있어도 식물만큼 행동반경이 넓은 생물이 없잖아. 식물이 씨앗을 퍼뜨리는 기기묘묘한 방법들이 많이 알려졌잖아. 단풍나무의 열매는 새가 날개를 펼친 모습인데 폭풍우를 뚫고서도 멀리 여행한대. 강낭콩 씨앗은 백 년이 넘어도 싹틀 수 있고, 로즈메리나 캐모마일 씨앗은 고대인의 무덤에서 발견되어도 아무렇지 않게 싹이 튼대. 전부 다 파브르한테 배운 거야.

갑자기 궁금하네. 여기 식물원의 식물은 자기 씨앗을 어떻게 처리할까. 자기의 씨앗을 운반해 줄 바람이나 새나 다른 포유류가 없잖아. 전부 귀화식물인데 여기 환경에 완전히 적응해서 자생식물이 되었다고 해도 자기 존재의 근거인 씨앗은 어떻게 하느냐 말이야.

이런 생각도 들어. 지금 우리가 먹는 과일이 야생 상태로 있었을 때는 대부분 먹을 수 없었거든. 오랫동안 사람들이 개량해서 먹게 된 거야. 과일이 자기 본성을 버리고 인간의 손길에 완전히 적응한 결과지. 여기 식물도 인간의 손에 완전히 적응해서 씨를 퍼뜨릴 필요도 없이, 자기가 씨앗의 존재였다는 것도 잊은 채, 그냥 인간의 손에 내맡겨진 건 아닐까. 그렇다면, 거세된 식물이잖아. 어쩐지 슬프네. 혹시 자기 씨앗을 인간들 모르게 숨겨놓지는 않았을까.

식물원의 작은 나무들이 무럭무럭 자라서 언젠가는 온실의 지붕을 뚫고 하늘로 뻗어나갔으면 좋겠어. 오늘 식물원에 오길 잘했어.

차츰차츰

22.

아버지

초등학교 저학년 시절 아버지와 함께 영화를 보러 갔다. '만원사례'라는 입간판이 먼저 보였다. 당시만 하더라도 좌석은 먼저 앉는 사람이 임자였다. 자리를 못 잡으면 서서 보는 수밖에 없었다. 입석이라고 할인해 주는 것도 아니었다. 아버지의 돈이긴 했지만, 같은 돈 내면서 차별받는 게 억울했다.

아버지와 나는 비교적 앞쪽에 서 있었다. 앞에 있는 어른들 때문에, 제대로 볼 수가 없었다. 아버지가 목말을 태워주셨다. 시야가 확 트였다. 전쟁이 일어난 모양인데 불길이 치솟고, 마차를 탄 콧수염 아저씨가 불길을 뚫고 나가려는데, 그 아저씨 옆에 엄청 예쁜 여자가 비명을 지르고, 뭔지 몰라도 재미있었다. 말이 불을 무서워하는구나. 그러니까 말의 눈을 가렸지. 손바닥에 땀이 났다. 힘드셨는지 아버지는 나를 내려놓았다. 별로 아쉽지는 않았다. 영화를 보면서 자막도 읽어야 하는데 쉽지는 않았다. 나는 몇 번 더 목말을 탔다. 아버지는 내가 보면 재미있겠다고 생각한 장면마다 나를 태워주셨던 것 같다. 영화는 길었다. 다리가 아팠다. 콧수염 아저씨는 클라크 케이블이었다.

나는 학교에 가서 친구들에게 물어보았다.

"너희들 아버지 목말 타고 영화 본 적 있냐?"

한 놈도 없었다. 〈바람과 함께 사라지다〉가 영화인 줄도 몰랐다. 촌놈들.

아버지와 두 번째로 본 영화는 〈북북서로 진로를 돌려라〉였다. 그 영화는 품위있게 앉아서 보았다. 재미가 없었다. 나는 아버지가 영화배우 황해를 닮았다고 생각했는데 아버지는 미국 영화만 좋아했다. 그때는 몰랐지만, 그 영화의 감독이 앨프리드 히치콕이었다.

"개성은 자기표절이다."

나는 히치콕의 이 말을 지금도 좋아한다. 아버지가 히치콕을 좋아하셨는지는 알 수 없다. 나는 자식들의 손을 잡고 영화관에 가본 적이 없었다.

나는 아버지와 함께 목욕탕에 가본 기억이 없다. 생각해보니 나도 아들을 데리고 목욕탕에 간 적이 없다. 아버지 때문에 목욕을 근사하게 해본 적은 있다. 오전반 수업을 마치고 친구들과 재잘대면서 나오는데 교문 앞에서 아는 아저씨가 나를 기다리고 있었다. 아저씨는 나를 번쩍 들어 자전거 뒷자리에 앉혔다. 매일 함께 다니는 옆 동네 친구에게 미안한 척하면서도 의기양양하게 손을 흔들었다. 아저씨는 나를 빵집으로 데려갔다. 나는 내 주먹보다 큰 만두빵을 먹었다. 김이 모락모락 나는 만두를 간장에 찍어서 단무지와 함께 먹었다. 그때는 다꾸앙이라고 했다. 아저씨는 아무것도 안 드셨다. 아버지가 너한테 사주라고 하신 거야. 천천히 꼭꼭 씹어 먹어라. 아저씨는 담배만 뻑뻑 피우셨다. 그때는 버스를 타고서도 담배를 피우던, 애연가들의 전성시대였다.

아저씨는 한참을 가다가 목욕탕 앞에서 자전거를 세웠다. 아버지가 너를 목욕시키랬어. 들어가자. 아저씨는 나의 등을 아프지 않게 밀어주셨다. 아버지보다 나이가 더 많은 그 아저씨가 아버지와 어떤 사이인지는 모른다. 그날 아버지가 왜 나에게 깜짝 파티를 열어주셨는지도 모르겠다. 시절은 분명히 봄이었다. 아마도 내 생일이었나보다.

어느 날 저녁, 아무것도 먹지 못했다. 아버지는 밤늦도록 돌아오지 않으셨다. 다음 날 아침 어머니는 나에게 설탕을 탄 미지근한 물 한 그릇을 주셨다. 아버지는 보이지 않았다.

오전반 수업을 끝내고 집에 돌아왔을 때 여동생은 배고프다며 힘없이 울고 있었다. 나는 약간 어지러웠다. 저녁이 가까워질 무렵 아버지가 들어오셨는데 빈손이었다. 아버지는 서두르는 눈치였다. 아버지는 어머니에게 뭔가를 간단히 말했고 어머니도 동생을 둘러 업으면서 바빠지셨다. 아버지는 나를 데리고 먼저 밖으로 나갔다. 우리 가족은 택시를 타고 어디론가 신나게 달렸다. 우리는 큰 식당 2층으로 올라갔다. 넓은 다다미방이었고 식탁이 여러 개 있었다. 정체를 알 수 없는 음식이 나왔는데 어머니는 천천히 먹으라고, 국물 먼저 떠먹으라고, 여러 번 말씀하셨다. 나는 그때 난생처음 '영계백숙'이라는 걸 먹어 보았다. 외우기 힘들었지만 내가 그 이름을 잊을 수는 없었다. 영계백숙을 또 먹을 수만 있다면, 하루쯤 꼬박 굶어도 좋았다. 우리 집과 10리 거리에 상상할 수 없는 세상이 있었다.

다음 날 학교에 가서 친구에게 가만히 물어보았다. 살이 뒤룩뒤룩한 그 아이는 부잣집 아들이었다.

"너 영계백숙 먹어 봤어?"

"뭐? 그게 먹는 거야?"

내가 중학생이 되었을 때 아버지께서 바둑을 가르쳐 주셨다. 이론은 없고 실전 위주였다. 상대 돌을 포위하면 따먹을 수 있다는 것만 알고 25점을 깔고 두었다. 나는 장강의 앞 물결을 밀어내는 도도한 뒷물결이었다. 몇 달 지나지 않아 9점, 5점, 급기야 맞두다가 백을 빼앗고 오히려 두 점을 접어주고도 내가 이겼다. 제자가 스승을 이길 때 스승은 기뻐한다고 들었는데, 아버지는 분하신 듯했다. 나는 아버지와 더는 바둑을 두지 않았다. 아버지가 고수는 아니고 후하게 봐서 10급 정도였다. 기원에 가서도 맞상대를 찾기는 어려웠을 것이다.

내가 대학생일 때 '일간 스포츠'라는 신문이 그 당시 청춘들에게 대단한 인기였다. 고우영 화백의 〈일지매〉와 최인호 작가의 〈바보들의 행진〉이 특히 인기였다. 그런 신문에 내 이름이 20번 이상 나올 줄은 나도 미처 몰랐다. 지금은 없어졌지만 '일간 스포츠'에서는 한일 대학생 바둑 대항전을 주관했었다. 한국과 일본의 대학생

차츰차츰

대표들이 해마다 서울과 도쿄를 번갈아 가면서 겨루는, 당시에는 최초의 국제 교류전이었다. 나는 대표 선발을 결정짓는 마지막 판에서 실족했다. 나는 항상 마지막에 약했다. 그렇지만 내가 둔 세 판의 바둑이 신문에 소개되었다. 두 판은 이긴 바둑이고 한 판은 진 바둑이었다. 한 판의 바둑은 보통 일주일 정도 연재되었다. 당시 나는 삼청동 외가에서 대학을 다녔는데, 아버지가 일간스포츠를 사러 동인천 기차역 가판대까지 매일 가셨다는 말을 들었다. 바둑을 둘 줄 아시는 막내 외삼촌도 무척 기뻐하셨다.

그때 나는 바둑을 어떤 식으로 두었는지 궁금하다. 나는 왜 그런 추억들을 간직하지 못할까. 고등학생 때 학보나 교지에 쓴 글도 제법 있었는데 하나도 찾을 수 없다. 다만 아버지를 표절하지 못한 나는 자식들에게 아무런 놀이도 가르쳐 주지 못했다.

일간 스포츠를 정말 화려하게 장식한 인물은 둘째 여동생이었다. 아버지가 막내 여동생과 함께 유달리 귀여워한 아이이기도 했다. 얌전한 그 애가 고등학생 때 사격반에 들어갔다. 나는 바둑반에 들어가라고 했었는데 그냥 그런가 보다 했다. 여동생은 사진을 잘 받아서인지 전국대회에서 2등을 했는데도 1면에 소총을 겨눈 사진이 크게 실렸다. 어쭈, 하면서 대견스러워했는데, 여동생은 요란을 떨지도 않고 태릉선수촌에 입촌하였다. 그러려니 했다. 집에서 특별히 지원한 일도 없고 그럴 여력도 없었다. 고교생 국가대표로 일본에 시합하러 가야 했는데, 문세광이 육영수 여사를 저격하는 바람에 일본 길이 갑자기 막혔다. 그 애나 나나 일본과는 인연이 없었다.

나는 어머니의 걱정 어린 전화를 받고 내가 알아서 처리하겠다고 어머니를 안심시켰다. 태릉선수촌에 있는 동생이 돈이 좀 필요한 모양이었다. 큰돈은 아니었다. 그때 나는 취업과 병역문제로 마음이 뒤숭숭한 대학 졸업반이었다. 동생이 꼭 필요한 그 돈을 누구에게 빌릴 생각도 없었고, 빌리고 싶은 사람도 없었다. 고민 끝에 종로 2가의 그녀에게 도움을 청했다.

나는 난생처음 태릉선수촌에 갔다. 입구에서 동생을 만났는데 왠지 짠했다. 동생은 졸업 후에 대학과 은행과 여군, 세 곳에서 스카우트 제의를 받았다. 동생은 대학으로 가고 싶어 했다. 부모님은 은행을 원했다. 부모님의 뜻대로 총대를 메는 게 나의 역할이었다. 나는 미안함을 감추고 동생에게 은행이 좋겠다고 말했다. 동생은 대학을 포기하고 은행을 선택했다. 동생은 직장을 다니면서 꽃꽂이 같은 취미활동에 열중했다. 자격증까지 갖춘 플로리스트가 되었다.

그 동생이 글을 썼다면, 아마도 가문을 빛냈을 것이다.

아버지는 비폭력주의자였다. 아내나 자식에게 손찌검 한 번 하신 적이 없다. 나는 자식을 때린 적이 있고, 아내와는 난타전을 벌이기도 했다.

자식들에 대해서 아버지는 풀어놓고 기르는 방목 스타일을 좋아하셨던 듯하다. 대학교 2학년 때, 복학생인 아저씨 같은 4학년 선배가 나에게 말했다. 너는 방관자야. 비난은 아니었다. 그때 나는 그 말을 '너는 재미있는 놈이야.'로 들었다. 어쩌면 '방관자'라는 말은 나의 캐릭터를 가장 잘 드러낸 말일지도 모른다. 관찰자였기 때문에 방관자로 보였을 뿐이다. 이랬다면 얼마나 좋았을까.

아버지는 가정 경제에 방관자였다. 이제 생각하니 아버지를 가장 많이 닮은 자식이 바로 나였다.

내가 고등학교 1학년 때 아버지는 자식들을 한자리에 불러 모았다. 아버지의 얼굴이 불콰했다. 아버지는 설계 도면을 펼치셨다. 앞으로 우리가 살 이층집이라고 했다. 당신의 자식들 가운데 설계 도면을 이해할 천재는 없었다. 도면에는 각자 자기 방이 있었는데 내 방은 2층에 있었다. 나의 방만 마련해 주신다면 소자가 천재임을 증명하겠나이다, 속으로만 부르짖던 나는 눈이 번쩍했다.

"우리가 살 이층집은 아침 햇살이 비치는 양지에 지을 것이다. 마당에는 작은 터앝이 있고 집 밖에는 조금 큰 텃밭도 있는데, 너희들은 무엇을 심고 싶으냐?"

자식들은 멀뚱멀뚱 말이 없었다. 나는 대표로 예의상 '해바라기'라고 말했다. 어릴 때 옆집 누나가 먹던 해바라기 씨가 생각났기 때문이었다.

지도에 길이 없듯이 도면에는 내 방의 실체가 없었다. 도면에 그려진 알 수 없는 선, 선, 선들의 기하학적인 아름다움만이 지금도 눈앞에 선하다. 건축가인 아버지의 꿈은 이루어지지 않았다.

아버지의 이층집은 나의 꿈이 되었다. 나는 강남에 살면서 아파트를 사지 않았다. 방송에서는 모든 뉴스가 '땡전' 뉴스(9시 땡, 하면 전두환부터 나온다고 해서)로 시작하고, 대학가에서는 DDD(두환이 대가리 돌대가리)가 유행하던 시절이었다. 정권은 바뀔 것이고 서민을 위한 다양한 임대주택이 계속해서 공급될 것이라 믿었다. 평범한 사람들의 주거용 아파트를 투기의 대상으로 본다면, 미친놈들 아닌가.

나는 지금 돈을 양지의 이층집도 없고 강남의 아파트도 없다. 나는 수준 이하의 명청이였다. 인정한다. 미친놈은 바로 나였다. 바보는 죽기 전에 못 고친다는 말에도 동의한다. 그래도 후회는 없다. 획일적인 편리함에 적응하도록 강요하는 지금의 아파트가, 첨단기능을 뽐내면서 인간을 길들이려는 초 현대 아파트가, 흙냄새를 맡을 수 없는 그 잘난 아파트가, 언젠가는 가격이 폭락하고 애물단지가 될 것이다. 물론 내가 죽은 다음에.

아버지의 이층집. 나의 꿈이 우리의 꿈이 되는 그런 꿈을 나는 자식들에게 말해 본 적이 없다. 뼈저리게 후회한다.

차츰차츰

23.
호모 사피엔스

걸어라. 호모 에렉투스(Homo erectus, 곧추선 인간).

사람은 걷는 동물이다. 진화의 과정에서 미약한 포유류 하나가 똑바로 서서 걷기 시작했을 때, 호모 사피엔스는 새로운 높이를 가지게 되었다. 걷게 되면서, 새로운 시야는 경험의 확장으로 이어졌다. 앞발은 두 손이 되었다. 걷는 것은 제2의 호흡이다. 이 호흡은 시원한 생각의 마중물이 된다. 사람은 걸으면서 생각하는 동물이다. 너의 발로 경험과 생각의 폭을 넓혀라. 낯익은 풍경도 새로운 눈으로 보아라. 걷기를 멈추면 삶을 멈추는 것이다.

웃어라. 호모 리지빌리스(Homo risibilis, 웃음의 능력을 타고난 인간).

아침에 일어나면 거울을 보고 웃어 보아라. 웃음은 네가 너에게 줄 수 있는 최고의 선물이다.

사람은 태어나자마자 울음을 터트리며 날숨으로 삶을 시작한다. 갓난아이가 웃음을 발명했을 때, 나약한 생명은 혼자 힘으로 생존 가능성을 높였다. 지금도 울음과 웃음은 생존의 전략일 수 있다.

많이 웃어라. 크게 웃어라. 또 한 웃음을 분별하라. 언제 어떻게 웃느냐에 따라 한 인간의 내면이 드러나기 때문이다. 그러나 중요한 것은 네 감정을 억압하지 않는 일이다. 웃음의 은혜를 한껏 누리어라.

그려라. 호모 그라피쿠스(Homo graphicus, 그림 그리는 인간).

그리기는 인류의 가장 오래된 표현 수단이다. 빗살무늬 토기에는 생선뼈무늬, 손톱무늬, 세모띠무늬, 겹 톱니무늬가 있다. 아득한 조상들은 왜 그런 무늬를 그렸을까. 인간이 태초부터 품어왔던 세계관의 표현이라고 어떤 이는 말한다. 분명한 사실은, 실용적인 것과 무관한, 어떤 꿈을 드러내려는 욕망이 처음부터 인간에게 있었다는 것이다.

네가 얼굴을 그리는 법을 배웠으면 좋겠다. 인물이야말로 종교적 감정을 표현하기에 가장 적절한 대상이라고 말한 사람은 앙리 마티스였다. 피카소의 아들이 마티스야말로 최고의 화가라고 말했을 때, 저런, 피카소가 화를 냈다는구나.

사랑하는 사람의 초상화를 그릴 수 있다면, 얼마나 즐거울까. 어떤 대상을 그리는 일은 생각보다 어렵다. 흔히, 재주가 없어서, 배운 적이 없어서 못 그린다고 생각한다. 막상 그려보면 기술적인 문제 이전의 난관에 부닥치리라. 눈이 삼각형으로 본 것을, 머리는 사각형으로 이해하고, 손은 오각형으로 그리는 경우가 생긴다. 끊임없는 호기심과 연습만이 너를 이런 혼란에서 구원하리라. 그림은 눈으로 사색하는 일이다. 어렵지만 재미가 보장되는 놀이이다.

요리하라. 호모 코쿠엔스(Homo coquense, 요리하는 인간)

마음을 맛있게 나타내고 싶으면 요리를 배워라. 요리를 선물할 줄 알아야 한다. 나는 누군가에게, 아니 너에게 요리를 해주고 싶어서 이런저런 실험을 했었지. 모든 탕 요리에 토마토를 넣어 본 적도 있었고 볶음밥에 사과나 콜라비를 넣어 보기도 했단다. 맛이 어땠냐고? 물론 죽여주는 맛이었지.

요리처럼 창의적인 분야가 없단다. 요리는 예술이며 또한 과학이다. 요리를 주제로 대화할 줄 알아야 한다. 한 가지라도 너만의 요리를 개발해라. 너는 시들지 않는 인생을 즐기리라.

이야기하라. 호모 나랜스(Homo narrans, 이야기하는 인간)

인간은 이야기하는 동물이다. 이야기를 통해 인간은 상상의 제국을 건설한다. 언제인지도 모를 아득한 날에, 남자들은 사냥을 나가고 여자들은 먹을 것을 채집하러 나갔다. 먹어도 괜찮은 것이 무엇인지 몰랐기에 선택은 신중에 신중을 거듭했다. 그래서 오늘날 부부가 함께 백화점에 가면, 여자는 여전히 선택에 꼼꼼하고 남자는 쉽게 지치고 짜증을 낸다.

아이들은 어떻게 보냈을까. 할머니가 돌보았다. 옛날이야기를 해주면서 보살폈다. 할머니는 인류 최초의 이야기꾼, storyteller였다. 우리가 어렸을 때만 해도 할머니에게 옛날이야기 해달라고 조르기도 했었다.

이야기에 대한 욕망은 인간의 본능이다. 이야기는 위대하다. 예수님은 이야기 형식을 빌려 대중에게 생명의 말씀을 전했다. 그리스 신화, 아라비안나이트, 춘향전, 성경, 세계 최초의 소설이라는 일본의 〈겐지 모노가타리, The Tale of Genji〉, 전부 다 이야기, 지금도 사랑받는 이야기들이다.

너만의 이야기, 너만의 story가 있어야 한다. 자기만의 스토리가 많은 사람이 진정한 부자이다. 나는 이야기할 수 없는 너와 이야기하고 싶어 지금 이 글을 쓴다.

놀아라. 호모 루덴스(Homo ludens, 놀이하는 인간).

잊지 마라. 인간은 놀아야 하는 동물이다. 노는 법을 배워야 한다. 우리는 한때 너나없이 놀이의 천재였다. 저녁이면 동네마다 자식의 이름을 부르는, 놀이를 소환하는 엄마들의 목소리가 저녁노을을 흥건히 적시곤 했다. 놀이는 어린이의 직업이다. 놀이는 배움의 수단이고 어린이가 세상에 참여하는 방법이다. 자식의 놀이를 빼앗는 부모들이 많다. 가슴 아프지만, 세상에는 모자란 부모도 많단다. 너도 조심할 필요가 있다. 자식을 위하는 부모는 많아도 자식을 진짜 사랑하는 부모는 드물다는 뜻이다.

어린이에게 놀이를 돌려줘야 한다. 그래야 미래의 서광이 비친다. 놀이는 창의성의 뿌리다. 놀이는 동심의 문을 여는 열쇠다. 늙어서도 자신의 놀이를 가져야 한다. 놀이는 인생을 관통하는 최고의 기쁨이다. 열심히 하는 것보다 즐기는 것이 더 좋다고 한다. 공자뿐 아니라 여러 사람이 그런 말을 했다. 심리학자 김정운의 말은 언제 들어도 옳다.

"뛰는 놈 위에 나는 놈 있고, 나는 놈 위에 노는 놈 있다."

146

하위징아의 〈호모 루덴스〉라는 책을 추천한다. 고등학교에 입학하면 아무 때나 읽어도 좋다.

인디언의 이름을 들어는 보았니? '들소를 모는 말', '점박이 독수리', '늑대와 함께 춤을', '구르는 천둥', '까마귀 발' 등 경이로운 이름들이다. 인디언의 이름은 인간이 자연과 하나임을 알려준다. 본디 인간은 자연과 떨어질 수 없는 하나였다. 반인반수를 보면 안다. 선사시대 동굴 벽화에 등장하는 사람은 반인반수였다. 동서양이 다르지 않다. 중국 전설에 나오는 '복희씨'는 사람 머리에 뱀의 몸이고, '신농씨'는 사람 몸에 소 대가리였다. 미의 여신 '아프로디테'도 반인반수였는데 인본주의가 등장하면서 사람의 모습만 남게 되었다고 한다.

우리 옛사람들은 짐승을 '숨탄것'이라 불렀다. 생명을 받아 태어난 것이 '숨탄것'이고, 사람 역시 '숨탄것'이다. 모든 '숨탄것'을 차별하지 마라. 더 나아가 생명이 없는 것까지 사랑해라. 네가 참된 인간임을 증명하는 최고의 방법이다.

하느님이 아담에게 당신의 창조물에 이름을 지으라 하신다. 〈창세기〉에서 가장 아름다운 장면이라고 생각한다. 이름은 부르기 위해 짓는 것이다. 호명되지 않는 이름은 잊힌 이름이고 불행한 이름이다. 이름을 부른다는 것은 사랑한다는 뜻이다.

낯선 대상을 파악하는 방법 가운데 하나는 이름을 지어보는 것이다. 네 가까이에 있는 사물의 이름을 짓고 그 이름을 불러보아

라. 이름을 짓고 부르는 것이 다 사랑이다. 아담(Adam)의 뜻은 '이름 짓는 자'이다. 물론 '사람'이라는 뜻도 있다.

다석(多夕)은 인간이 하늘과 땅 사이를 잇는 '사이 존재'라고 말한다. 사이 존재는 경계인이다. 사이 존재는 '너는 어느 편이냐'고 묻지 않는다. 하나의 영역을 고집하지 않기 때문이다. 사이 존재는 '그리고(and)'의 존재다. '그리고'는 교집합이고 끊임없는 연결이고 영원한 새벽이다. 시간의 허무를 이길 수 있는 유일한 무기가 바로 '그리고'이다. '끝(end)'은 새로운 '그리고(and)'를 향한 '끝'이다. 모든 형이상학의 끝에는 '그리고'가 있다. '그리고'는 단순한 이어감이 아니다. 나무껍질은 옛 껍질을 벗으면서 새 껍질을 만든다. 새 껍질은 다시 옛 껍질이 된다. 이런 재생은 단순한 반복이 아니라, 껍질의 거듭남이다. 그 거듭남이 새로움인 것이다. '그리고'는 진화의 동력이고 위대한 미완성이다.

겸손한 척하지 말고 겸손해라. 진정한 겸손은 영적인 존재의 특징이다. 행운을 빈다. 그리고.

* 모든 사람은 자기 말만 한다. - 러시아 속담

차츰차츰

24.
임원 전지훈련

'임원 전지훈련'은 정월마다 치르는 큰 행사입니다. 전지훈련이니까 장소를 옮겨야겠지요. 교회가 아닌 교외의 수련원 같은 큰 건물에서 열립니다. 신자가 워낙 많아 교구별로 조를 짜서 한 달 정도 계속됩니다. 한 번 들어가서 2박 3일 합숙입니다. 직장인은 어떻게 하나요? 퇴근하고 오시면 됩니다. 퇴근했다 저녁 강의 듣고 다시 돌아가도 낮에 안 들은 거 다 인정해줍니다. 퇴근하고 반드시 오시는 게 좋습니다. 그래야 교구 목사님과 전도사님이 좋아합니다. 아니, 하느님이 기뻐하십니다. '임원'이라는 말에 주눅 들지 마십시오. 직분 없는 성도님도 환영합니다. 하느님은 사랑의 하느님입니다.

여자들은 이 행사를 엄청나게 좋아합니다. 수학여행 가는 소녀들 같습니다. 성령의 이름으로 2박 3일 외출이 가능하기 때문입니다. 잠시 엄마를 잃은 자식들도 각자도생의 길을 수련하는 알토란 같은 시간입니다. 단군 이래 우리의 역사는 각자도생(各自圖生)의 역사였습니다.

그 행사는 신자들의 일 년 양식이 되고, 성령을 체험하고 말씀으로 거듭나는, 거룩하고 복된 시간입니다. 이런 행사에 빠지면 교인의 자격을 의심받습니다.

　은퇴한 원로 목사님과 그분의 아드님 되시는 담임 목사님이 강의를 맡습니다. 아무리 좋은 음식도 계속 먹으면 질리니까 중간중간 찬양 시간도 있습니다. 손바닥을 치면서 찬양합니다. 손뼉을 칠 때는 세게 쳐야 합니다. 혈액 순환에 좋다고 합니다.

　이런 대규모 행사에 돈이 얼마나 들까요. 나는 모릅니다. 김 권사도 박 권사도 모른답니다. 엄청나겠지요. 행사 내내 걷히는 가지가지 헌금은 더더욱 엄청나겠지요. 교회에는 나 같은 사람이 꼭 있습니다. 성령의 은혜를 받고 나서 홀라당 까먹는 사람 말입니다. 자본주의의 셈법으로 헌금을 저울질하는 사람은 전부 남자입니다. 여자는 믿음이 좋아서 절대 안 그럽니다. 남자는 여자한테 배울 게 참 많습니다.

　담임 목사님이 노예를 설명합니다. 'slave(노예)'의 어원이 '노 젓는 사람'이라고 합니다. 뭔지 몰라도 접근방식이 마음에 듭니다. 미국에서 공부한 분이라 뭐가 달라도 다릅니다. 목사님의 말씀이 끝나자마자 강단에 설치된 대형 스크린에 상상조차 할 수 없었던 장면이 짠하고 펼쳐집니다. 당시 이순신 장군을 주인공으로 한 TV 드라마가 인기 절정이었는데, 그 드라마의 실제 장면, 병사들이 죽을힘을 다해 노 젓는 영상이 등장한 것입니다. 감동이 물밀어 사무칩니다. 성도님들이 와- 하는 함성과 함께 천둥 치듯 손뼉을 쳐댑니다.

차츰차츰

시청각 교육의 정수를 보여준 기획실 목사님들의 기발한 아이디어가 돋보이는 순간입니다. 한바탕 웃음이 소용돌이칩니다. 저도 웃습니다. 쓸쓸히 웃습니다. 이순신 장군의 이름 없는 영웅들인 노 젓는 병사들이 '노예'와 무슨 상관이 있을까요.

이순신 장군은 "신에게는 아직 12척의 배가 있습니다(今臣戰船 尙有十二)."라고 말씀하신 후, 가장 먼저 노 젓는 사람을 찾았습니다. 12척이 아니라 13척이라고 핏대를 올리는 사람이 있는데, 아무튼 좋습니다. 나중에 전라 우수사 김억주가 판옥선 한 척을 끌고 합류해 13척이 되었지만, 김억주는 명량해전 때 멀리서 구경만 했습니다. 청나라 같았으면 즉결처분 감입니다. 당시에는 60세까지 징병했습니다. 이순신 장군이 부임하는 곳을 따라 이사하는 백성들이 있었다고 합니다. 선조의 피난길에는 백성들이 돌을 던졌습니다. 이순신 장군이 격군(格軍)을 찾는다는 소문을 듣고 멀리서 달려오는 백성들이 내 눈에 보이는 듯합니다. 노 젓는 병사를 그때는 격군이라고 불렀습니다. 충무공의 23전 23승은 백성들과 함께한 승리입니다.

조일전쟁 때 조선의 주력함인 판옥선(板屋船)은 노가 16개이고 노 하나에 5명의 격군이 필요합니다. 판옥선의 정원이 130명 정도입니다. 거북선은 노 하나를 여섯 명이 맡습니다. 좌우 각각 열 개의 노가 있습니다. 노련한 격군이 없다면 판옥선이나 거북선인들 무슨 소용이겠습니까. 충무공이 왜 격군에 관심을 두고 서둘렀는지 알 만합니다. 당시 격군의 신분은 양인이었습니다.

'노 젓는 사람'은 이미지가 풍부합니다. 성직자를 뜻하는 'minister'의 어원도 노 젓는 사람입니다. 노 젓는 사람은 안내하는 사람이지요. 성직자는 어느 지점까지 길잡이 노릇을 하는 사람이라는 뜻이겠지요.

〈벤허〉라는 영화를 보면 사슬에 묶인 채 북소리에 맞춰 노 젓는 노예선의 노예들이 등장합니다. 채찍을 무서워하지 않는 찰턴 헤스턴의 이글거리는 눈빛이 지금도 눈에 삼삼합니다. 벤허는 성경에 '벤홀'로 나옵니다(왕상 4:8). Slave의 어원이 노 젓는 사람이라는 건 바로 〈벤허〉에 나오는 그런 노예들을 뜻합니다. 알다가도 모를 일입니다. 조선의 격군이 노예가 아니라는 건 상식입니다. 이상하다고 생각한 사람들도 많았을 겁니다. 저명인사들이 즐비하고 독서광들이 빽빽하게 늘어선 교회인데 왜 아는 사람이 없겠어요. 저 같은 사람도 아는데. 그런데 집단 이성은 작동하지 않았습니다. 우리 앞에도 여러 교구가 똑같은 교육을 받았습니다. 이순신의 격군 영상이 〈벤허〉의 노예 장면으로 바뀌지 않고 왜 계속되었을까요. 앞으로도 계속될 가능성이 큽니다. 어쩌면 임원 전지훈련이 끝날 때까지도 말입니다. 하기야 원로 목사님과 담임 목사님도 드라마의 장면을 보면서 흐뭇이 웃기만 하는데, 누가 감히 말하겠습니까. 알면서도 은혜라는 이름으로 모르는 척한 사람도 있었을 것입니다. 강자의 허물을 하염없이 덮어주는 그 값싼 은총으로 말입니다.

〈벤허〉의 진짜 노예들을 보고도 우리는 그렇게 마구 웃을 수 있었을까요. 우리는 울어야 할 때, 웃었습니다. 우리는 개념의 문맹자, 명사의 문맹자, 이미지의 문맹자였습니다. 이순신의 격군들을 욕보인 것 같아서 역사 앞에 몸 둘 바를 모르겠습니다. 북한 동포의 매스 게임처럼 남한 동포는 매스 코미디를 했습니다.

　그렇게 잘 아는 너는 무엇을 했냐고 물으신다면 할 말이 없네요. 평소 같았으면 말했겠지요. 제 성질상 가만 있지는 않았을 겁니다. 그런데 하필이면 그때, 저는 가출을 꿈꾸는 노예였습니다. 노예는 반항은 물론 불타는 눈빛도 없고 그렇다고 죽을 생각도 하지 못합니다. 정말 저는 노예만도 못한 존재였습니다. 저는 중요한 장면에서 비겁한 적이 많았습니다. 삼가 머리 조아려 용서를 구합니다.

25.

나의 조용필

1977년 1월. 조용필이 누구인지 궁금했다. 〈정〉이라는 노래가 지방에서 인기라는 기사를 우연히 보았다. 무명의 반란은 언제나 내 가슴을 뛰게 한다. 가슴이 뛰는 만큼 응원해야 한다. 나는 테이프를 사서 〈정〉을 듣기로 했다. 더 나아가 부르기로 했다. 음치인 나에게는 쉽지 않은 도전이었지만, 도전할 이유는 충분했다.

나는 시골의 고등학교 선생이었다. 꿈같은 3년이 흘렀다. 신학기에는 대학원에 진학할 예정이라 한 달 후면 송별회를 마치고 짐을 싸야 했다. 송별회의 주인공은 나 한 명뿐이었는데, 떠나는 사람에게 꼭 노래를 부르게 하는 것이 그 학교 송별회의 전통이었다. 노래를 부르면 듣는 척도 않고 끼리끼리 수작을 떠는데, 이 또한 그 송별회의 전통이었다.

내가 얼굴을 붉혀가며 처음부터 끝까지 부를 수 있는 노래는 〈얼굴〉과 〈그 집 앞〉 달랑 두 곡뿐이었다. 〈얼굴〉은 교무회의 때 지루함을 달래기 위해 어느 선생이 우연히 만든 노래라는 에피소드가 있었다. 나는 그 지루함, 교장의 훈시 같은 거, 그럴 때의 기분이

차츰차츰

어떤지 충분히 공감한다. 그래서 〈얼굴〉은 내가 선택해서 스스로 배운 최초의 노래였다. 〈그 집 앞〉은 고등학생 때, 서울특별시 삼양동 밤길을 걸으면서 중학교 동창이 가르쳐 준 노래였다.

이별의 자리에서 나는 소년의 이미지와 이별하려 했다. 나는 나를 배신하고 싶었다. 나를 떠나보내는 모든 사람에게도 배신의 어퍼컷을 날리고 싶었다. 몰랐지? 나의 배신에 마침 어울리는 노래가 〈정〉이라고, 듣지도 않고 확신했다. 제목부터 끈적끈적한 게 마음에 들었다. 살다 보면 뭔가에 팍 꽂힐 때가 있는가 보다.

테이프를 사려면 읍내까지 나가야 했다. 나는 읍내에서 통학하는 한 학생에게 조용히 밀지를 내렸다. 선생이란 족속은 툭하면 학생을 심부름시키는 못된 버릇이 있는데, 이상하게도 그때의 학생들은 선생님의 심부름을 좋아했다. 착한 학생들이었다.

재산목록 1호이던 일제 녹음기에 〈정〉의 테이프를 실탄처럼 장전했다. 타이틀곡인 〈정〉의 전주가 끝나기도 전에 얼마나 정에 끌리던지 녹음기 위에 얹었던 손을 가슴으로 옮겼다. 인기가 있는 이유를 알만했다. 계약 조건이 어떤지는 몰라도 조용필이 돈방석에 앉는 건 시간문제였다. 샛별 조용필의 성공을 나의 성공으로 받아들이는 내 가슴이 울컥했다. 〈정〉의 여운이 강해서인지 두 번째 곡은 그저 그렇게 지나갔다. 곡명이 뭐였는지도 모르겠다. 나는 마음을 가다듬어 진정시키고 세 번째 곡을 감상했다. 이왕 돈 주고 샀는데 끝까지 들어는 봐야 했다. 세 번째 곡을 듣는데 오장육부가 부르르 떨렸다. 나도 모르게 벌떡 일어났다. 두 주먹을 불끈 쥐고 외쳤다. 이거야, 바로 이거야! 나의 '유레카'는 생뚱맞은 장소에서 그렇게 터졌다. 그때 하숙집 아줌마가 내 고함질에 깜짝 놀랐다면, 뒤늦게나마 사과드린다.

아, 〈돌아와요 부산항에〉!

기다리던 송별회 장소는 방석집이었다. 방석집이라는 이름의 유래는 모르겠으나 방석이 많기는 했다. 아가씨들도 있었다. 그때의 아가씨들은 대체로 순박했고 어렵게 번 돈을 집에 송금하는 경우가 많았다. 동생을 공부시키는 장한 언니, 누나들이 적지 않았다. 방석집 아가씨들은 모든 뽕짝에 정통해야 했다. 노래방이 없던 때니까 좋은 기억력은 필수과목이었다. 방석집의 특징은 뭐니 뭐니 해도 젓가락 장단이었다. 젓가락 장단은 아가씨들의 전공과목이었다. 방석집 아가씨의 길을 가려면 꾸준히 애쓰고 노력해야 했다. 세상에 쉬운 일이 어디 있겠는가.

젓가락 장단은 반주의 모든 것이고 서민의 생음악이었다. 그 옛날 방석집 아가씨들은 생계형 비정규직 노동자이면서 장단과 노래의 전문직 예인들이었다. 애달프다. 사라진 예술이여, 아가씨들이여.

총각 선생님이시다. 잘 모셔라. 나의 좌우에 아가씨들이 자리를 잡았다. 그 집의 대표선수들이라고 했다. 나는 술집에 가서 아가씨가 내 옆에 앉는 걸 진짜 싫어했다. 옆에 앉은 여자가 내 손이 예쁘다며 미운 손으로 비벼대고 주물럭거리는 게 정말 질색이었다. 그러나 그날은 아니었다. 예행 연습은 못하더라도, 내가 부를 노래에 어떤 젓가락 장단이 어울릴지 사전 협의가 필요했기 때문이었다. 술집에서 그렇게 진지해 보긴 또 처음이었다. 오로지 화려한 배신의 비상을 위해서.

나는 〈정〉과 〈돌아와요 부산항에〉를 통해 애끓는 서정의 두 얼굴을 보여주고 싶었다. 〈정〉을 먼저 부르고 잠시 뜸을 들이다가 〈돌아와요 부산항에〉로 그냥 죽여줄 작정이었다. 그런데 이걸 어쩌면 좋단 말이냐, 이럴 수가 있더란 말이냐. 두 아가씨가 두 노래를 똑같이 몰랐다. 그런 노래가 정말 있냐고 되묻기까지 했다. 왼쪽 아가씨는 내 또래였고 오른쪽은 나보다 좀 어려 보였는데 왼쪽 아가씨가 만수받이하고 있을 새가 없다는 듯 갑자기 후다닥 뛰쳐나갔다. 다시 돌아온 그 아가씨가 가쁜 숨을 색색거리며 말했다.

"죄송해요. 지금 우리 집에 그 두 노래를 아는 사람이 한 명도 없어요. 마담 언니도 모른대요. 정말 죄송해요."

이런 귀신 씻나락 까먹는 소리가 있나. 그러려면 방석집 간판을 내리거라. 나는 속으로 부르르 떨며 신음했다. 나는 종이에 조용필의 이름을 적고 〈정〉과 〈돌아와요 부산항에〉의 가사를 말달리듯 적었다. 곧 알게 될 노래니까 걱정하지 말라고 아가씨들을 위로했다. 시선이 허둥대는 아가씨들을 보면서 나는 불현듯 미안했다. 괜찮아. 젓가락 장단은 알아서 하면 돼. 나는 아가씨들을 진심으로 다독이고 격려했다.

나는 〈정〉을 열창한 다음에 아가씨들의 소감을 물었다. 좋다고는 하는데 땡감 씹은 표정이었다. 〈돌아와요 부산항에〉를 부른 다음 아가씨들의 솔직 담백한 생각을 솔직하게 물었다. 아가씨들은 너무도 학구적인 총각 선생을 만나 진땀을 흘리는 듯했다.

순진한 아가씨들. 잘난 척하던 그 총각 선생을 기억이나 할까. 이제는 그 아가씨들도 할머니가 되었겠지. 전 세계를 통틀어 방석집에서 조용필의 두 노래를 연달아 부른 사람은 내가 최초였다고 굳세게 자부한다.

그해 5월. 대학원 신입생 환영회 겸 친목회가 열렸다. 헤어질 시간에 누군가의 제안으로 마지막 노래를 합창하기로 했다. 술 취한 청춘들이 어깨동무했다. 나도 아는 노래였다. 힘차게, 뿌듯하게, 그토록 목메게 노래한 적은 처음이었다. 도대체 너는 언제 서울을 점령했니? 내 예감은 예상을 앞질러 적중했다.

아, 〈돌아와요 부산항에〉!

차츰차츰

26.
나의 임주리

고등학생 때부터 나는 대필 전문이었다. 연애편지와 시만 빼고 별별 글을 다 썼다. 내가 써준 연설원고 덕분에 학생회장에 당선될 수 있었다고 말한 여고생, 어디선가 잘 살겠지. 심지어 시장님의 어린이날 축사 원고도 어쩌다 쓰게 되었는데 참신하다는 평까지 받았다.

한 번 대필은 영원한 대필인가 보다. 내가 박사학위 논문을 대필할 줄은 꿈에도 몰랐다. 1987년 여름 내내 나는 비루했다. 나의 의뢰인은 내가 거절할 걸 어찌 알았는지 멀리 돌아가는 길을 택했다. 전두환 때 해직 기자가 된 선배가 의뢰인을 대신해 나를 조곤조곤 설득했다. 그 선배를 존경했던 나는 졸지에 울며 겨자 먹는 신세가 되고 말았다. 미국의 극작가 에드워드 올비가 논문의 주제였다. 공부하는 셈 치자고 나를 달랬다. 나의 의뢰인은 나에게 푼돈을 주었는데 자존심에 생채기를 내면서도 나는 그 돈을 받았다. 건강을 챙기면서 천천히 쓰라고 고기를 사주었는데 그걸 또 맛있게 먹고 말았다. 비열한 행복이었다. 한 번 거지는 영원한 거지

(Once a beggar, always a beggar)라더니, 틀린 말이 아니었다.

미국의 대필업계에서는 잘 쓰는 것보다 고객의 수준에 맞춰 적당히 못 쓰는 게 더 비싸다고 한다. 나는 푼돈을 받았으니까 잘 써야 했다. 나의 욕심은 책이었다. 나의 고객은 경제력과 민첩함이 돋보였다. 내가 원하는 책은 뭐든지 나에게 전달되었다. 작업이 끝나면 원서 10권 정도만 달라고 할 작정이었다. 어쩌면 갖고 싶은 책은 다 가지라고 통 크게 나올지도 몰랐다. 그런데 나의 고객은 피도 눈물도 인정사정도 없었다. 일이 끝나자마자 한 권도 빠짐없이 몽땅 회수했다. 오냐, 잘 먹고 잘 살아라.

나는 라디오의 음악프로를 들으며 작업했다. 윤시내의 〈그대에게서 벗어나고파〉를 좋아했다. '벗어나고 싶어, 이제는 벗어나고 싶어.' 딱 그때 내 심정이었다. 나중에 라이브 카페에서 윤시내를 직접 본 적이 있었는데 가녀린 몸매에 놀랐다. 그녀에겐 접근하기 어려운 고독의 아우라가 맴돌았다.

진도는 안 나가고 에어컨은 있더라도 서민에겐 관계없던 시절이라 선풍기 앞에서 짜증만 늘어날 때, 나를 구원하는 노랫말이 들렸다. 정신이 번쩍 들었다. 나는 김소월의 〈진달래〉가 고려가요 〈가시리〉의 적통 후계자라고 생각했다. 그런데 〈가시리〉와 〈진달래〉를 잇는 순수 혈통을 발견한 것이었다. 이 노래는 20세기의 저녁 어스름에, 한국 가요사를 찬란히 빛낼 불후의 명곡이었다. 〈돌아와요 부산항에〉를 듣자마자 대박을 직감했던 내가 아니던가!

　　　　　　　　　　　　　　　　　　　　　　　차츰차츰

〈가시리〉와 〈진달래〉의 직계 혈통인 그 노래를 처음부터 끝까지 듣지도 못했다. 가수가 누군지도 몰랐다. 한 소절 스치듯 들었을 뿐인데 벼락을 맞은 듯했다. 나는 실제 벼락을 맞은 적이 있었다. 벼락을 직접 영접한 것은 아니고 비가 억수로 쏟아지는 밤에 지하 참호에서 자다가 벼락을 맞았다. 몸이 붕 뜨는 듯했는데 황홀했다. 내 옆의 동료가 갑자기 무릎을 꿇고 통성기도를 했다. 어쨌든 그 친구의 기도 덕분에 그때 내가 살았다고 지금도 의심 없이 믿는다.

강렬한 노래 한 구절만이 천지연 폭포처럼 귓가를 사정없이 두드리는데, 지하 참호에서 벼락 맞았을 때처럼 황홀했다.

〈립스틱 짙게 바르고〉!

이런 노래는 알려야 한다. 어떤 사명이 계시처럼 내 몸에 떨어졌다. 벼락이 떨어지기를 기다리던 마른 장작처럼 나는 그 계시를 받들었다. 나는 그 노래를 알리기 시작했다. 내 주변 사람들은 아무도 그 노래를 몰랐다. 불쌍한 영혼들. 모르니까 더욱더 알려야만 했다.

전공 필수인 3학점짜리 '영국소설'의 교재는 D.H.로렌스의 〈아들과 연인〉이었다. 폴과 미리엄의 사랑에 〈립스틱 짙게 바르고〉를 슬쩍 얹었다. 학생들의 눈이 개밥바라기처럼 반짝였다. 나는 침을 튀겼다. 수업이 끝나고 한 여학생이 찾아왔다. 숱한 남학생들이 가슴앓이하는 양귀비 외딴 치는 여학생이었다. 학생의 말을 요약하면 이렇다. 명동의 음악다방 같은 곳에서 그 노래는 젊은이들 사이에 인기가 있다. 나도 그 노래가 너무 좋아 그 노래를 신청하고 싶어도 남자 친구에게 눈치가 보여 이제껏 신청하지 못했다. 그 노래를 술집 여자의 하소연쯤으로 생각하는 남자들이 많기 때문이다. 선생님의 강의를 듣고 나니까 앞으로는 당당하게 신청할 수 있게 되었다. 뭐라 감사의 말씀을 드려야 좋을지 모르겠다.

이놈들아, 헛물은 그만 켜라. 남자 친구가 있다는구나. 우리도 다 알아요. 골키퍼 있다고 골 못 넣나요. 나는 그 여학생의 말에 귀 맛이 황홀했다. 동지를 만난 듯 반가웠다. 그 여학생은 감사의 표시로 색종이에 가사를 적어왔다. 작곡가, 작사가, 가수의 이름과 전체 가사를 그때 처음 알았다. 작곡가의 이름을 보고 '어쩐지'라는 말이 절로 나왔고, 작사가의 이름을 보고는 '역시' 하면서 무릎을 탁 쳤다. 나는 그 학생에게 물어보았다.

"양인자가 누군지 아니?"

"작사가요."

"원래 소설가야."

"어머머."

"김희갑 씨가 남편이잖아."

"어머머머. 환상의 커플이네요."

노래에도 팔자가 있는 모양이다. 〈돌아와요 부산항에〉는 제 발로 척척 일본열도까지 휩쓸었는데, 〈립스틱 짙게 바르고〉는 내가 아무리 용을 써도 무정하기 이를 데 없는 제자리걸음이었다. 임주리 없는 〈립스틱 짙게 바르고〉는 언더그라운드에서만 명맥을 이어갔다. 임주리는 무슨 배짱으로 어느 별에서 하품이나 하는지 답답했다. 나는 전략을 바꾸었다. 우선 나부터 즐기기로 했다. 또한 나의 콩코드를 타는 사람은 의무적으로 그 노래를 들어야 했다. 내가 불러보니, 첫 소절 첫 음이 힘들었다. 첫 음이 안 터지다니. 이런 경우는 또 처음이었다. 장윤정이라면 요렇게 저렇게 하면 된다고 친절히 가르쳐 주련만, 아 참, 그때는 장윤정이란 가수가 없었다. 아내는 아주 쉽게 〈립스틱 짙게 바르고〉의 첫 음을 트면서 리듬을 탔다. 제법이었다.

도대체 내가 몇 년이나 임주리의 전도사 노릇을 했는지 모르겠다. 어떻게 생겼는지 임주리의 얼굴이라도 한 번 봤으면 좋겠다.

'명사들의 애창곡'이라는 어느 텔레비전 프로에서 어떤 분이 〈립스틱 짙게 바르고〉를 불렀다. 이제는 명동의 언더그라운드를 벗어났다는 것인가. 왠지 나도 모르게 몸이 뜨거워졌다. 세월의 멱살을 잡을 수도 없어 포기했었는데, 무슨 운명인지 그 노래에 다시 발목을 잡히고 말았다. 그래, 한번 순정은 영원한 순정이다.

1990 몇 년의 겨울인지는 모르겠다. 강남 코엑스의 대강당 같은 무슨 홀에서, 송년의 밤이 열렸다. 강남의 대형교회에서 마련한 행사였다. 노래를 부르는 여흥 시간에 내 옆에 앉아있던 여자가 불쑥 손을 들고 일어섰다. 나라면 오금이 저려 차마 오르지 못할 계단을 그녀는 사뿐히 오르면서 무대에 올라섰다. 꽉 찬 객석을 향해 가볍게 인사하더니 마이크를 날렵하게 움켜쥐었다. 어떤 노래일지 궁금했다. 그런 자리라면 〈어메이징 그레이스〉나 〈눈을 들어

하늘 보라〉가 어울렸다. 가곡이라면 〈그리운 금강산〉 정도가 무난한데, 곡명을 묻는 사회자의 말이 끝나기 무섭게 그 여자는 당당하게 말했다.

〈립스틱 짙게 바르고〉.

와, 하는 함성과 함께 박수가 터졌다. 박수는 노래가 끝난 다음에 하는 거지, 교양 없게 뭐야. 곡명만 듣고 약속이나 한 듯 대 관중의 박수가 터지는 걸 살다 살다 처음 보았다. 그 여자는 첫 소절을 메기 등에 뱀장어 넘어가듯 하더니 그다음부터는 임주리 저리 가라였다. 노래가 끝나자 우레가 치듯 또 한 번 장내가 들썩였다. 역시 강남의 레이디스 앤 젠틀맨이었다. 종업원들도 본분을 잊고 손뼉을 쳐댔다. 목사님 빼고는 모든 사람이 그 노래를 아는 듯했다. 모르는 사람이 한 사람쯤 있으면 어떤가. 오히려 그게 더 좋았다. 그 여자는 코엑스 대강당에서 〈립스틱 짙게 부르고〉를 부른 처음이자 어쩌면 마지막 여자일지 몰랐다. 그 여인은 엄청나게 큰 선물을 받았는데 모처럼 제대로 사고다운 사고를 쳤다. 사고 전문, 내 아내가 그토록 자랑스러울 수 없었다.

젊은 가수들이 〈립스틱 짙게 바르고〉를 리메이크할 때마다 감회가 새롭다. 이제 난 대중가요를 예언하지 않는다. 서태지까지는 공감했는데 요즘 노래는 솔직히 낯설다. 지금은 스케치 공부를 한다. 연필로 그리는 인물 스케치를 독학하고 있다. 입시생만 상대하는 미술학원에서는 나를 받아주지 않았다. 서운했지만 나는 돈이 굳었다고 금방 마음을 고쳐먹었다.

차츰차츰

임주리는 〈립스틱 짙게 바르고〉 한 곡으로 임주리가 되었다. 축하한다. 나는 나만의 스케치를 남기려 한다. 나는 지금 얼굴을 배우는 중이다.

* 나는 한때 소년이었고, 소녀이기도 했으며, 한 포기 잡초이기도 했고, 작은

  새이기도 했으며, 바닷물 위로 솟구쳐 오르던 벙어리 물고기이기도 했다.

  - 엠페도클레스

27.
새로운 중세

중세를 암흑시대(Dark Age)라고 합니다. 그러나 중세도 사람이 사는 세상이었습니다. 중세의 새벽은 무척 소란했답니다. 새벽마다 온갖 장사치가 자신이 왔음을 알리는 특이한 목소리로 외쳐댔기 때문입니다. 독한 술을 파는 사람도 있었는데, 막노동을 나가는 사람들이 그 한잔 술로 기운을 얻었다고 합니다. 중세인들은 우리보다 청각이 뛰어났던 게 분명합니다. 집 안에 있는 사람들이 자기에게 필요한 물건을 파는 상인의 목소리를 알아듣고 집으로 불러들였다는군요. 서로 단골인 셈이지요. 심지어 용변이 시급한 사람에게 편의를 제공하는, 이른바 이동 공중화장실을 운영한 사람들도 있었다네요. 먹고 살기 위한 치열한 몸부림은 그때나 지금이나 별 차이가 없는 듯합니다.

중세를 떠오르게 하는 또 하나의 단어는 '종교재판'입니다. 중세는 면죄부를 팔았던 시대이기도 하지요. 성 베드로 대성당을 재건축하기 위해 막대한 자금이 필요했을 뿐 아니라 교황들의 낭비벽이 극심했다고 합니다. 예수는 말씀하십니다.

차츰차츰

"내 아버지의 집으로 장사하는 집을 만들지 말라."(요한복음 2:16)

'종교재판'은 오래전에 박제가 된 단어입니다. 요즘은 비유적으로 나 쓰일 말입니다. 밝은 세상 20세기 서울에서, 종교재판이 있었다면 믿으시겠습니까?

1992년 5월 9일 오후 세 시, 변선환(邊鮮煥, 1927~1995) 교수는 금 란교회에서 '출교'라는 최종 선고를 받았습니다. 종교 다원주의를 주장했다는 이유로 받은 종교재판의 결과였습니다. '출교'는 추방이고 사실상 사형선고입니다.

"기독교는 이제 정복자의 종교가 아니며, 전체 인류의 구원을 위해 종교 간 장벽을 허물어야 합니다."

변 교수의 최후진술입니다. 변 교수는 출교 처분을 받은 후 의연하게 열다섯 명의 재판위원들에게 일일이 악수를 청했다고 합니다. 감신대 신학생들이 몰려가 격렬히 항의했지만, 믿음이 깊다는 교인들의 철통방어에 계란으로 바위 치기였다는군요. 변 교수는 당시 감리교 신학대학 학장이었습니다.

저는 변 교수를 모릅니다. 변 교수를 비난하는 소리가 교회 안 팎에서 공공연히 나돌 때, 도무지 이해할 수 없었습니다. 중세의 교회 권력은 지동설을 주장한 사람들을 고문하고 죽였습니다.

기독교에도 불교에도 힌두교에도 구원이 있다. 종교 다원주의는 구원의 보편성을 말하는 거 아니겠습니까. 상식에 속하는 종교 다원주의가 우리나라 기독교에서는 왜 그 난리인지 정말 모르겠습니다. 다석 류영모를 사사한 김흥호가 버클리 신학대학에서 공부할 때, 그 대학의 학장은 김흥호의 종교 다원주의에 매혹되었다고 합니다. 김흥호의 다원주의는 다석에게 배운 것이지요.

기독교 신자가 종교 다원주의를 반대하는 것은 얼마든지 좋습니다. 자기 믿음에 반대되니까요. 그렇다고 종교 다원주의를 지지하는 사람들을 비난해서는 안 됩니다. 예수가 제자들을 파송할 때 제일 먼저 당부하신 말씀이 논쟁하지 말라는 것이었습니다. 한국의 개신교처럼 배타적인 종교는 아마도 유례를 찾기 힘들 것입니다. 배타적인 한국의 기독교가 새로워지지 않으면, 종교재판 같은 일은 계속될 것입니다. 솔직히 말씀드리자면, 다른 종교를 모르는 사람이 자기 종교를 얼마나 알겠어요. 이것은 믿음의 문제가 아닙니다. 상식과 지능지수의 문제입니다.

대학은 대표적인 성역(sanctuary)입니다. 학문의 자유가 보장된 곳입니다. 제3공화국 때 대학생들이 데모하다 학교로 후퇴하면 경찰이 대학에 들어오지 않았습니다. 교수가 나와서 경찰을 설득하기도 하고, 교문을 사이에 두고 학생과 경찰이 토론도 했지요. 물론 나중에는 공수부대 대원까지 교내에 진입하고 최루탄을 쏘며 막장으로 치닫기는 했지만.

신학 교수가 종교 다원주의를 말했다고 종교재판을 하는 것은 상상하기 힘든 폭력입니다. 부끄러운 야만입니다. 중세로 되돌아가자는 겁니다. 그런 문제는 대학에 맡겨 두면 됩니다. 오해하지 마십시오. 저는 지금 종교를 말하는 것이 아니라 학문의 자유, 대학의 본질을 말하는 것입니다. 갑자기 혈압이 오릅니다. 잠깐 쉬었다 가겠습니다. 죄송합니다.

알제리 독립운동 때 프랑스의 지식인들은 알제리 독립을 지지했습니다. 사르트르는 정부에 대한 불복종을 선언했습니다. 사르트르는 돈을 모금해서 독립 자금까지 알제리에 지원했습니다. 보기에 따라서는 좀 과했지요. 드골은 알제리 독립에 반대였습니다. 프랑스에 이익이 되니까요. 드골의 참모들은 사르트르를 반역죄로 걸어 사랑의 밧줄로 꽁꽁 묶어야 한다고 건의를 했답니다. 드골이 이렇게 말했다지요.

"냅둬. 그도 프랑스야."

사르트르도 프랑스를 위해 그런다는 뜻이겠지요. 드골은 사르트르를 프랑스 지성의 상징인 볼테르처럼 생각했습니다. 그래서 측근들의 거듭되는 끈질긴 요구에, 볼테르를 감옥에 가둘 수는 없다는 말도 했다고 합니다. 그 동네 참 부럽습니다.

다원주의(pluralism)는 다양성을 인정한다는 뜻입니다. 다양성을 인정하면 서로 다른 의견도 인정하게 됩니다. 성경 자체도 다원주의의 산물입니다. 노아의 홍수는 길가메시 서사시에 그대로 나오고, 욥은 수메르 문화권에 널리 퍼져있던 이야기입니다. <욥기>의 마지막 장은 원래 없다가 나중에 추가된 것인데, 그럴만한 이유가 있었겠지만, 추가된 마지막 장 때문에 욥의 고난을 성찰할 기회가 사라져 버렸습니다. 저는 개인적으로 아쉽게 생각합니다.

다윈이 <진화론>을 발표했을 때, 논쟁은 있었지만, 다윈은 무사했습니다. 다윈도 신앙인이었습니다. 다윈은 신학대학에 입학까지 했던 사람입니다. 그때 서양 사람들은 종교와 학문의 자유를 분리할 줄 알았습니다. 존경받는 교회 장로가 저명한 진화론자라고 해도 이상할 게 없습니다. 그 동네에서는 종교는 종교이고 과학은 과학이니까요. 종교와 과학의 평화로운 공존은 당연하고 자연스러운 일입니다. 종교와 과학의 분리는 저들의 오랜 전통입니다. 진화론자가 연구하다 막히면 하느님에게 지혜를 달라고 기도하는 것도 당연한 일입니다. 이걸 보고, 외국의 최고 과학자들도 하느님을 인정하고 하느님을 믿는 기독교인이라고 힘주어 설교하는 목사도 있습니다. 우리는 기독교와 과학의 구별이 잘 안되는가 봅니다. 우리는 아직도 중세에 사나 봅니다. 외람되지만 우리가 진짜 선진국이 되려면, 우리나라 개신교의 중세적인 사고방식을 반드시 극복해야 합니다. 저는 정치인 이명박 장로의 실패가 한국 개신교의 실패라고 생각하는 사람입니다.

예루살렘의 유대인들은 히브리어, 갈릴리 지역의 유대인은 아람어를 사용했습니다. 구약은 대부분 히브리어로 쓴 것입니다. 히브리어 사용자는 아람어 사용자를 경멸했습니다. 예수는 아람어를 사용했습니다. 멜 깁슨의 <패션 오브 크라이스트, The Passion of the Christ(예수의 수난)>에 나오는 유대인은 모두 아람어를 사용합니다. 고증이 철저했던 것으로 알려진 이 영화에서 빌라도는 예수에게 라틴어로 말합니다. 당시 로마제국의 공용어는 그리스어입니다. 예수는 아람어와 히브리어 외에 최소 하나 이상의 외국어를 알았다고 생각합니다.

예수의 직업은 목수였고 그때의 목수는 천한 직업이었습니다. 예수의 제자 중에는 시몬처럼 이스라엘의 독립을 위해 싸우는 사람도 있었고, 마태처럼 로마를 위해 일하는 세리도 있었습니다. 예수의 캐릭터와 삶 자체가 다원주의적이었다고 생각합니다.

변 교수의 종교재판에는 얽히고설킨 여러 사정이 있었을 것입니다. 성장주의에 빠진 대형교회의 관점에서는 변 교수 같은 사람이 교회 성장을 방해하는 어둠의 세력이고 본보기를 보이는 속죄양이 필요했을지도 모릅니다. 어떤 경우라도 용납할 수 없는 일입니다. 변 학장의 종교재판 때, 대형교회의 눈치를 보느라고 입 다문 사람들이 많았다는 소리를 들었습니다. 변 교수는 재판받을 때 건강이 좋지 않았다고 합니다.

대형교회의 눈 밖에 날까 봐 변 교수의 장례식에 참석한 사람도 별로 없었다는군요. 한국의 대형교회는 신성불가침한 권력이었나 봅니다.

감리교를 창시한 존 웨슬리는 다른 종교에 관대했습니다. 열린 자세로 다른 종교의 좋은 점도 배우려는 개방성이 감리교의 특징이었습니다.

변 교수를 증언한 제자들의 이야기를 어떤 책에서 본 기억이 납니다. 대충 정리해 보겠습니다.

저음의 평안도 사투리. 항상 기도로 수업을 시작하셨고 막상 수업이 시작되면 열정이 넘쳤어요. 수업을 위해 태어난 사람 같았어요.

보자기에 책을 싸들고 다니셨는데 외국에서 출판되는 신간 서적의 정보통이었어요. 구매도 빨라서 그분에게 책 빌린 사람들이 많았지요.

스위스 바젤 대학에서 유학을 마치고 귀국해서 학술 심포지엄이 열렸을 때 참석자들의 삼 분의 일이 신학생, 삼 분의 일이 승려, 삼 분의 일이 수녀였대요.

시온교회에서 설교하실 때, 감동한 사람이 많았어요. 〈나는 고난받는다. 고로 나는 존재한다〉가 그분의 신앙 명제였어요.

선생님이 다른 종교와의 대화를 강조하시고 실제로 많은 활동을 하셨는데 학자 이전에 목사로서 예수 그리스도에 충성하신 분입니다.

전 그분에게 배운 적이 없어요. 박노자도 그분을 좋아한다는 말을 듣고 놀랐어요. 전설은 국경이 없나 봐요.

차츰차츰

박노자는 현재 노르웨이 국립대학교 한국학과 학과장입니다. 원래 러시아 사람인데 한국으로 귀화한 사람이지요. 박노자는 한글을 정확하게 써요. 산에 가서 나무와 대화하는 게 유일한 취미래요. 한번 보고 싶네요. 저는 변선환 목사의 설교 한 대목을 인용합니다.

교회는 현재의 문제들, 절대 빈곤이라든가, 핵전쟁의 위기, 생태학의 문제들, 모랄리티가 전면적으로 상실되었다고 하는 위기, 인권의 위기, 성차별의 문제, 이러한 심각한 문제에 대해 무엇 하나 해결할 만한 힘을 상실하고 있을 뿐만 아니라, 이러한 문제에는 전혀 관심을 가지지 않는 무감각한 문둥병자처럼 변해버렸습니다.[9]

* 오늘날 한국교회는 이웃 종교를 이웃 종교인보다 더 잘 아는 기독교인이 필요하다. - 김흥호

9) - 〈올꾼이 선생님 변선환〉(박성용 외 3인. 신앙과 지성사, 2010) p. 47에서 재인용. 올꾼이는 함경도 사투리로 바보를 뜻한다.

28.

잊힌 사람을 위하여

지금부터 내가 쓰려는 글은 특별하지도 않고, 솔직히 말해서 내가 왜 쓰는지도 모르겠다. 여기까지 읽어준 고마운 당신에게 예의가 아니라는 생각도 든다. 하여, 읽지 말고 건너뛰시라. 읽는 사람에겐 그럴 권리가 있다.

이름도 성도 모르는 어떤 인생, 후손도 없기에 아무도 기억하지 못하는, 어쩌면 지금 나만이 기억하고 있을지도 모를 그 사람을 생각하며 이 글을 쓰려고 한다. 부탁하오니, 부디 당신의 권리, 읽지 않을 권리를 행사했으면 좋겠다.

내가 예닐곱 살쯤 되었을 때, 우리 집에 가끔 오는 형이 한 사람 있었다. 너나없이 끼니를 때우기 힘들던 시절에 그 형은 키가 크고 체격도 좋고 목소리도 우렁우렁하고 얼굴도 흰하니 잘 생겼다. 그 형은 나를 만나러 왔다. 나이 스물을 갓 넘겼을까. 어쩌면 더 어릴지도 모른다. 그 형은 자기 말을 들어줄 사람이 필요했는데, 나밖에 없었던 모양이다.

차츰차츰

뭔가 수금하는 아저씨가 한 분 있었는데 아버지 친구였다. 그 아저씨는 우리 집이 직장이나 되는 듯 매일 오다시피 했다. 말을 재미있게 하고 굉장히 유식한 아저씨였다. 그 아저씨는 언제나 미래를 말하면서 즐거워했다. 미래는 그 아저씨의 유일한 재산이었다. 가끔은 터무니없는 말도 했다. 단 한 번의 사랑, 목숨을 건 사랑, 멋진 여행, 어린 내가 듣기에도 가당치 않은 흰소리였다. 날이면 날마다 집에만 계시는 아버지는 크크 웃으시며 맞장구를 치셨다. 어머니는 집에 안 계시는 때가 많았다. 그 아저씨가 어쩌다 어머니를 만나면, 아이고, 누님, 하면서 쩔쩔맸다.

나는 그 아저씨에게 빵을 만들어 드렸다. 집에 곰표 밀가루 한 포대와 당원이 있었다. 그 당시 설탕은 귀하고 당원은 흔했다. 당원은 알약처럼 생겼는데 아주 달았다. 당원은 물에 잘 녹았다. 당원 물로 밀가루 반죽을 해서 풍로 위에 프라이팬을 올려놓고 콩기름을 두른 다음 반죽한 것을 구웠다. 나는 반죽을 별 모양, 요즘의 빼빼로처럼 가늘고 긴 모양, 호떡처럼 둥근 모양, 아무튼 정성을 다해 빵을 디자인했다. 앞뒤가 노릇노릇하게 구워지면 아저씨와 아버지에게 갖다 드렸다. 아저씨는 내가 예술가 기질이 있다고 칭찬했다. 나는 내가 만든 창의적인 음식에 보람과 자부심을 느꼈다. 그 아저씨는 나중에 임시직 공무원이 되었고 정식 공무원을 거쳐 동장까지 되었다. 당시 동장은 별정직이었다. 동회는 지금의 주민센터이고 동장은 지금의 사무관이 가는 자리다. 아버지는 그 아저씨가 '돌에서 빵을 꺼낼 사람'[10]이라고 말씀하셨다. 그 아저씨의 처

---

10) 수단이 좋다는 뜻. 터키 속담.

남이 나를 찾아오는 바로 그 형이었다.

나는 아버지 심부름으로 그 형네 집에 갔다. 집이 아니라 천막이었다. 이사를 하면 집 자체가 이사해야 하는 신기한 집이었다. 형은 자다가 깜짝 놀라 일어나 허둥지둥했다. 나는 아저씨가 들어오시면 전해 달라고, 아버지가 하셨던 말을 그대로 옮겼다. 형은 자기 사는 꼴을 보인 것이 약간 창피한 듯했다.

그 형은 시나리오를 쓰는 중이었다. 시나리오의 내용도 말해주었는데 생각나지 않는다. 내가 시나리오에 대해서 무엇을 알며, 그 형과 무슨 대화를 할 수 있겠는가. 나는 그 형에게도 빵을 구워주었다. 모양은 내지 않고 빈대떡처럼 크게 만들어 주었다.

내가 만든 빵을 그 형이 아귀아귀 먹을 때, 나는 보람을 느꼈다. 매형이 내 빵을 예술이라고 말했다면서, 진작부터 들어서 잘 알고 있다면서, 정말 맛있다면서, 고맙다면서, 그 형은 냉수 한 사발까지 청해 다 들이켰다.

나는 그 형이 오면 솔직히 난처했다. 그때 나에게는 걱정이 하나 있었는데 제법 심각했다.

'내가 커서 유명해지면 어떡하나?'[11]

누구와 상의할 수도 없는 걱정이었다. 오로지 나 홀로 짊어져야 할 고민이었다. 왜 그런 걱정을 하게 되었는지는 정말 모르겠다.

---

11) 내 글의 교정을 봐주는 고마운 분이 이 대목과 관련하여 나에게 중국 속담 하나를 소개해 주었다. 人怕出名 猪怕肥 (인파출명 저파비. 사람은 이름이 나는 것을 두려워하고 돼지는 살찌는 것을 두려워해야 한다.)

차츰차츰

유명한 게 좋지 않다고 생각했나 보다. 다만 이제 와 돌이켜보니, 남에게 인정받으려고, 내 이름을 알리고 싶어 헐레벌떡했던 내 삶이 부끄러울 뿐이다. 나는 진심으로 어렸을 때의 나에게 고개 숙인다.

그 형은 자신의 시나리오, 자신의 미래에 대해 침을 튀겨가며 말했다. 그 아저씨만큼 말을 잘했다. 그 형은 시나리오가 영화의 출발점이고 시나리오가 영화에서 제일 중요하다고 웅변했다. 자기의 시나리오는 90신(scene)에서 100신 사이, 그 이상은 넘기지 않는다고 말했다. 나는 그런가 보다 했다. 그 형은 앞으로 쓰고 싶은 시나리오가 아주 많다는 말도 했는데, 나도 근심 걱정이 깊은 터라 무슨 말로 대꾸해야 할지 몰랐다. 그런데 그 형이 한동안 보이지 않았다. 안보니까 어쩐지 궁금해서 아버지에게 물어보았다. 이럴 수가, 그 형이 자살했다고 알려주었다. 그것도 쥐약을 먹고.

그 당시 쥐잡기는 전 국민의 공통과제였고 집집에 쥐약이 있었다. 동회에서 공짜로 나눠준 쥐약이었다. 나는 충격을 받아서 비틀거리지도 않았고, 울지도 않았다. 그저 멍했다. 어떤 사람이 죽는다는 것은, 그 사람을 더는 볼 수 없는 거라고 소년은 생각했다. 문득문득 그 형이 생각났다. 이렇게 사는 것은 사는 게 아니라고, 나의 삶을 구원하는 방법은 죽음뿐이라고, 그 형이 그렇게 생각했는지도 모른다.

얼마나 외로웠으면 그 형은 나를 붙잡고 자신의 꿈을 말했을까. 그 형은 친구도 없었나 보다. 쥐약을 먹었을 때의 고통이 어떤 것인지 나는 모른다. 내가 어려서부터 자살의 방식에 관심이 있었던 까닭은 그 형 때문이 아니었을까 생각한다.

그 형의 시나리오에는 틀림없이 자살하는 주인공이 등장했을 것
이다.

* 그가 누웠던 자리에 누워본다. - 윤동주, 〈병원〉 부분

차츰차츰

29.
꿈의 시절

국가는 나를 부르지 않았다. 초조했다. 나는 두 번의 신체검사에서 불합격 판정을 받았다. 처음에는 체중 미달, 그다음에는 체중 미달에 결핵까지 겹쳤다. 결핵은 도스토옙스키와 카프카 김유정과 이상, 그리고 〈하얀 나비〉의 가수 김정호가 앓았던, 그들의 목숨까지 앗아간, 빛나는 족보의 질병이었다. 결핵은 초기 단계였으나 그때는 약을 한 번에 한 주먹씩 먹어야만 했다. 그 당시 대학 졸업생은 무조건 현역 징집이었다. 데모만 하는 대학생들의 정신 개조가 필요하다고 당국은 판단했을 것이다. 상관없다. 나는 진작부터 입대를 원했다. 나는 입대가 피할 수 없는 진정한 나의 성인식이라고 생각했다. 아무리 힘들어도 이스라엘의 젊은이들에 비할까. 병역문제를 해결하고 빨리 돈을 벌어야 했다. 불심검문에 걸린 나의 시간은 제자리를 맴돌았다.

나의 기쁨이 너의 기쁨이고 너의 슬픔이 나의 슬픔이던 친구와 상의했다. 친구는 공무원이었는데 나의 병역 관계 신분을 조회했다. '방위 가능성이 있는 현역 대기 상태'. 이게 무슨 뜻이지? 지금 이 상태에서 말이야, 나 빨리 군대 가고 싶어, 왜 안 불러주는 거야, 네가 이렇게 앙탈을 부리면 방위로 떨어질 확률이 99.9%야. 막혔던 수도가 콸콸 터지는 듯했다. 당시는 방위 초창기였다. 방위는 365일 근무. 현역은 3년. 게다가 그때 방위는 낮에 직장생활이 가능했다. '대위 위에 방위'라고 말하던 시절이었다. 필요한 절차는 친구가 다 알아서 처리했다. 나는 부평의 고사포 부대 방위로 확정되었다. 현역을 사모하던 나의 마음은 눈 깜짝할 사이에 사라졌다. 인간의 결심이란, 어린이 장난감 같은 것이라고 말했던 헤라클레이토스는 역시 옳았다.

고사포 부대는 방위가 갈 수 있는 최고의 부대였다. 사인 코사인을 알아야 하니까 고학력자만이 갈 수 있다고 했다. 하루 24시간 근무. 이틀은 집에서 쉰다. 120일 근무면 제대, 아니 정확히는 소집 해제. 깔끔했다. 그렇지만 직장을 가질 수 없었다. 공교롭게도 나는 충청도 어느 시골의 신설 고등학교에 가기로 결정이 된 상태였다. 농부는 못되더라도 시골에서 한번 살아보는 게 나의 꿈이었다. 친구가 다시 한번 등장했다. 방법이 없는 건 아냐. 경찰에서 너를 콕 집어 이 사람이 꼭 필요하다고 고사포 부대에 정식 공문을 보내면, 보내주게 돼 있어. 방위는 군 신분이었지만 그때는 경찰에 파견되는 방위들도 많았다. 막막했다. 무슨 수로 경찰을 구워삶는다는 말인가. 그때나 지금이나 경찰을 멀리하면서 산다는 게 나의 신조였다. 그거 하나만큼은 지금까지 잘 지키고 있다.

왜 자기 일을 적극적으로 해결해 볼 생각을 안 하냐고, 어머니께서 책망하셨다. 처음 듣는 꾸지람이었다. 이때, 정말 이때를 기다렸다는 듯이 아버지께서 존재의 위엄을 드러내셨다. 외가의 친척 가운데 경찰 고위 간부가 있었다. 아버지와는 별 왕래도 없이 점잖게 알기만 하는 사이였다. 평안남도 진남포에서 짱짱하던 외가와는 어떤 식으로든 교류가 있었을 것이다. 어쨌든 아버지가 그분을 만난 건 확실했다. 나는 동인천 경찰서 기동타격대로 전출되었다. 친구가 말했다. 영화 한 편 본 것 같네. 이제 끝난 거야. 충청남도로 전출한다는 신고만 하면 돼. 음, 시골이니까 지서로 전출되겠네.

나의 새로운 근무지는 또 다른 절친의 고향이기도 했다. 그 친구의 아버님이 고향에 있는 예비군 중대장에게 소개장을 써 주었다. 방위는 한 달에 한 번 군부대에 들어가 훈련을 받는데, 알아서 선처해 달라는 내용이었다. 방위가 군부대 갈 때의 통솔은 예비군 중대장 소관이었다. 초창기 방위는 분업의 전성시대였다. 그때는 누구 찬스라는 말이 없었지만 나는 친구 찬스, 아빠 찬스, 친구 아빠 찬스까지 이용한 찬스 3관왕이었다. 사실은 나의 삶을 다른 사람이 대신 살아주는 귀족적인 비극이었다. 어머니의 말씀이 옳았다. 내 문제를 다른 사람이 처리해주기를 바라는 나는 무능하고 비겁한 현실 부적응자였다. 더불어 나는 외가도 모자라 외가의 친척에게까지 신세를 졌다. 정말 지금 생각하면 나를 모른 척하고 싶은 나였다.

나는 선생 중에 막내였다. 용병처럼 여러 지역에서 선발된 선생들은 친가족처럼 지냈다. 학급 수는 1학년 3학급이 전부였다. 천국이 따로 없었다. 학생과 선생 모두에게 첫사랑이었다. 이사장님은 오실 때마다 읍내 제일의 한정식집에 선생들을 초대했다. 과묵하신 그분은 궁벽한 곳에서 고생이 많으시다는 말씀만 하셨다. 이사장님은 모든 선생에게 똑같이 2호봉을 올려주셨다. 경력이 높을수록 한 호봉의 금전적인 차이가 컸다. 나 같은 새내기에게 2호봉이 큰돈은 아니지만 기분 문제였다. 처음 1년 동안 나는 마늘 한 접도 받고 소금 한 가마도 받았다. 학교 소유인, 이른바 학전(學田)의 첫 수확물이었다. 어디에서도 받기 힘든 그 특별한 선물을 나는 하숙집 아주머니에게 주었다. 아주머니가 좋아했다. 내 기분도 덩달아 좋았다.

이사장님은 개교 1년 만에 돌아가셨다. 학교장으로 장례를 치렀는데 학생과 선생 모두 울음바다였다. 이사장님이 돌아가신 것만 빼고 모든 것이 좋았다. 나는 생후 24년 만에, 288개월 만에, 8,760일 만에, 체중 50kg을 초과하게 되었다. 무려 54kg. 그러나 운명은 나를 시샘했다. 내 운명은 내가 잘되는 꼴을 못 보는 모양이다.

어머니가 어떤 사람의 보증을 섰는데, 그 책임을 몽땅 뒤집어쓰게 되었다. 1974년 당시 200만 원은 나에게 거금이었다. 그 200만 원은 산속 깊은 옹달샘에 떨어진 폭탄이었다. 내 잘못이 아닌데 내가 벌을 받아야 했다. 항상 내 수입의 대부분이 어머니에게 전달되었으니까, 하던 대로 하는 수밖에 달리 방법이 없었다. 나는 시시포스처럼 바위를 밀어올리기만 하면 되었다. 그런데 어머니의 충격과 고통을

차츰차츰

생각하면 가슴이 미어졌다. 혼자 술 먹는 버릇이 그때 생겼다. 첫 새벽 빈 술병이 나를 더욱 슬프게 했다.

학생의 집에 갔다가 할아버지 연세의 어르신에게 손목을 잡혔다. 진달래 술을 커피잔에 주시길래 살짝 맛보다가 홀딱 마셔버렸다. 달보드레했다. 진달래라는 이름이 너무 좋았다. 약술이라 많이 마시면 안 된다고, 거부반응을 일으키는 사람도 있다고 했다. 어르신이 '한 잔 더?'하는 눈짓을 보냈다. 나는 빈 커피잔을 내밀었다. 안주도 없이 두 번째 잔을 깨끗이 비웠다. 오로지 진달래라는 그 이름 때문에. 그 어르신은 신기한 듯 놀란 듯 흐뭇한 미소를 지으며 당돌한 총각 선생을 바라보았다. 이왕이면 석 잔은 하셔야지. 나는 세 번째 잔도 꿀꺽했다.

어스름 돌아오는 길에 나는 개천에 몽땅 토했다. 온몸이 화끈거리면서 열이 났다. 후유증은 없었다. 그 진달래술은 내 가슴에 지워지지 않는 붉은 상처를 남겼다. 그때는 몰랐지만.

나는 아침 일찍 학교에 갔다. 등교하는 학생들에게 새로운 음악을 들려주고 싶어서였다. 사이먼 앤 가펑클의 〈침묵의 소리(The Sound of Silence)〉와 〈더 복서(The Boxer)〉 그리고 엘가의 〈위풍당당 행진곡〉. 이 세 곡을 가장 많이 들려주었다. 다른 곡들은 생각나지 않는다. 〈침묵의 소리〉의 도입부, "안녕 어둠이여, 내 오랜 벗(Hello darkness, my old friend)", 이 부분이 특히 좋았다. 안녕 가난이여, 내 오랜 벗. 나는 내 식대로 흥얼거리기도 했다. 점심시간에도 방과 후에도 음악을 틀어주었다. 아무도 내가 무슨 짓을 하는지 몰랐다. 나는 주변의 그런 무관심이 자지러지게 좋았다. 나는 나의 자유를 만끽했다. 나의 엘피판은 사당동 친구가 기증한 것이었다. 그 친구 덕분에 시골 여학생들이 새로운 음악을 들을 수 있었다.

서울에서 1회 졸업생들을 만났을 때, 음악이 바뀌었던 것을 기억하느냐고 물어보았다.

"그럼요. 얼마나 좋았는데요. 음악 선생님이 참 멋지다고 생각했죠."

누가 주동자였는지 모르지만 남자 선생들끼리 계를 했다. 누군가 갑자기 목돈이 필요해 1번을 탈 목적으로 아이디어를 냈으리라. 그 시절 우리는 '싫어요'라는 말을 몰랐다. 1번을 제외하고 번호에 관심을 가지는 사람도 없었다. 나는 뒷번호였는데 드디어 한 달 후면 30만 원 목돈을 쥐게 되었다. 그때 내 월급이 6만 원 정도였다. 나는 땅을 사고 싶었다. 때마침 선배 선생들 가운데 학교 근처에 100평과 200평을 사신 분들이 계셨다. 부동산 투기라는 말을 모르던 때였다. 30만 원이면 50평쯤 살 수 있을까요? 충분혀. 50평이 뭐요, 개갈 안 나게. 100평은 돼야 흥정할 맛도 나지. 100평 사구두 남어. 좀 외진 데를 고르면 200평도 살 겨. 조용한 데를 원하는 거 아녀, 시방. 깊이 들어가면 내놓은 땅이 많을 겨. 그리고 땅 팔자 모르는 벱여. 구석진 곳에 신작로가 뻥뻥 뚫릴지 누가 알어?

최근에 땅을 매입하신 선배들의 말씀이라 믿음이 갔다. 특히 교무부장은 나를 상대로 허튼소리를 할 분이 아니었다.

학교에서 나와 몇 발자국만 옮기면 나무와 풀들이 우거졌다. 꽃다지가 무성했다. 잘못 들어갔다간 길을 잃기에 십상 좋았다. 숲과 숲 사이에 울퉁불퉁한 황톳길이 이어지고 드문드문 초가집이 보였다. 꿈인 양 걷다 보면 시냇물이 흐르고 새까만 아이들이 물장구치고 어떤 할머니들은 보리쌀을 씻었다. 비가 세차게 쏟아지면 지형이 어떻게 바뀔지 모를 그런 삶터에 사람들은 순해 보였고 가난까지 아름다워 보였다. 바지런쟁이 시간도 쉬면서 놀다 갈듯한 곳에, 어느 초가집 옆에 수줍게 작은 방 하나 갖고 싶었다. 나는 피난처를 갈망했다. 육신을 피난시켜 정신을 보전하려 했다. 오로지 문학을 실천할 작은 방 하나가 나의 꿈이었다. 멜빌은 바다가 집이었고, 케루억은 길이 집이었고, 헨리 데이비드 소로는 자연이 집이었다. 소로는 숲속에 자기가 살 오두막을 자기 손으로 지을 줄 알았다. 빙허(憑虛) 현진건은 말년에 빈 사과 궤짝을 책상 삼아 글을 썼다. 유년기 나의 삶은 궁핍했고 가난이 지긋지긋했지만, 어느새 궁핍은 친구처럼 편안하게 느껴졌다. 내 몸에 맞는 불행이었다.

집에서 모르는 30만 원이 눈앞에서 살랑거렸다. 200만 원은 어차피 내가 갚을 돈이고, 약간 지연되는 것이 어머니에게 미안했지만, 나중에 웃으면서 옛말을 할 때가 있으리라 믿었다. 나는 가난하지만 당당했던 이덕무 같은 삶을 원했다.

"넓은 가슴 통쾌하게 서 말 가시 없애고 마음은 툭 트여서 사방 통한 큰길 같다."

나의 작은 외딴집에서 넓은 가슴을 키우며 미래를 위한 힘을 찬

찬히 축적하고 싶었다. 내 작은 영토, 내 작은 뜨락, 나만의 공간을 절대 포기할 수 없었다. 어쩌면 나는 이 작은 꿈을 위해 지금까지 살아왔는지도 모른다. 이 정도는 나를 위해 충분히 할 수 있는 일이라고 생각했다. 그런데 왜 이리 불안한 것일까.

어머니는 월급이 압류될 위기에 있었다. 그 사실이 알려지면 모범 공무원인 어머니에겐 불명예였다. 당장 동생들 공부시키는 것과 생활에도 영향이 있을 터였다. 나는 주저 없이 30만 원을 어머니에게 보냈다.

"모든 것이 변한다는 그 사실만이 변하지 않는다."고 말했던 헤라클레이토스는 또 한 번 옳았다.

겨울방학을 앞두고 방위 근무자는 직장을 가질 수 없다는 새로운 법이 공표되었다. 내년 1월부터 시행된다고 했다. 나의 방위 근무는 아직 30일 정도 남았다. 방위 근무자가 넘치는 바람에 격일로 근무하던 것이 3일에 하루로 바뀐 탓이었다. 나는 방위 근무가 끝날 때까지 계속 시골에 눌러있기로 심란한 마음을 정리했다. 나는 교감에게 그만두겠다고 말했다. 교감은 나의 사의를 기정사실로 하고, 새로운 선생을 물색하는 듯했다.

자꾸 눈물이 날 것 같은 어느 날, 교무부장이 조용히 나를 불러 말했다. 내년에도 계속 출근하면서 얼마 안 남은 방위 근무를 마치라고 격려했다.

"지역사회에서 그 정도 융통성은 있는 뻡여. 아무 이상 없을겨.

교장 선생님 뜻이니까 그리 알어."

　교무부장은 내 어깨를 툭 치더니 '크흠' 헛기침을 하면서 돌아섰다. 그때 그곳에서 나의 3년은 그렇게 완성될 수 있었다.

　내가 그때 땅을 샀더라면 내 인생이 달라졌을까.

　소녀가 여인이 되고 내가 그 여인에게 다가서는 사랑의 신비와 경이를 체험했을지도 모른다.

　선택은 무엇인가를 포기하는 일이다. 때로는 누군가를 배신하는 일이다. 지나간 일은 이미 견뎌낸 일이다. 나는 이제 망각을 배워야 한다.

　　* 많은 희망과 큰 슬픔을 아울러하여 너를 이 세상에 보내노라. 원하노니, 장

　　　수하라. 큰소리치라. 유수 같을지어다. - 단재 신채호

30.

나의 우상 김승옥

고3 첫날. 새로운 급우들이 별처럼 반짝인다. 선생님은 아직 들어오시지 않았다. 잡담이 있으련만 고요가 가득하다. 힘차고 늠름한 고요다. 창밖을 보는 어느 친구에게선 광채가 난다. 교실은 발광체들로 가득하다. 이런 분위기는 처음이다. 뽑히고 뽑힌 아이들만 모인 듯하다. 눈이 부시다. 나는 뒷자리에 이방인처럼 얌전히 앉는다. 갑자기 한 친구가 교실에 침입한다. 교복은 입고 있는데 왜소하고 처음 보는 이상한 얼굴이다. 자기 반을 잘못 찾은 아이 같다. 그 이상한 얼굴이 이상하게도 내 옆자리를 차지한다. 그 애는 내 얼굴을 올려다보며 알 수 없는 말을 지껄인다. 큰소리로 손짓을 해가며 떠든다. 느닷없는 고요의 파괴자 때문에 나는 당황한다. 무슨 말인지도 모르면서 대충 고개를 끄덕이고 알았다는 말을 그 아이에게 한다. 언제 들어오셨는지 국어 선생님이 우리 앞으로 다가오신다. 선생님이 그 이상한 아이의 뺨을 때린다. 연거푸 사정없이 때린다. 나는 안경을 벗어 책상 속에 넣고 침착하게 맞을 준비를 한다. 내가 잠깐이라도 그 아이와 말을 섞은 건 사실이니까.

선생님은 시골 할아버지처럼 시커먼 얼굴이었는데 오늘따라 분칠한 듯 하얗다. 선생님은 내 왼쪽에 서 있던 친구의 지갑에서 만 원한 장을 꺼낸다. 선생님이 돈을 오른쪽으로 휙 움직이자 빳빳한 만 원짜리 수십 장이 차르르 펼쳐진다. 마술사의 카드처럼 돈은 일렬횡대로 허공에서 차렷, 한다. 황홀하다.

선생님이 나의 어깨를 움켜쥐고 갑자기 우신다. 돈은 어디로 갔는지 안 보인다. 선생님은 나를 세차게 흔들어대며 통곡하신다. 네 잘못이 아니라고. 아니야, 아니라고.

선명한 꿈이었다. 장면 하나하나가 또렷했다. 선생님의 울음소리가 귀를 멍하게 했다. 선생님께서 생존하신다면 120세는 넘으셨으리라. 도대체 이 꿈은 무슨 뜻일까. 내 잘못이 아니란 게 무슨 잘못일까? 꿈을 꾸고 나서 정신이 번쩍 들기는 처음이다. 나는 꿈을 풀이하지 않는다. 나는 무의식을 모를 뿐 아니라, 알려고 하지도 않는다. 모르는 것은 모른 채로 남겨 두고 싶다.

선생님은 중학교 1학년 때 작문 선생님이었다. 선생님은 우리를 '제군'이라고 불렀다. 첫 시간에 200자 원고지 쓰는 법을 가르쳐 주시고 곧장 숙제를 주셨다. 제군들이 존경하는 인물을 원고지 5장 이상 써야 한다. 제목을 쓰고 존경하는 이유를 반드시 밝혀야 한다. 정말 존경하는 사람이라면 얼굴도 그릴 줄 알아야 한다. 원고지에 먼저 초상화를 그린 다음, 글을 써라. 주변이 술렁거렸다. 아직 존경하는 인물이 없는 아이들은 갑자기 누군가를 존경해야 했다. 초상화는 그다음 문제였다.

그때 내가 존경한 인물은 히틀러였다. 초상화도 멋지게 그렸다. 히틀러는 그리기 쉬웠다. 콧수염만 잘 그리면 되니까. 무슨 헛소리를 썼는지는 기억에 없다.

나는 급우들 앞에서 〈나의 히틀러〉를 낭독하는 영예를 얻었다. 선생님은 나의 글을 극찬하셨다. 나의 문학적 재능이 이미 대학생 수준이라고 엄숙히 선포하셨다. 선생님이 나를 설명하는 키워드는 문재(文才)였다. 나는 처음에 문제인 줄 알고 잠시 긴장했었지만, 선생님의 말씀을 담담히 받아들였다. 집에 가서 나발을 불지도 않았다. 초등학교 3학년 때부터 나는 온갖 백일장을 휩쓸다시피 했다. 일요일에 백일장이 많았는데 오후에 그날로 발표하는 경우가 많았다. 나는 언제나 어머니와 함께 발표장에 갔다. 내가 상을 못 받은 적이 한 번도 없었다. 어머니는 기뻐하셨지만 나는 그저 덤덤했다. 내가 글을 잘 쓴다는 자부심도 없었다. 초등학교 3학년 때 쓴 〈싸움〉은 교육청에서 발간한 우수 어린이 글 모음집에 실리기도 했다. 나는 그런 사실도 몰랐다. 야간 여상에 다니는 사환 여학생이 그 책을 보여주며 내가 맞느냐고 물어봐서 알게 되었다.

〈싸움〉은 나에게 잊지 못할 추억을 남겼다. 내가 지금도 기억하는데 〈싸움〉은 "싸움이야, 싸움!"으로 시작했다. 첫째 외삼촌이 칭찬하셨다. 처음부터 독자의 시선을 끌었다는 것이었다. 나는 첫 문장이 중요하다는 것을 그때 알았다. 첫째 외삼촌은 나의 작문 가정교사나 다름없었다. 어머니가 '글'이라면 첫째 외삼촌, 즉 첫째 동생을 절대적으로 신임했다. 또한 달필이기도 했다. 지금 생각하면, 실제로 "싸움이야, 싸움!"이라고 했을까? 교과서 문장 같기도 하고, 사실성이 떨어진다는 느낌이 든다. 어쨌든 한때 나는 외가에서 "싸움이야, 싸움!"으로 통했다.

어머니는 마침 우리 집에 와있던 첫째 동생에게 돈을 주며 나에게 타잔 영화를 구경시켜 주라고 하셨다. 〈싸움〉으로 장원급제한 아들을 축하하기 위해서였다. 외삼촌은 그 영화를 세 번이나 연속으로 보았다. 영어 회화를 공부하기 위해서! 나는 지겨워서 죽는 줄 알았다.

학년말에 마지막 작문 숙제가 있었다. 나는 선생님에게 또 한 번의 평가를 받아보고 싶었다. 내 딴엔 야심작을 제출했다. 200자 원고지 30장 정도는 쓰지 않았을까. 원고지는 문예반에 가면 얼마든지 있었다. 하여튼 그때까지 내가 써본 가장 긴 글이었다. 마지막 작문 시간에 선생님은 숙제에 대해 아무 말씀 없으셨다. 지금 생각하면 학년말이라 바쁘고 숙제를 다 읽지 못했을 가능성이 컸다. 1학년이 7반까지였으니까 420명 이상의 제군이 복작거렸다. 당시 나는 무척 서운했다. 작문 시간은 중학교 1학년 때만 있었다.

고등학교 2학년 때 국어 선생님으로 선생님을 다시 만났다. 나는 당시 학보 편집자 겸 기자였고 학보는 격월간이었다. 나의 글은 학보에 자주 실렸다. 나의 글을 평가한 영어 선생님의 글이 함께 실리기도 했다. 선생님께선 나의 글을 보셨는지 안 보셨는지 말씀이 없으셨다. 선생님과 개인적으로 이야기를 나눈 적도 없고 선생님이 담임을 맡으신 적도 없었다. 선생님과의 추억은 중학교 1학년 때 히틀러 하나뿐이었다.

고3 때 대학 입시 문제로 교무실에 갔는데, 선생님이 나를 부르셨다. 선생님은 김승옥 군이 고등학생일 때 당신께서 직접 가르친 제자인데, 내가 문학에 뜻이 있다면 김 군에게 보내는 소개장을 써주겠다고 말씀하셨다. 나는 '소개장'이라는 말에 잠시 주춤했다. '문학'과 '소개장'이라는 두 단어가 영 어울리지 않았다. 어울리지 않는 정도가 아니라 '소개장'은 '문학'을 모욕하는 단어였다. 고맙습니다만 저는 경제학과에 진학하기로 했습니다. 나는 선생님의 속 깊으신 제안을 냉정하게 거절했다. 가난을 이기려면 경제학과가 유리하다고 생각하던 때였다. 내 인생이 바뀔지도 모르는 순간이 '경제학과' 때문에 단칼에 날아갔다.

김승옥! 그는 내가 도저히 도달할 수 없는 행성에 사는 존재였다. 내가 읽은 김승옥의 첫 작품은 데뷔작인 〈생명 연습〉(1962)도 아니고, 김승옥의 데이트 비용을 대주던 김현은 혹평하고 독문학자 전혜린은 탄성을 질렀다는 〈무진기행〉(1964)도 아니고, 동인문학상 수상작인 〈서울 1964년 겨울〉(1965)도 아니고, 〈염소는 힘이 세다〉(1966)였다.

"염소는 힘이 세다. 그러나 염소는 오늘 아침에 죽었다. 이제 우리 집에 힘센 것은 하나도 없다."로 시작하는 〈염소는 힘이 세다〉. 쉽게 읽히면서 사정없이 나를 끌어당기는 문장이었다. 처음과 똑같은 문장들이 '따다다단' 베토벤의 5번 교향곡 주조음처럼 반복되면서 12살 소년의 시선으로 슬픈 가족사가 한 꺼풀씩 벗겨졌다. 처음 보는 구성이었다. 〈염소는 힘이 세다〉의 '우리 집'은 진짜 우리 집이 되었고, 나는 그 소년이 되었다. 처음 경험하는 황홀한 동일시였다. 소설의 12살 소년은 힘이 세지 않았고, 나는 12살 때 힘은커녕 영양실조로 비실비실하던 초등학교 6학년이었다. 중학교 입시를 앞두고 느닷없이 '체력장'이 도입되었는데 무려 20점이었다. 단 1점으로 운명이 오락가락하는 판에 20점이라니. 유예기간도 없이 전격적이고 일방적인 처사였다. 한국전쟁 때 피난 온 것도 억울한 데 정말 가혹했다.

턱걸이 두 개를 하니까 철봉을 잡았던 손이 저절로 스르르 미끄러져 내렸다. 에이, 감독 선생님이 안타까워했다. 달리기할 때 쓰러지지는 않았고, 다른 종목은 어떻게 했는지 기억이 없다. 나는 긴장감도 없었고 악착스럽게 해보겠다는 마음도 없었다. 그냥 허공에 떠 있는 것 같았다. 굶주림은 사람을 겸손하게 만든다. 아니, 배가 고프다는 것은, 뭔가 인간의 자격이 부족하다는 열등감을 준다. 아무리 배가 고파도, 배고파요, 이런 말을 나는 해본 적이 없다. 한 그릇의 밥은 구원이고 생명이고 종교다. 쌀밥이든 조밥이든 끼니마다 밥을 챙겨 먹으면서도 공부 못하는 아이들을 나는 이해할 수 없었다.

나는 꼭 가고 싶었던 중학교에 가지 못했고 나보다 공부 못하던 아이의 의기양양한 꼴을 쓸쓸히 바라만 보았다. 우리 집에 힘센 것은 하나도 없었다. 엎어진 김에 쉬어간다고 어머니는 나더러 1년을 쉬라고 했다. 그러시면서 초등학교에 일찍 입학시킨 것을 후회하셨다. 사실은 내가 우겨서 남들보다 1년 먼저 초등학교에 입학했었다. 공부 잘하는 아이들이 모인다는, 집에서 먼 초등학교에.

집 근처의 고등학교에서 가끔 턱걸이 연습을 하면서, 나는 1년을 빈둥빈둥 보냈다.

김승옥은 '힘이 세지 않은 것'을 묘사하면서 일곱 개의 절로 한 문장을 만들었다. 그런 문장은 또 처음이었고 전혀 길게 느껴지지 않았다. 고등학생 때 아마도 나는 김승옥의 문장을 흉내 냈을 것이다. 나중에 〈바다의 기별〉이라는 김훈의 에세이집에서 이런 글을 발견했다.

> 그들은 '김승옥이라는 녀석'의 놀라움을 밤새 이야기하면서 혀를 내둘렀
> 다. 새벽에 아버지는 "이제 우리들 시대는 이미 갔다."며 고래고래 소리를
> 질렀다.

1977년 종로의 모 여고에서 제1회 이상 문학상 수상식이 열렸다. 1회 수상자는 김승옥이었다. 이어령 선생이 김승옥을 호텔 방에 감금하다시피 해서 쓴 글이 수상작인 〈서울의 달빛 0장〉이었다. 상금은 채권자가 가져가고 김승옥은 빈 봉투를 받았다.

김승옥은 1960년 가을부터 이듬해 봄까지 〈서울경제신문〉에 〈파고다 영감〉을 연재한 시사 만화가였으며, 작사가, 영화인, 그리고 종교인이었다. 〈안개〉, 〈장군의 수염〉, 〈영자의 전성시대〉 등 많은 시나리오를 썼다. 김동인의 〈감자〉(1968)를 각색하고 감독까지 했다. 김수영, 유현목, 김기영, 이장호, 김호선, 변장호 감독 등과 함께 작업했다. 문학과 지성사에서 발간한 최인훈의 〈광장〉과 〈구운몽〉의 책 표지는 김승옥이 그렸다. 고등학교 동창인 김지하의 구명운동을 10년 넘게 하기도 했다. 김승옥은 기독교에 귀의했고 인도에 가서 전도하라는 그리스도의 명령을 받았지만 인도에 가지는 못했다. 2003년 뇌경색으로 좌뇌의 3분의 2가 기능을 상실했다.

젊은 시절 나의 우상 김승옥은 자기 재능의 희생자였다고 생각한다. 김지하가 말했듯이, 김승옥은 언젠가는 꼭 쓸 것이다. 나도 그렇게 믿는다.

제1회 이상 문학상 시상식에 함께 갔던 그녀는 나와 결이 사뭇 다른 문학 애호가였다. 박경리, 박완서, 이청준과 직접 만나 대화까지 나눈 여자였다. 김승옥과 같은 학번인 독문과 출신의 이청준은, 김승옥과 최인훈 이후 내가 정말 좋아하고 빠져들었던 작가였다. 이청준의 단편집 〈별을 보여 드립니다〉는 한때 나의 바이블이었다. 밤을 꼬박 밝히며 이청준의 〈소문의 벽〉을 읽기도 했다. 그 여자는 자기가 만난 이청준에 대해 말했다.

"겸손하고, 온화한 분이야. 정말 신사였어."

후일 그 여자는 내 아내가 되었다.

내가 제주도에 있을 때 중고등학교 동창이 놀러 왔다. 나는 그 친구를 통해 뜻밖의 사실을 알게 되었다.

고등학교 2학년 때였을 거야. 사석에서 선생님과 이야기하다가 우연히 네 이야기가 나왔어. 선생님이 너에 대해 어떻게 말했는지 알아? 너는 글을 못 쓴대. 못 쓸 거래. 왜요, 왜요? 안 물어볼 수 없잖아. 그 선생님이 원래 말씀을 재미있게 하시는 분이 아니잖아. 말씀도 적으신 편이고. 잠시 허공을 바라보시더니 간단히 한 말씀 하시더라.

"너무 조숙해서."

친구는 50년도 넘은 일을 기억했고 나는 처음 듣는 이야기였다. 선생님은 내가 글을 못 쓸 줄 아시면서도 한 가닥 미련 때문에 '소개장'을 말씀하셨던 것일까. 혹시 선생님이 그때 노여워하시진 않았을까.

꿈에서 나는 말없이 이유도 모른 채, 선생님이 흔드시는 대로 흔들리고만 있었다. 눈물이 난다. 꿈으로 다시 돌아가고 싶다.

선생님의 예언은 정확했다.

31.
기억의 서술

나는 기억의 서술을 받아 적는다. 순서는 뒤죽박죽이다. 기억은 혼자서 잘 논다. 기억의 놀이에는 규칙이 없다.

나는 백남준의 전시회에 갔었다. 90년대 초 과천 국립 현대미술관 입구에서 백남준은 일본 사람과 말하고 있었다. 나는 그때 백남준의 실물을 처음 보았다. 키가 작고 전체적으로 동글동글했다. 맘씨 좋은 호떡 장수 같았다. 흰 셔츠에 멜빵 달린 바지를 입었는데 양손으로 멜빵을 잡은 모습이 푸근해 보였다. 허리춤에는 가죽 띠의 손목시계가 걸려있었다. 내 고정관념이 휘청했다. 셔츠의 양쪽 주머니가 불룩했다. 뭘까? 미에로화이바! 수류탄처럼 꽂혀있었다. 미에로화이바를 하나 뽑아 벌컥 마신 다음 빈 병을 다시 꽂아주고 싶었다. 시계나 음료수도 몸치장을 돕는 액세서리가 될 수 있다는 뜻일까. 충격보다는 슬며시 웃음이 나왔다. 별 뜻 없이 장난삼아 그랬을까? 참 자유롭다는 느낌이 들었다. 지금이라면, 패션이 특이하다고 말을 걸었을 텐데, 그때는 말없이 바라보기만 했다.

하긴 그때나 지금이나 나는 숫기가 없었고 바라보기만 하는 사람이었다. 백남준은 해맑은 소년, 천진난만한 장난꾸러기 같았다.

백남준은 말년에 당뇨 때문에 백내장 수술을 받을 수 없었다. 백내장은 눈앞에 안개를 뿌린다. 나는 그런 상황이 어떤지 경험했었다. 시력을 잃었을 때도 백남준은 남을 배려하는 마음을 잃지 않았다. 고갱은 보기 위해서 눈을 감는다고 말했다.

태종이 세종에게 말했다.

"모든 악업은 아비가 지고 갈 터이니 너는 성군이 되어라."

멋지다. 이방원은 이성계 집안의 최초 문과 급제자였다. 이성계가 제일 사랑하고 자랑했던 아들이었다. 인조는 왜 태종에게서 배우지 못했을까.

추사 김정희는 제주도 귀양살이에서 천자문을 쓰고 책으로 엮었다. 첩에서 난 아들이 글을 배울 나이가 되었기 때문이다. 서자로 살아야 하는 아들의 운명을 추사는 가슴에 품었다. 천 번을 생각하며 천 번을 품었다.

이순신 장군은 맏아들 회에게 술과 고기를 내리게 했다. 진중에서도 자식의 생일을 기억하는 아버지였다.

정유년(1597) 10월 14일, 이순신은 막내아들 면이 전사했을 때 통곡했다.

"천지가 캄캄하고 해조차도 빛이 변했구나. 슬프다. 내 아들아."

주변에서 염려할 정도로 여러 날을 울었다. 마음 놓고 울지도 못하고(16일), 꿈에서 통곡하고(19일), 죽은 아들 생각에 또 눈물

차츰차츰

흘렸다.(11월 23일)[12]

장 앙리 파브르는 가난해서 자식들에게 책을 사줄 수 없었다. 그는 자식들에게 필요한 책을 직접 쓰고 만들어 주었다. 파브르는 자주 자식들과 함께 숲으로 들어갔다. 자식들에게 나무의 비밀을 알려주고 민들레 풀씨가 어떻게 바람을 이용하는지 설명해 주었다. 숲의 냄새를 맡고 숲의 공기를 들이마셨던 자식들은, 아버지에게 최고의 선물을 받았다는 사실을 알았을까.

내 자식들은 나를 어떤 아비로 기억할까. 나는 아내에게 말한 적이 있었다. 이제 우리는 그만 싸우고 남은 인생을 자식들에게 효도하면서 삽시다.

멜빌(1819~1891)의 이름이 떠오른다. 〈모비 딕(Moby Dick)〉(1851)은 경학(鯨學, 고래학. cetology)이다. 스타 벅(Star Buck, 커피를 좋아하는 일등 항해사)의 이름을 따서 스타벅스(Starbucks)가 생기게 되었다. 〈모비 딕〉은 내가 정신없이 재미있게 읽었던 소설 중에서도 첫손에 꼽힐 것이다. 물론 내가 재미있었다고 당신도 재미있을 거라는 보장은 없다. '고래'의 모든 것을 알고 싶다면 〈모비 딕〉을 읽으면 된다. 실제로 멜빌은 22살 때, 포경선을 탄 경험이 있다. 그러나 〈Moby Dick〉을 쓰기 위해 멜빌은 뉴욕 공립도서관에 있는

---

12)　〈교감완역 난중일기〉(노승석 옮김, 민음사, 2010)에서 참고하였다.

고래와 고래잡이에 관한 모든 책, 산더미 같은 책을 독파했다. 나는 주인공 이스마엘을 좋아한다. 이스마엘은 구약에서 아브라함의 추방당하는 서자이다. 성경이든 〈모비 딕〉이든 나는 이스마엘에게 한없는 애정을 느낀다.

너새니얼 호손(1804~1864)이 영국에 문화 대사로 있을 때, 멜빌이 찾아갔다. 멜빌은 〈모비 딕〉을 호손에게 헌정했지만, 호손의 반응은 시큰둥했다. 멜빌은 살아서 인정을 못 받았다. 〈모비 딕〉은 초판 출간 후 멜빌이 죽을 때까지 40년 동안 3,200부 팔렸다. 멜빌이 죽은 뒤에 D.H.로렌스, 서머싯 몸, 윌리엄 포크너, 버지니아 울프, 코맥 매카시 등 여러 사람이 〈모비 딕〉을 격찬했다. 미국의 소설가인 코맥 매카시는 내가 모르던 작가였는데 아들의 소개로 알게 된 작가이다.

미국에서 태어난 조카들이 초등학생 때 우리 집에 온 적이 있었다. 서가에서 〈Moby Dick〉을 발견하고 조카들이 놀란 소리로 외쳤다.

"와, 모비 딕이다. 모비 딕이 여기도 있네."

고것들은 한국말을 곧잘 하다가도 싸울 때는 영어로 싸웠다.

막내 여동생이 교대 입학시험을 치르고 집에 왔을 때, 하필이면 나는 집에 있었다. 여동생은 가방을 방바닥에 팽개치며 말했다.

"나 때문에, 정말 교대에 가고 싶었던 한 사람이 못 가게 되었네."

나는 고개를 숙였다. 동생의 그 한마디는 평생 나를 떠나지 않았다.

집안 형편상 교대에 가는 게 좋으니 네가 잘 타일러 보라고 어머니가 말씀하셨고 내가 그 말씀에 충실히 따른 결과였다. 여동생이 초등학생일 때, 큰아버지께서는 우리 집안에 여자 황 판사가 나오게 되었다고 기뻐하셨다. 나는 왜 동생에게 말하지 못했을까. 내가 책임질 터이니 너 하고 싶은 공부를 해라. 그 당시 나는 대학원에 진학했고 잠시 실업자 신세였다. 어차피 내가 벌 돈은 정해져 있고 어머니에게 드릴 돈도 정해져 있다. 내가 부담할 돈을 동생의 대학 공부로 돌렸으면 어땠을까. 그런 보람찬 일을 외면하고 어찌하여 나는 밑 빠진 독에 물 붓는 짓을 했을까.

공부에 최적화된 두뇌를 가진 동생은 자기가 번 돈으로 뒤늦게 일반 대학에도 진학했다. 여러 공부를 하면서 교감이나 교장이 되는 일에는 관심도 없었다. 동생에게 평생 면목 없는 나는 언젠가 동생에게 말했다. 교무를 맡아. 기회가 오면 교무부장을 놓치지 말라고.

세월이 변해서 초등학교 장학사 시험이 교육 고시라고 한다. 응시 자격은 부장 경력이 있어야 하고 나이 제한도 있는 모양이다. 한 번 시험 보는 게 아니라 3차 전형까지 있다고 한다. 평소에 관심이 없다가 어떤 계기로 동생이 장학사 시험에 도전하게 되었는지 모르겠다. 동생은 최고령 응시자였다. 떨어지면 다시 기회가 없었다. 응시자들은 그룹을 지어 토론도 하면서 함께 공부하는가 보다. 나이 많은 동생은 외톨이였다고 한다.

동생은 최고령 합격자가 되었다. 나는 기뻐 펄쩍 뛰었고 아무 공로 없이 동생의 얼굴을 떳떳이 바라보게 되었다. 정년을 얼마 안

남긴 동생은 지금도 뭔가 저지르고 있으리라. 동생이 저지르는 일은 새로운 공부다. 동생의 남편은 초등학교 교장으로 은퇴했다. 현직에 있을 때 이미 전업주부를 겸직한 양반이다.

하길종 감독은 왜 그리 서둘러 세상을 등졌을까. 하길종은 미국에서도 재능을 인정받은 사람이었다. 하 감독의 첫 작품 〈화분〉(1972)은 이효석의 원작을 각색한 것이다. 주연은 하 감독의 동생 하명중이었다. 하명중은 형 못잖은 감독이며 배우였다. 하명중은 강남에 있는 '뤼미에르' 극장을 운영했는데 지금도 있는지 모르겠다. 천승세의 〈낙월도〉를 각색한 하명중 감독의 〈태(胎)〉를 못 본 것이 아쉽다.

나는 〈화분〉에서 의식의 흐름(the stream of consciousness)을 보았다. 글이 아니라 영상으로 본 것은 처음이었다. 행복한 전율을 느꼈다. '의식의 흐름'은 원래 윌리엄 제임스의 심리학 용어였다. 윌리엄 제임스는 하버드 대학의 철학 교수, 심리학 교수였다. 윌리엄 제임스의 동생 헨리 제임스는 '의식의 흐름'을 소설의 기법으로 사용한 세계적인 작가이다.

〈화분〉은 흥행에 실패할 거라는 불길한 예감이 들었다. 실제로 그 영화는 흥행에 참패했다.

하길종의 부인은 불문학자 전채린이고, 전채린의 언니는 요절한 독문학자 전혜린이다. 나는 하길종 감독을 어느 봄날 캠퍼스에서 우연히 본 적이 있다. 단아했다. 우수에 깃든 도련님 같았다. 불문과 동창인 김승옥은 하길종의 술친구였다.

차츰차츰

윤여정의 〈화녀〉(1971)는 영화감독이 꿈이던 친구의 권유로 보았다. 옆집 누나 같은 윤여정의 광기에 깜짝 놀랐다. 엄앵란의 시대는 끝났다고 생각했다. 〈화녀〉는 〈화분〉과는 전혀 다른 방식으로 한국 영화의 문법을 새로 쓴 영화였다. 윤여정이 아카데미 수상식에서 김기영 감독을 언급할 때 눈물이 났다. 김기영 감독은 〈충녀〉(1972)의 시나리오를 김승옥과 함께 썼는데 두 사람이 많이 다투었다고 한다.

봉준호와 윤여정이 잇달아 아카데미를 휩쓸었다. 내가 살아있음이 고맙다. 봉준호 감독의 가문에는 예술의 DNA가 있다. 〈소설가 구보 씨의 일일〉의 작가 박태원은 봉준호의 외할아버지다. 봉감독의 부친 봉상균은 서울과학기술대학교 시각 디자인과 교수였다. 그런데 박찬욱 감독은 지금 무엇을 하고 있을까.

나는 평생 신중하지 못한 사람이었다. 나의 이름은 친할아버지께서 지으신 것이다. 할아버지께서 나의 사람됨을 미리 아신 듯 나의 이름 가운데 자를 '무거울 중(重)'으로 하셨다. 친할아버지는 나의 이름에 살아 계신다.

내 평생의 친구들은 하늘에서 내린 복처럼 나에게 다가왔다. 나는 친구들을 통해 조금씩 온전해졌다. 친구들에게 미안한 일이 많다. 벗들아, 고맙다.

시골 고등학교에 있을 때, 새로운 영어 선생님이 들어왔다. 저명한 교육자 집안의 딸이라고 했다. 항상 바지를 입고, 겉치레를 모르는, 나와 동갑인 그녀는 덜렁덜렁하는 선머슴 같았다.

영어과에 공개수업이 배정되어서 나는 처음으로 진지하게 그녀와 의논하게 되었다. 그녀가 공개 연구수업을 하는 게 관례였다. 나는 이미 두 번이나 공개수업을 했다. 그녀는 보기와 다르게 의외로 가녀린 모습을 보였다. 자기는 이제 처음이고 경험 있는 내가 맡아주면 좋겠다고, 자기가 할 일이 있으면 최선을 다해 돕겠다고 하소연했다. 나는 3년 연속 공개수업을 하게 되었다.

그녀는 영어 발음이 놀랍게 훌륭했다. 그때는 영어 교과서 원어민 녹음테이프가 없었다. 어느새 우리는 공개 연구수업을 어떻게 하면 좋을지 함께 의논하게 되었다. 우선 그녀의 리딩을 내 녹음기에 녹음해서 실제 수업에 활용하기로 했다. 개교 이래 최초의 사건이었다.

그녀는 불어가 거의 모국어 수준이었다. 그러니 영어는 말해 무엇하랴. 내가 무릎 꿇고 10년은 배워야 할 스승이었다. 더욱 놀랄 일은 그녀가 너무도 공손히 내 의견을 경청한다는 것이었다. 의견을 물으면 조심스럽게 말하면서 때로는 얌전하게 내 눈을 보았다. 우리 둘 다 안경을 썼는데 그녀의 안경테가 더 두꺼웠다.

여름방학 직전에 그녀가 나에게 테이프 하나를 주었다. 직접 기타 치면서 노래한, 딱 한 곡만 녹음된 테이프였다. 기타와 노래 모두 프로 수준이었다.

⟨Stand by Me⟩!

아, 그녀 때문에 내가 세 번째 놀라는 순간이었다.

그녀는 자기 집에서 멀리 떨어지고 싶어서, 자기를 숨기고 싶어서,

차츰차츰

마음에도 없는 교직을 선택하고 먼 시골로 온 게 아니었을까. 내가 알지 못하고 이해할 수도 없는 깊은 상처에 빠진 여자로 보였다. 그녀는 그 학교에 오래 있지 않았다. 내가 퇴직하고 그녀는 1년 정도 그 학교에 더 있었다. 그녀는 학교를 그만두고 수녀가 되었다. 순수의 아픔이 우리의 삶을 관통하던 시절이었다.

내가 결혼을 생각한 여자가 있었다. 고등학교 2학년 때 시내 고교생들의 문학모임에서 나는 그 소녀를 처음 만났다. 1년 후배였다. 그 소녀는 나의 독자였다. 학보에 실린 나의 글을 나보다 더 잘 기억했다. 그 소녀는 나의 이름으로 쓰지 않은 나의 글까지 콕 집어냈다. 그 소녀는 내가 데미안이라고 말했다. 그 바람에 헤르만 헤세의 〈데미안〉을 두 번이나 읽었다. 나는 데미안 비슷한 사람도 아니었다.

그 소녀가 대학생이 되었다. 그 여자를 경인선 열차에서 만났다. 국문과에 입학한 그녀는 국어 선생님이 될 거라고 말했다. 그리고 자기는 절대로 결혼하지 않고 혼자 살겠다는 말도 했다. 나는 그 말을 나하고는 결혼하겠다는 뜻으로 받아들였다. 나는 그 여자와 결혼해도 좋으리라 생각했다. 그 여자와 결혼하고 해로하면 비트겐슈타인 같은 유언을 하게 될지도 모른다고 상상했다.

"멋지게 살았다고 전해주게."

어쩌면 결혼은 사랑의 무덤이다. 그리고 그 무덤에서 새로운 사랑이 태어난다. 어쨌거나 내가 결혼한다면, 그때는 그 여자밖에 없었다.

그 여자는 자기에게 편지할 때 학교로 보내라고 했다. 나는 그 말의 속내를 단박에 알았지만, 안타깝게도 그녀의 집으로 편지를 보냈다. 학교보다는 집이 더 확실한 전달 장소라고 생각했기 때문이었다. 그녀 오빠에게서 편지가 왔다. 내가 보낸 편지가 개봉된 채 돌아왔고 다시 편지하면 이런 식이 된다는 경고가 있었다. 나보다 두세 살 많을 것이고, 그도 대학생이었다. 나는 즉시 답장했다. 동시대를 사는 같은 젊은이로서 개탄을 금할 수 없다고 점잖게 분노를 조절했다. 당신의 야만을 슬퍼하며, 야만이 무엇인지도 모르는 당신에게 미국의 서부 개척 시대처럼 결투를 신청하고 싶다고 도발했다. 그 야만은 부모의 걱정을 대신해서 한 짓이라고 변명하면서 사과 편지를 보내왔다.

나는 그녀의 아버지에게도 편지했다. 안심하시라, 따님은 반듯하고 사리 판단이 분명할뿐더러 침착과 지성을 갖춘 재원이다. 오죽이면 여자 보기를 돌같이 하는 제가 편지 쓸 용기를 내었겠는가, 어르신의 걱정을 받들어 더는 편지질이 없을 터이니, 부디 강건하시고 하시는 일이 날로 번창하기를 앙망하나이다. 대충 이런 내용이었다. 나는 최대의 예의를 최고의 무기로 이용했다. 물론 답장은 없었다.

그런 일이 있고 나서 이상하게도 내가 그 집안의 사위가 된다는 그림이 그려지지 않았다. 내가 골고루 미숙했다. 사랑을 키우지 못한 건, 오로지 내 책임이었다. 어린 혈기에 나만을 생각하고 그 여자의 입장을 배려하지 못했다. 나는 그때 그 여자보다 나를

차츰차츰

더 사랑했다. 부끄럽고 미안하다. 그 여자는 자기가 원하던 대로 국어 선생이 되었을 것이고, 자기가 원하던 것과 달리 결혼해서 잘 살고 있을 것이다.

　스케치를 독학하면서 종종 아버지 생각이 났다. 건축가였던 아버지는 선線에 대해선 거의 신의 영역에 도달했을 것이다. 내가 어려워하는 원근법과 투시화법의 소실점(vanishing point)에도 정통하셨을 것이다. 나에게 아버지의 유전자가 남아있을까?

　아버지는 돌아가시기 전에 나에게 말씀하셨다.

　"나는 네 어머니와 나란히 묻히고 싶다."

　나를 용서한다는 말씀도 하셨다. 아버지가 돌아가시고 처음 맞는 어버이날에 나는 김포 쪽에 있는 아버지의 묘지를 찾아갔다. 어린 남매와 아내와 함께. 묘지에 이르기도 전에 걷잡을 수 없는 눈물이 온몸에서 터져나왔다. 도서관에서 이 글을 쓰는 지금도 눈물이 흐른다.

　부모님은 나란히 묻히셨다. 세월이 흘러 부모님의 유골함을 부평의 가족묘지 공원에 안치했다.

　결가부좌의 기억은 고통이다. 참을 수 없는 것을 참는 게 진정한 인내다. 나는 고통의 힘을 믿는다. 결가부좌의 고통을 통해 몸과 정신은 정화된다. 고통을 토대로 삶은 비로소 반듯해진다. 앉는 자세에는 그 사람의 인격이 스며 있다.

　일어서고 걷고 말하기 위해서, 재활 훈련을 하는 세 살배기 외손녀의 고통이 어떤 것인지 나는 모른다. 인큐베이터와 수술실에서 어떤 고통을 받았는지 외손녀는 기억할까.

결가부좌로 고통 없이 한 시간 명상하는 것이 나의 일차 목표다. 진정한 고요에 입문하기 위해서는 결가부좌의 명상이 필요하다는 신념이 생겼다. 고요를 배우며 새로운 몸과 정신으로 외손녀를 만나고 싶다.

온몸을 찡그리면서, 마침내 결가부좌 한 시간을 버텨냈다. 고요를 이해하기까지는 아직 멀고 멀었다. 고통은 현재 진행형이다. 나는 고통을 사모하고 설렘까지 느낀다. 결가부좌의 고통은 내가 지은 죄, 내가 모르는 나의 죄를 씻어줄 것이다. 결가부좌 두 시간 세 시간이 되려면 나의 고통은 죽는 날까지 계속될 텐데, 누구에게 감사해야 할지 모르겠다.

자기 고통을 말하지 못하는 외손녀의 얼굴은 해맑다. 웃을 줄도 알고 새침한 낯으로 외면할 줄도 안다. 나는 외손녀의 고통에 동행하고 싶다. 서로 고통을 나누고 싶다. 외손녀를 생각하며 오늘도 결가부좌를 연습했다. 고통에 감사하며.

기억의 반추는 아름답고 애잔하다.

나는 지금 도착하지 않은 기억을 기다린다. 미래의 기억을 꿈꾼다.

* 인생에서 가장 중요한 건 당신이 기억하는 것들이다. - 장 르누아르

32.
비켜 간 운명

1970년대에 들어서자 뭔가 새로운 기운이 움트는 듯했다. 여전히 제3공화국이었지만, 캠퍼스에는 막연한 희망이 부풀어 올랐다. 어느 봄날 같은 과 여학생이, 평소에 데면데면한 사이이던 그 여학생이, 자못 진지한 표정으로 나에게 말했다.

"세계 대학생 승공연합회라는 단체가 있는데, 네가 그 단체에 꼭 필요한 인물이라고 오래전부터 생각했어."

재미있는 말이었다. 이 여자의 말을 이어서 콩트를 쓰면 어떻게 될까. 나는 내 상상에 취해 웃기만 했다. 그 당시 '승공'이나 '멸공'은 누구도 거스를 수 없는 절대가치였다. 나는 웃으면서 조용히 거절했다. 어떤 단체에 속하는 건 내 체질이 아니었다. 그 여학생은 그럴 줄 알았다는 듯이 고개를 끄덕이며 선선히 물러섰다. 그러나 그 여학생은 틈만 나면 세계 대학생 뭔가라는 그 단체의 특성을 나에게 설명했다. 일본 대학생들의 조직이 제일 강한데, 세계 본부가 서울에 있는 우리의 자존심이 상한다는 말도 했다. 그리고 아주 구체적인 제안을 했다.

"5월에 서울대 문리대 교정에서 행사가 있어. 우리가 주최해서 세계에 알리는 행사인데 한국 주재 NHK 특파원이 취재할 거야. 그 행사에 '세계 대학생에게 보내는 메시지'라는 순서가 있는데 네가 최적임자라고 생각해. 승공과 세계평화를 위해서 세계 대학생들을 상대로 멋진 제안을 할 수 있잖아. 너라면."

콩트를 쓰기는 틀렸다. 나는 타협안을 제시했다. 원고는 써 줄 테니 네가 읽던, 남을 시키던, 마음대로 해라. 그 여학생은 낭독도 내가 해야만 한다고 바득바득 우겼다. 5분이면 되는데 그게 그렇게 힘든 일이냐고 했다. 나는 뭔가 함정에 빠졌다는 느낌이 들었다. 그러나 원고를 작성해서 낭독하는 일까지만 하기로 약속하고 뭔지도 모르는 그 일에 끼어들었다.

나는 낙원동의 고층빌딩으로 안내되었다. 총본부가 자리한 사무실인데 생각보다 큰 조직이라는 느낌이 들었다. 본부 사무실의 직원들은 형이라고 불러도 좋을 대학 졸업생들이었다. 만나는 사람마다 반가워하고 친절해서, 어색함을 느낄 겨를이 없을 정도였다. 더구나 낙원동은 삼청동으로 가는 입구라 나에게는 친숙한 동네였다. 그 사무실에서 만나는 사람들의 표정은 밝았고 무엇보다 말이 통하고 자유분방한 분위기가 마음에 들었다. 이 낯설고 유쾌한 경험이 나에게 뻗어오는 70년대의 새로운 기운이라고는 생각하지 않았다. 그저 좋은 추억이 될듯한 기분이었다. 그때 알게 된 다른 대학의 학생들과는 한동안 친밀한 교류를 갖기도 했다. 대부분 술 담배를 멀리하는 모범생들이었고 어리숙할 정도로 순수해 보였다.

차츰차츰

행사 당일 나는 내 순서를 무사히 끝냈다. 소박한 행사였다. 일본 특파원이라고 알려진 두 명의 촬영기사가 행사의 전 과정을 촬영했을 뿐, 모인 학생도 많지는 않았다. 그냥 우리끼리 모여서 떠들고 우리끼리 손뼉을 치는 모양새였다. 어떻게 편집되어서 전파를 탈지 궁금하기는 했지만 그다지 관심도 없었다. 어쨌든 실수 없이 끝났다는 안도감이 들었다. 행사가 끝나자 나는 혜화동의 어느 가정집으로 안내되었다. 아직 끝난 게 아니었다. 그곳은 철저하게 일대일 교육이 벌어지는 장소이면서 그들의 연락처이고 아지트였다. 나의 선생은 S대를 졸업한 엘리트였고 준수한 용모의 호남이었다. 그때 서로 어떤 호칭을 사용했는지 기억은 없지만, 나의 그 개인 독선생이 초면은 아니었다. 행사과정에서 안면이 있었고 나는 그 선배에 대한 호감도가 충만한 상태였다. 내가 배울 내용은 '진리의 말씀'이었다. 그들은 '원리연구'라는 용어를 사용했다. 나는 종교라는 것을 직감했다.

그때나 지금이나 나는 특정 종교를 믿지 않는다. 그러나 모든 종교, 특히 기독교, 불교, 이슬람교, 천주교, 힌두교는 그때나 지금이나 지적 호기심의 대상이었다. 나는 샤머니즘에도 관심이 많았다. 우리의 샤머니즘과 밀접한 관련이 있는 바이칼 호수를 가보고 싶은 욕망은 지금도 크다.

나의 독선생에 대한 인간적인 신뢰와 그 잘난 지적 호기심이 어우러져 나는 일단 들어보기로 했다. 의무적인 교육이 아니라 서로 시간이 맞을 때 일주일에 한 번이나 두 번, 사정에 따라서는 건너

뛸 때도 있고, 아무튼 자율적이며 평화적이고 상호 존중하는 분위기였다. 원리연구는 이른바 '세계기독교 통일협회', 바로 '통일교'의 원리였다.

1950년대 중반, 이화여대에 통일교를 믿는 학생들이 많았다. 미국 감리교의 지원을 받는 학교로서는 묵과할 수 없는 일이었다. 당시 김활란 총장이 진상조사를 지시했는데 책임을 맡은 교수가 통일교의 통일원리에 감동해서 아예 개종한 사건이 있었다. 이때 통일교를 믿는 교수와 학생들이 해직, 퇴학당했다. 그때 내가 통일교에 대해 아는 건 그게 전부였다.

나는 문선명을 실제로 만난 적이 있었다. 서울 시내 대학생들만 참석하는 연수회가 있었는데 거기에 참가했더니 문선명이 기다리고 있었다. 장소는 서울 변두리에 있는 통일교 연수원이었다. 많은 학생, 천 명은 되지 않았을까, 참가비는 없었던 것으로 기억한다.

문선명은 인자한 할아버지였다. 너희들을 보니 밥을 안 먹어도 배부르다 하는 인상이었다. 흔히 말하는 카리스마 따위는 현미경을 들이대도 찾기 힘들었다. 문선명을 떠받드는 분위기도 없었다. 개인적으로 문선명을 찬양하는 사람도 만나지 못했다. 문선명이 직접 마이크를 잡기는 했는데 통일교의 '통'자도 꺼내지 않았다. 그저 덕담 수준이었다.

나는 그 연수회에서 평생 잊기 힘든 사람을 만났다. 특출하고 딴 세상에 사는 걸물, 또는 인정받지 못하는 고독한 천재. 그 인물은

212

Y대 정외과에 다니는 여학생이었다. 화통하고 자기주장이 당당하고 논리정연했다. 인문학을 비롯해 앎의 폭과 깊이가 거의 교수 수준이었다. 체형에 어울리지 않게 미니스커트를 입었다. 그때만 해도 여대생이 미니스커트를 입는 경우는 드물었다. 키는 작은 편이지만, 문자 그대로 군계일학이었다. 그러나 다른 여학생들은 그녀를 좋아하지 않았다. 순진한 남학생을 유혹해서 상처를 줄 위험인물로 생각하는 모양이었다. 그녀는 남학생들에게도 인기가 별로였다. 그녀와 마주치면 실실 웃으면서 피하려는 기색이 역력했다.

나는 그녀와 제법 많은 대화를 했다. 그 모임이 끝난 후에 개인적으로도 여러 번 만났다. 나는 그녀를 존중했고, 그녀의 말을 귀담아들었다. 그녀는 나라는 인간을 이렇게 묘사했다.

"하얀 바탕에 검은 점 하나, 또는 검은 바탕에 흰 점 하나."

내가 듣기엔 그녀에게 어울릴 말이었다.

나는 원리 공부를 그만두기로 작정했다. 독선생이 너무 지극 정성이어서 오히려 재미가 없었다. 인간적으로는 독선생에게 미안했다. 그러나 서로를 위해 더 미룰 수는 없다고 판단했다. 내가 원리 공부를 그만두겠다고 말할 때, 나의 독선생은 불쌍할 정도로 참담한 표정이었다. 공교롭게도 독선생의 약혼녀인 중학교 선생님도 함께한 자리였다. 독선생은 나의 말을 진지하게 들어주었고 간혹 고개를 끄덕였다. 약혼녀 선생님도 고개를 다소곳이 숙인 채 내 말을 경청할 뿐 아무런 반응을 보이지 않았다. 설득이나 만류는 없었다, 떠나겠다는 사람을 붙잡지 마라. 그들만의 원칙이 있는 듯했다.

통일교는 대규모의 국제 결혼식으로 세간의 이목을 끌기도 했다. 통일교에서는 아프리카 여자가 미국 백인과 결혼하는 게 자연스러운 일이었다. 통일교에 따르면 인류는 한 가족이기 때문이다. 당사자들의 의사를 반영해서 배필은 문선명이 정해준다는 말을 들었다. 그로 인한 부작용은 없다는 말도 들었다.

내가 그때 만났던 통일교의 대학생들은 졸업과 동시에 대부분 미국으로 갔다. 나를 꼬드겼던 그 여학생도 물론 미국행이었다. 당시에는 미국에 간다는 자체가 쉬운 일이 아니었다. 비용은 전부 통일교에서 댔다. 그들은 미국에 가서 거리의 행상인 노릇도 했다. 수익금은 전부 성금으로 냈다고 한다. 나는 지금 그들이 어디서 무엇을 하는지 전혀 모른다. 내가 원리 공부를 계속했다면, 나도 분명히 미국에 갔을 것이고, 지금 아프리카 여자와 살고 있을지도 모른다.

통일교의 이단 시비에 대해 나는 할 말이 없다. 통일교의 '원리'에 대해 제대로 아는 게 없기 때문이다. 다만 그때 내가 만났던 통일교 관계자들은 인격적으로 훌륭했다. 적어도 그런 인상을 받은 건 확실하다.

후일, 나는 미국의 대표적인 성인 잡지인 〈플레이보이〉에서 통일교 광고를 보았다. 문선명의 영자 표기는 Moon Sun Myung이었다. 달과 태양과 밝을 명. 이토록 밝은 이름이 어디 있겠는가.

만약에 그 정외과 여대생이 원리 공부를 계속하라고 나를 설득

214

했으면 어떻게 되었을까. 모르긴 해도, 그때나 지금이나 여자의 말에 약한 내가 넘어갔을 가능성이 컸다고 본다. 다행인지 불행인지 그 여자는 통일교에 대한 말을 한 적이 한 번도 없었다. 종교에 무관심하거나 초월한 듯했다. 그녀는 자기가 어떻게 통일교와 관계를 맺게 되었는지 말하지 않았고, 내가 묻지도 않았다. 그렇지만 그 여자는 종교계의 지도자가 될 수도 있는 인물이라고, 나는 막연히 생각했다. 그녀는 나의 말에 토 달지 않고 끝까지 들어주는 고마운 여자였다. 결코 평범하게 살 여자는 아니었다.

* 나는 현실을 꿈꾸었다. 깨어나다니 얼마나 다행인가!

- 스타니스와프 레츠 (1909~1966, 폴란드 출신 작가)

33.

내 마음의 선생님 1

내가 A대에서 시간 강사를 할 수 있었던 건 고등학교 때 은사님 덕분이었다. 내가 고등학생일 때 그분은 영어도 가르치는 독어 선생님이셨다. 그때는 두 과목을 가르치는 선생님들이 더러 있었다. 나도 중학교 1학년 도덕을 가르친 적이 있었다.

그분은 가르치는 건 뒷전이고 자기 공부에 열중하는 선생님이었다. 그분은 다방에서 나에게 계란반숙을 사주시기도 했다. 나에게 일본 시집을 보여주면서 해석도 해 주셨다. 일본 사람들의 편집 기술이 왜 탁월한지를 일본 시집들을 보여주며 가끔 설명도 하셨다. 호기심이 왕성할 때라 나는 딴 세상을 보는듯했다.

요즘 무슨 책을 읽니? 그분은 나에게 다정히 묻기도 하셨다. 선생님이 왜 나를 귀여워하셨는지 나는 잘 모른다. 아마도 학보에 실리는 내 글을 보고 기특하게 여기셨을까. 내가 대학을 졸업했을 때, 그 선생님은 A대 영문과 교수로 계셨다.

아내가 수원댁으로 불리던 시절, 나는 A대로 선생님을 찾아갔다.

집에서 그리 멀지도 않았다. 선생님의 허약하신 모습을 떠올리고 4홉들이 꿀 한 병을 가지고 갔다. 나를 반갑게 맞이해 주시는 선생님은 여전하셨다. 흰 머리가 조금 늘었을 뿐.

시간 강사 자리를 구하는 내 형편을 말씀드리고 선생님께 이력서 한 통을 드렸다. 선생님은 따스한 눈빛으로 나를 바라보며 말씀하셨다. 선생님의 음성은 예전처럼 다정하고 나지막했다.

고생이 많구나. 다들 그런 길을 가지.

2년쯤 지났을까. 선생님께서 아무 연락이 없었다. 사실 별 기대도 없었다. 대학교 시간 강사 자리가 그리 쉬운 게 아니었다. 나는 수원에서 인천으로 이사했다. 여름방학 전인데, 엽서 한 통을 받고 깜짝 놀랐다. 2학기부터 수업이 배정되었으니 준비하라는 선생님의 엽서였다. 나는 황급히 A대로 갔다. 인천으로 이사하면서 나는 선생님께 연락을 안 드렸다. 선생님의 엽서를 받았을 때는 내가 선생님에게 이력서를 드린 사실조차 깜빡 잊고 있었다. 세상에 나 같은 제자가 있다니! 이 정도면 인간 말종 아닌가. 나는 선생님을 뵐 면목이 없었다.

선생님께서 어떻게 인천집의 주소를 아셨는지 자세한 말씀은 안 하셨다. 내가 살던 수원의 주소지 동사무소에 선생님이 직접 가신 것은 확실했다. 그런 다음 동사무소 직원의 도움을 받으신 듯하다.

선생님께서 여전히 인자하게 웃으시며 낮은 소리로 말씀하셨다.

이 사람아, 이사를 하더라도 연락처는 알려줘야지.

A대에서는 학기가 끝날 무렵 영문과 교수들과 강사들이 함께 식사하는 전통이 있었다. 나는 처음인지라 고맙고 부푼 마음으로 참석했다. 영문과 교수인 문과대 학장님과 학과장님 그리고 그 모임을 진행하시는 한 분의 교수님이 참석하셨다. 학장님은 이름만 대면 알 수 있는 저명한 교수님이었다. 강사 중에 남자는 나 하나고 전부 여자들이었다. 참석한 교수는 세 명이고 강사는 여덟 명이었다. 여자 강사들은 모두 나에게 누나나 이모뻘이었다. 유학을 마친 사람도 있었고 남편이 유명한 사람도 많았다. 회식 자리에 참석하면 서울로 가는 스쿨버스를 놓치니까 교수든 강사든 대부분 참석하지 않았다. 주최 측의 체면을 고려해서 여자 강사들은 되도록 참석하는 게 그 모임의 관례였다.

유명한 중국집인데 코스 요리가 나왔다. 내 돈 내고 먹기 힘든 음식들이었다. 대화는 학과장이 주도했다. 가족이 미국에 있고 혼자 사시는 분인데 애주가이고 대화를 즐기시는 분이었다. 학장님은 가끔 미소만 지으실 뿐 별로 말씀이 없으셨다. 누가 학과장님을 상대하느냐, 이것이 문제였다. 공교롭게도 교수와 강사가 마주 보는 자리 배치였다. 누나나 이모들은 빨리 끝났으면 하는 눈치였고, 나는 자연스럽게 강사 대표선수가 되었다. 술과 기름진 음식. 내 나이 서른 초반, 젊다면 젊은 나이였다. 자장면 한 그릇에 소주 한 병을 먹던 시절이라 나는 점잖게 열심히 먹었다. 틈틈이 소주를 쥐어짜듯 목구멍에 털어 넣었다. 어쩌다가 학과장님과 내가 일대 일 토크 배틀을 하게 되었다. 어느새 누나 이모들이 눈을 반짝이기 시작했고, 학장님이 상체를 앞으로 기울인 채 내 말을 경청했다. 학과장님은 모처럼 맘에 드는 논객을 만났다는 듯 흥에 겨워 주제를 키워나가셨다. 알코올의 힘이었을까, 나는 거칠 게 없었다. 어떤 주제이든 학과장님에게 당당히 맞섰는데 때로는 내가 주도권을 잡는 것도 같았다. 자세한 기억은 없지만, 나의 화법은 대체로 이런 식이었다.

선인과 악인의 차이가 뭐냐. 플라톤에 의하면 악인이 한 짓을 꿈에서 하는 게 선인이다. 프로이트는 사악한 인간과 보통 인간의 차이는 음침한 욕망을 행동에 옮기는지 아닌지에 달렸다고 말했는데, 플라톤과 같은 말을 참 재미없게도 했다. 결혼생활을 유지 시키는 건 제2의 결혼뿐이다. 프로이트가 한 말인데, 그거 하나는 들어줄 만하다.

"배울 능력이 없는 자들이 가르치고 있다."

오스카 와일드가 19세기에 한 말이다. 나는 이 말을 20세기의 선생으로 살아야 할 나의 경구로 삼는다.

"신은 주사위 놀이를 하지 않는다.(God does not play dice)."

물리학계의 거인, 아인슈타인의 유명한 말이다. 왠지 쓸쓸하게 유명한 말이다. 물리학계의 샛별 닐스 보어는 신랄하게 응수했다.

"신이 주사위 놀이를 할 수도 있다, 왜 이렇게는 생각을 못 하는가?"

아인슈타인은 신진 학자들의 양자역학을 이해할 수도 받아들일 수도 없었다. 따라서 아인슈타인의 '주사위 놀이'는 사실(fact)이 아니라 믿음(belief)에 근거한 것이다.

나의 제자가 나의 잘못을 지적했을 때, 또는 나의 논문을 통렬히 반박할 때, 나의 올바른 태도는 무엇일까? 아인슈타인의 유명한 그 말을, 나는 선생으로서 나의 반면교사로 삼는다.

젊은 나에게 한마디 해주고 싶다. 인용 좀 작작해라. 어눌해도 자신의 육성을 키워라. 멀리 보고 공부 좀 진짜로 해봐라.

그다음 주 A대에 갔을 때, 나는 누나 같고 이모 같은 여자들 사이에서 스타가 되어있었다. 교수님들 사이에서도 내 이야기가 퍼진 듯했다. 나는 선생님께 지은 죄를 조금이라도 던 듯했다. 선생님의 인자한 미소가 떠올랐다.

* 나는 스승들에게 많은 것을 배웠다. 그러나 제자들에게 더 많은 것을 배웠다. - 탈무드

차츰차츰

34.
내 마음의 선생님 2

중학교 1학년 때 영어 선생님은 별명이 몽키였다. 키가 아주 크셨는데 원숭이를 닮은 듯도 했다. 그 선생님이 무슨 일로 1주일 정도 결근하시게 되었는데, 그동안 배운 영어 교과서 10과 정도를 다 외우라는 숙제를 내주셨다. 나는 외우지 않았다. 내 친구, 평생의 그 친구는 다 외웠다. 정확하게 다 외운 사람은 우리 반에서 그 친구 한 명뿐이었다. 선생님이 그 친구를 칭찬하셨다.

선생님은 때릴 때 무섭게 때리셨다. 그 선생님에게 안 맞은 학생은 중고 전체를 통틀어 그 친구와 나뿐일 것이다.

고등학교 2학년 때, 담임 선생님으로 나는 그 선생님을 다시 만났다. 내가 쓴 글을 선생님께서 평하신 글이 학보에 함께 실리기도 했다. 전례에 없는 파격적인 일이었다. 그 선생님은 나에게 지적 세례를 주신 최초의 선생님이었다. 정말 박식한 분이었다. 파이프 담배를 탐미하는 애연가이며 주량은 맥주 한 잔 정도이고 미식가였다. 그렇게 멋있고 지적이신 분이 학생을 때릴 때는 거의 맨주먹으로 샌드백을 두드리는 수준이었다. 하긴 깡패 같은 학생들이 많던 시절이었다. 그분은 나약한 지식인을 아주 싫어하셨다. 응징이 필요한 잘못은 반드시 응징해야 한다. 경위에 따라서는 폭력도 필요하다. 그분의 생각이셨을까. 내가 아무리 그 선생님을 존경해도, 그분의 샌드백 치기는 불편했다.

그 선생님은 때릴 줄 알았다. 때리는 당신이나 맞는 학생이 한 번도 다친 적이 없었다. 선생님이 수업 시간에 말씀하셨다. 내가 소위로 최일선에 배치되었을 때, 고참 병장이나 하사들이 나를 학사장교라고 우습게 보는 거야. 군대는 계급사회잖아. 지휘관이 고문관이 되면, 전쟁이 터졌을 때 상관의 명령이 제대로 먹히겠어? 손봐줄 고참 병사들을 눈여겨 두었다가 소대원들 앞에서 전부 불러내 일렬횡대로 세웠지. 빳다, 내 사전에 그런 말은 없어. 전부 원펀치로 케이오 시켰지.

고등학교 2학년 때, 나는 평생의 친구와 함께 같은 반의 친구 집을 찾아갔다. 아무리 생각해도 몽키에게 억울하게 맞은 그 친구를 위로하기 위해서였다. 그 친구는 빳빳한 자세로 당당하게 맞았다. 비틀했다가도 금방 차례 자세를 취했다. 맞을 때는 이렇게 맞는 거야, 속으로 부르짖는듯했다. 그래서 더 맞았을 것이다. 그날을 계기로, 원래도 가까운 사이였지만, 우리 셋은 평생의 친구가 되었다.

그 선생님은 나에게 '폭력이 무엇인가'를 생각하게 한 최초의 선생님이었다.

차츰차츰

선생님은 나에게 공대에 가라고 말씀하셨다. 시험을 안 봐도 들어갈 정도의 후진 공대였다. 내가 공대에 가야 할 까닭을 선생님은 이렇게 설명하셨다.

앞으로는 손의 시대가 와. 기술이 대접받는 시대가 온다고. 확실한 기술만 있으면, 먹고 사는 데 지장이 없다고. 일단 먹고 살 자리를 딱 마련한 다음에, 그때 문학을 하는 거야. 그게 네가 좋아하는 문학을 끝까지 할 수 있는 방법이야.

선생님이 너무도 현실적이라 깜짝 놀랐다. 나는 적성에 맞지 않아 공대는 싫다고 말씀드렸다. 선생님은 말없이 고개만 끄덕이셨다. 선생님의 예언은 정확하셨다. 70년대 후반 내가 고등학교 선생일 때, 기업으로 이직한 물리, 화학 선생들이 많았다. 필요한 인력이 부족하니까 여러 기업체에서 선생님들을 경쟁하듯 뽑아 간 것이다.

대학 입시를 앞두고 경제학을 공부하려던 생각을 바꾸었다. 수학을 못 한다는 게 결정적인 이유였을 것이다. 나는 내 적성을 고려해서 국문과에 진학하기로 마음을 굳혔다.

입시를 앞둔 교무실은 학생들의 출입이 잦았고 다소 혼잡했다. 내가 교무실에 갔을 때, 선생님이 나에게 손짓했다.

과를 정했어?

국문과요.

야, 야, 이왕 문학을 하려면 영문과로 가라. 국문과보다 훨씬 낫다고.

내가 그때 선생님과 눈이 마주치지 않았다면, 나는 국어 선생으로 한 세상을 보냈을 것이다.

내가 대학을 졸업했을 때, 선생님은 다른 학교에서 연구부장으로 근무하셨다. 나는 교생실습도 그 학교에서 했고, 졸업하기 무섭게 선생님이 계시는 그 학교에 이력서를 제출했다.

내 인생의 첫 직장, K 중고에 철딱서니 없는 선생으로 출근한 첫날 점심시간에, 선생님은 나를 데리고 나가셨다. 선생님의 집은 바로 학교 옆이었다. 나는 그날 미인으로 소문난 선생님의 사모님을 처음 보았다. 내가 불편할 정도로 사모님은 겸손하셨다. 남편의 제자 얼굴을 바로 보시지도 못하셨다. 그동안 선생님들의 사모님을 몇 분 뵌 적이 있었는데, 영 다른 사모님이었다. 상차림을 끝내고 사모님이 말씀하셨다.

차린 것도 없는데 많이 드세요.

나는 황송해서 몸 둘 바를 몰랐다. 사모님은 자리를 물러나시고 선생님은 한없이 평온한 표정이었다. 선생님이 가정에서는 이런 분이셨구나.

나는 선생님이 나를 데리고 나오실 때, 택시 타고 양식집으로 가는 줄 알았다. 미식가인 선생님은 종종 그러셨다. 그런데 사모님에게 점심을 준비시키시다니! 선생님이 이렇게 따뜻한 분이셨구나.

선생님은 식사 전에 당신께서 쓰신 시를 내게 보여주셨다. 짧은 시였는데 백지에 만년필로 정서한 시였다. 선생님의 글씨가 이토록 단정한지 처음 알았다. 하긴 선생님의 영어 필기체에만 익숙했으니까. 제목은 잉태(孕胎). 한자도 서당 선생님이 쓰신 듯했다. 선생님이 시도 쓰시는 분이었구나. 내가 선생님의 시에 대해 감히 무슨 말을 할 것인가.

선생님은 KBS에 잘못된 우리말 어법에 대해 여러 번 투고하셨는데 한 번도 반영된 적이 없었다는 말씀도 하셨다. 나는 '앙가주망(engagement, 현실참여)'이라는 말을 고등학생 때 선생님에게서 처음 들었었다. 선생님은 정말 앙가주망을 실천하시는 지식인이었다.

선생님은 두 아들을 두셨는데 사모님을 닮아서 정말 예뻤다. 선생님은 첫아들이 중학생일 때 아들과 계약을 맺으셨다. 너는 의사가 되어라. 네가 의사가 되어 대학병원에 취직할 때까지는 전폭적으로 너를 지원하겠다. 그 후로는 네가 너의 부모를 책임지고 부양해야 한다.

이 계약의 내용이 선생님의 친구분들에게 알려졌다. 친구 가운데 어떤 분이, 그분 역시 나의 은사이신데, 농담인지 진담인지 아니면 농담 반 진담 반인지 이런 말씀을 하셨다.

슬프다. 우리 시대 최후의 지성이 그토록 경멸하던 자본주의와 타협했구나. 오호통재라.

선생님의 아들은 그 계약에 동의했고, 후일 그 장남은 서울대 의대에 합격하였다.

선생님의 사모님은 결혼 전에 다방에서 근무하셨다. 그때는 다방 레이지(lady의 일본식 표기)라고 불렀다. 선생님이 다방 레이지와 결혼하겠다고 선포했을 때, 집안이 발칵 뒤집혔다. 선생님의 부친은 개성의 명문 송도고등학교의 교장을 역임하신 교육계의 존경받는 어른이셨다. 선교사에게 영어를 배우셨고 한국전쟁 때는 미군들을 깜짝 놀라게 하셨던 분이기도 하였다.

코리아에 이렇게 영어를 잘하는 사람이 있다니!

선생님의 부친은 미군을 도와 많은 일을 하셨다. 그런 선생님의 집안에도 슬픈 일이 생겼다. 선생님의 형님이 국군 포로수용소에서 북한을 조국으로 선택했기 때문이었다. 아버지가 아무리 설득해도 장남은 요지부동이었다. 아버지가 아들을 언제든지 만날 수 있도록 미군은 최대한의 편의를 제공했지만, 그 장남은 결국 북한으로 갔다. 〈광장〉의 주인공 이명준처럼 제3국이라도 선택했다면 그나마 좋았을 텐데.

다방 레이지는 선생님의 집안과 어울리지 않았다. 그때는 그랬다. 선생님의 부친께서 노발대발하신 것도 무리는 아니었다. 선생님의 친구들이 교육계의 대선배이신 선생님의 아버지를 설득했다.

아버님, 첫아들을 이데올로기 때문에 잃고 둘째 아들은 사랑 때문에 잃으시겠습니까?

자식 이기는 부모가 없다더니 맞는 말이었다.

내가 고등학교 선생으로 있던 그 시골은 인근에 이름난 해수욕장이 많았다. 선생님이 여름휴가를 바닷가로 가시다가 일부러 내가 있는 곳으로 오셨다. 여름방학이 되어도 방위 근무 때문에 나는 집에 갈 수 없었다. 선생님을 변변히 대접하지도 못한 채 잠깐 만났다. 선생님이 가방을 뒤적이시더니 나에게 〈플레이보이〉 잡지 두 권을 꺼내 주셨다.

이 애들 영어를 잘 보라고. 이 애들은 품사를 엄격하게 따지지 않아. 명사를 동사처럼 쓰고 동사를 명사처럼 쓰기도 해. 우리랑 달라. 잘 읽어보라고. 우리 영어 교과서에 나오는 영어는 현지에 가면 통하지 않아. 음. 아픈 데는 없지? 음. 잘 있어.

전두환 시절, 선생님은 판화에 열중하셨다. 이 암흑의 시절을 어떻게 보내야 할지 모르겠다고, 그래서 판화를 시작하게 되었다고 말씀하셨다. 선생님이 많이 야위셨다. 선생님은 자신이 직접 만들고 그리신 크리스마스카드를 내게 보내시기도 하셨다. 그 옛날 샌드백을 치는 것 같던 선생님의 손에서 어찌 이리도 아름다운 예술이 나오는지 정말 모를 일이었다.

선생님은 아마도 저세상에 계실 것이다. 선생님 생전에 나는 왜 선생님을 찾아뵙지 못했을까. 어쩌다 나는, 나를 만나고 싶어 하는 제자들도 외면하는 못난 선생이 되었을까.

오호통재라.

* 솔직히 말해 난 노력했다. 누구보다 열심히. 그냥 결과가 없었을 뿐이다.

　　- 이도 게펜, 〈예루살렘 해변〉(임재희 옮김. 문학세계사, 2021)에서

35.

남녀상열지사

나는 젤다를 흑백사진으로 보았다. 대학생 때였는데 젤다는 청초하고 우아했다. 매혹적인 이미지였다. 저런 여자의 영혼은 어떤 무늬일까.

젤다는 피츠제럴드와 약혼했다가 그의 미래가 불안하다고 판단해 미련없이 파혼한다. 피츠제럴드의 첫 장편 〈낙원의 이쪽(This Side of Paradise)〉의 출판이 결정되었을 때, 젤다는 피츠제럴드에게 다시 돌아온다. 피츠제럴드와 결혼 후 프랑스에 거주할 때, 젤다는 프랑스 비행사와의 염문으로 입소문에 오른다. 젤다는 서른을 갓 넘긴 나이에 정신 분열을 일으키고 입원한다.

피츠제럴드와 젤다는 재즈 시대(1920년대) 젊은이들의 우상이었다. 헤밍웨이는 젤다를 "피츠제럴드의 재능을 탕진케 한 정신 이상자"라고 말했다. 나는 피츠제럴드를 이렇게 말하고 싶다. '젤다의 재능을 탕진케 한 알코올 중독자.'

젤다는 피츠제럴드의 바람기와 술 때문에 조울증에 시달렸다. 젤다는 발레리나이며 화가이며 작가였다. 젤다의 글이 피츠제럴드의

228

이름으로 발표된 적도 많았다. 원고료를 더 받기 위해 젤다가 묵인한 일이었다. 그런 경우가 너무 많았던지, 젤다는 이런 말도 했다.

"피츠제럴드 씨는 표절이 집 안에서 시작할 수 있다고 믿나 봐요."

젤다가 없었다면 〈위대한 개츠비〉는 위대한 작품이 될 수 없었을 것이다. 피츠제럴드는 1940년, 칼럼니스트인 셰일러 그레이엄의 아파트에서 알코올 중독에 의한 심장마비로 죽는다. 젤다는 1948년 정신병원의 화재로 사망한다.

사르트르와 보부아르는 계약 결혼을 했다. 그들의 계약에는 상대의 성적인 자유를 허용한다는 내용도 포함된다. 누구와 잠자리를 같이해도 상대의 선택을 존중한다는 뜻이다.

사르트르는 카페의 여급에게 천 프랑의 팁을 뿌리기도 했다. 나는 사르트르가 자기 얼굴을 싫어했다고 생각한다. 그런 열등감 때문에 너그럽지 못하고 공격적이어서 '펜을 든 자칼'이라는 별명까지 얻게 되었다고 추측한다.

보부아르는 어쩌면 사르트르를 능가하는 지성이었다. 사르트르와 보부아르는 1947년 강연 초청을 받고 미국에 갔다. 보부아르는 미국에서 소설가 넬슨 앨그렌(Nelson Algren)을 만나고 첫눈에 사랑에 빠진다. 그녀는 20년간 300여 통의 편지를 넬슨에게 보냈는데 불어를 모르는 넬슨을 위해 영어로 사랑의 편지를 썼다고 한다. 그러면서도 그녀는 연하의 남자들과도 자유롭게 사랑을 나눴다.

보부아르가 평생 '남편'이라고 말한 유일한 사람은 사르트르가 아닌 넬슨이었다. 어쩌면 넬슨은 보부아르에게 옴므 파탈이었는지도 모른다(homme patale. 여성을 사로잡는 치명적인 매력의 남자). 사르트르는 파리 14구 몽파르나스 묘지에 안장되었다. 그 옆에 보부아르도 나란히 묻혀있다고 한다.

구스타프 말러는 체코의 보헤미아에서 출생한 유대인 작곡가다. 출생 배경이 카프카와 비슷하다. 말러는 마흔두 살에 열아홉 살 어린 알마 마리아 신들러와 결혼한다. 화가의 딸인 알마는 결혼 전에 자신의 음악 선생과 연인 관계였다. 그 음악 선생은 말러도 아는 사람이었다. 말러도 결혼 전에 유부녀와 불미스러운 애정 행각을 벌였던 전력이 있다. 카프카의 친구인 시인 베르펠(1890~1945)이 연상인 알마를 열렬히 사랑하기도 했었다.

알마는 다소곳한 아낙네가 아니었다. 알마의 바람기 때문에 말러는 속을 태운다. 장녀 마리아가 성홍열로 죽은 이후에 둘 사이가 벌어졌다는 말도 있다.

"알마에 대한 말러의 집착은 알마에게서 어머니의 모습을 찾으려고 한 탓"이라고 프로이트는 진단했다. 말러는 프로이트의 말에 동의하지 않았다. 말러가 죽은 후에 알마는 건축가인 옛 애인과 결혼했다가 이혼하고 소설가와 결혼한다. 도도한 이미지의 미인인 알마는 10명이 넘는 남자들과 염문을 뿌렸다. 빈에서 가장 아름답고 가장 똑똑한 여자로 소문났던 알마는 마타하리 이후 최고의 팜므 파탈이었을 것이다.(femme fatale, 남성을 유혹해 파멸적인 상황으로 이끄는 숙명적인 여인)

차츰차츰

말러의 결혼생활은 10년 정도였다.

미국의 화가 페어필드 포터(Fair Field Porter. 1907~1975)의 〈자화상 1968〉은 유별나다. 렘브란트, 고흐, 윤두서의 자화상과는 사뭇 다르다. 대부분의 자화상이 얼굴 중심인데 포터의 자화상은 배경이 훨씬 많은 공간을 차지한다. 초로의 한 사내가 뚱한 표정으로 서 있다. 자화상이 자기의 내면을 보여주는 것이라면, 포터의 자화상은 자신도 자기를 설명할 수 없다는 듯이 보인다. 에곤 실레의 자화상과는 극명한 대조를 이룬다. 100여 점의 자화상을 남긴 실레는 얼굴이 두 개인 이중 자화상을 그렸다. 놀랍게도 나체화 형식의 자화상을 그리기도 했다. 나는 그런 자화상에서 자신을 철저히 해부하고 드러내려는 실레의 처절한 예술혼을 느낀다.

포터의 연인은 시인 제임스 스카일러였다. 스카일러는 포터의 집에서 3년 동안 산 적이 있었다. 포터의 아내와 자식이 있는 집에서 말이다. 무슨 일이 있었을까? 아무도 모른다. 아무도 말하지 않았다. 스카일러는 손님처럼 3년 동안 있었을까? 알 수 없다. 그때의 일을 증언할 수 있는 사람들 모두가 침묵했다.

서라벌 달빛 아래

밤늦도록 노니다가

들어와 잠자리를 보니 다리가 넷이로구나

둘은 내 것이니와 둘은 누구의 것인가.

본디 내 것이지마는

빼앗긴 것을 어찌하리오?

- 〈처용가〉

처용은 밖에서 놀고 처용의 아내는 안에서 놀았다. 어찌하리오?

함석헌(1901~1989)은 다석의 맘아들(제자)이었다. 다석이 오산학교 교장일 때 함석헌은 3학년 학생이었다. 다석과 함석헌, 두 사람의 사이는 각별했다. 함석헌은 자유당과 박정희 독재에 결연히 맞선, 행동하는 양심이었다. 다석 생전에 다석을 모르는 사람이 많았지만, 함석헌을 모르는 사람은 없었다.

함석헌은 힌두교의 바이블인 〈바가바드기타〉를 풀이한 책을 냈다. 간디(1869~1948)의 강의와 비노바 바베(1895~1982)의 강의를 엮은 〈바가바드기타〉도 있다. 간디는 솔직하고 명쾌했다. 비노바 바베는 다르게 설명했는데요, 누군가 이렇게 말하면, 그래, 하면서 흔쾌히 비노바 바베의 주장을 인정했다. 자기가 했던 말이 틀렸다면서 나중에 고치기도 했다.

비노바 바베는 함께 갇혀있던 재소자들의 간청으로 〈바가바드기타〉를 강의하게 되었다. 재소자 중 두 명의 속기사가 강의를 기록하여 옥중에서 출판했다. 비노바 바베는 간디를 도와 독립운동을 한 인도의 성인이다. 브라만 계급의 그는 지주들에게 토지의 육분의 일 헌납 운동을 주도한 것으로 유명하다. 마틴 루터 킹 목사 부부가 인도를 방문하여 제일 먼저 찾아간 사람이 비노바 바베였다.

함석헌의 〈바가바드기타〉 해설은 간디와 비노바 바베의 책과 비교해 조금도 부족하지 않다. 자기 내댐(주장)이 뚜렷하고 동서양의 지혜를 두루 넘나드는 박학이 빛났다. 언제 그런 공부를 했나 싶을 정도였다. 함석헌은 오산학교 시절부터 다석이 가장 아낀 제자였다.

2008년 서울에서 열린 제22회 세계철학자대회에서 우리 철학자로 내세운 사람이 여섯 명이었다. 조선 시대의 이황, 이이, 송시열, 정약용과 근현대 사상가로 다석 류영모와 함석헌이 그들이다. 이런 함석헌을 다석이 공개적으로 질책하는 일이 있었다. 1957년에 가정을 가진 함석헌이 여자 문제로 파문을 일으켰기 때문이다. 함석헌이 유명해지면서 생긴 일이었다. 다석은 제자의 허물이 자신의 허물이라며 8일간 금식했다.

물개들은 수컷 한 마리가 모든 암컷을 차지한다. 효과적인 생존과 번식을 위해 물개들이 선택한 방식이다. 수상한 인간들이 물개 왕국을 방문한다. 인간은 우두머리 수컷을 마취하고 정관수술을 한다. 물개들은 인간들이 자기네 왕에게 인사하러 온 줄 생각한다. 인간은 어떤 짓이든 할 수 있는 동물이다. 인간이 자연에 개입할 때, 인간은 악마가 된다. 대부분 그렇다. 한 지역의 물개 왕국이 멸종 위기에 처했다. 실제로 물개 왕국에 어떤 일이 일어났을까? 놀랍게도 암컷들이 꾸준히 새끼를 낳았다. 학자라는 이름의 인간들은 즉시 새끼들의 유전자를 검사했다. 분명히 우두머리의 자식들이 아니었다. 동물학자들은 이런 현상을 점잖게 표현했다.

'낯선 남자 효과'

낯선 남자 효과는 암컷과 수컷 모두에게 생명을 건 도박이었다.

영장류 가운데 가장 많이 섹스하는 동물은 보노보일 것이다. 보노보에게 섹스는 싸움을 막고, 화해하고, 먹이를 얻는 수단이다. 인간처럼 쩨쩨하게 간통이란 개념은 없다. 그러나 강간은 치명적인 범죄다. 강간한 수컷은 공동체에서 살아남기 힘들고, 단 한 번의 실수로 사실상 거세당하는 신세가 된다. 암컷들이 똘똘 뭉쳐서 그놈을 절대로 상대하지 않기 때문이다. 암컷들이 합세해서 그놈에게 폭력을 가할 수도 있지만 죽이지는 않는다. 보노보는 동족을 살해하지 않기 때문이다. 그 점이 인간과 다르고 침팬지와도 다르다.

보노보는 모계사회다. 보노보의 암컷은 수컷보다 체구도 작고 힘도 약하다. 모계사회를 유지하는 힘은 연대에서 나온다. 암컷은 언제라도 뭉칠 준비가 되어있는데 수컷은 연합할 줄 모른다. 보노보의 어미만큼 자기 아들을 사랑하는 동물도 드물 것이다.

보노보는 잡식성이고 발정기도 없고, 인간처럼 마주 보며 섹스한다. 보노보는 인간을 가장 닮은 동물이다. 인간의 유전자와 98.6% 일치한다. 원숭이는 꼬리가 있지만, 보노보는 없다. 진화의 어느 시점에서 인간과 보노보의 조상은 같았다.

보노보는 사교적이다. 인간이 사진을 찍으려 하면 포즈를 취해준다. 인간에게 다가와 포옹을 하고, 팔짱을 끼고, 마음에 들면 키스도 한다. 보노보는 자위, 동성애, 매춘도 한다.

보노보는 90분마다 섹스를 한다는 보고가 있다. 사교적인 섹스는 10초에서 20초 정도로 짧다고 한다. 섹스가 생활이다시피 한 보노보는 5년이나 6년에 한 번, 한 마리 새끼만 낳는다. 그래서 보노보는 피임법을 안다는 말도 나온다. 보노보는 콩고강 남쪽 오지에서만 서식한다. 콩고 내전, 벌목, 밀렵 때문에 현재 보노보는 멸종 위기다. 보노보를 살려야 한다. 인간은 아직도 보노보에게 배울 것이 많다.

개포동에 살 때 아내가 초등학교 동창회에 갔다. 장소는 아내의 친정과 가까운 안산 쪽이었다. 아내가 귀가할 시간에 아내 대신 전화가 왔다.

"나 오늘 못 들어가. 오랜만에 만났더니 너무 재미있네."

"잘 놀다가 와. 신문에만 나오지 않게 해."

같이 있던 사람들이 웃었다. 신문에만 안 나오면, 불륜도 괜찮다는 뜻인가? 그렇다. 신문에 나오면 언젠가는 자식들이 알게 되고 결국 상처를 입는다. 불륜보다 비밀을 비밀답게 지키지 못하는 게 더 나쁘다. 사랑은 소유가 아니다. 상대의 자유를 인정해야만 한다. 어쩔 수 없으면서 당연한 일이다. 생기를 얻고 원래의 삶으로 되돌아오게 하는 비밀이 있다. 삶에는 이런 비밀이 필요하다는 게 내 생각이다. 반윤리적이라고 나를 비난해도 좋다.

나는 지금까지 인간의 어떤 본능, 원초적이고 운명적인 어떤 본능, 드높이 깨우치고 배운 이들도 속절없이 무너지는 불멸의 남녀 상열지사를 말했을 따름이다. 고결한 영혼과 짐승 같은 육체를 가진 인간의 허무와 슬픔을 지적했을 뿐이다. 인류의 긴긴 역사에서 문명과 함께 아주 최근에 등장한 모노가미(monogamy, 일부일처제.
평생 한 사람하고만 관계를 맺는 것)에 대한 저항, 호모 사피엔스의 유
전자적인 끈질긴 저항을 지적했을 뿐이다.

* 산다는 것과 정당하지 못하다는 것은 어느 정도 같은 것이다. - 니체

차츰차츰

36.
제주도

　제주의 시조신인 세을나는 삼성혈의 세 구멍에서 솟아났다. 하늘에서 내려오거나 알에서 태어나지 않았다. 화산 활동으로 형성된 제주도의 이미지와 딱 들어맞는다. 땅속에서 화산이 솟구치듯 그들도 땅속에서 솟아오른 것이다. 외래신인 백주 할망도 서울 남산에서 솟아났고 백주 할망의 남편인 소로소천국도 송당리 '고부니 마을'에서 솟아났다.

　을나(乙那)는 '새로 난 왕'이란 뜻이다. 세을나는 벽랑국(현재 전라남도 완도군)의 세 공주를 각자의 배필로 맞이한다. 시작부터 육지 사람들과 손을 맞잡았다.

　세을나가 활을 쏘아 일도, 이도, 삼도에 나란히 삶의 터전을 잡으니, 꼬꼬지 옛날, 곰이 막걸리를 거르던 때부터 제주도는 서열도 위계도 없는 평화와 사랑의 섬이었다. 시조신은 유일신처럼 한 명이 일반적이다. 부자간에도 권력을 다투는 세계의 역사를 비웃듯이 시조신이 셋이나 되는 신화는 유래를 찾기 힘들 것이다. 제주도는 탄생부터 민주적이었다. 3은 중요한 숫자다. 고대인들은 셋까지만 수를 세고 그 이상은 '많다'로 표현했다고 한다. 3을 완전수로 생각했기 때문이다. 세을나의 3은 평등, 평화, 상생의 상징이라고 생각한다.

활을 쏘아 땅을 나누었다는 설정이 눈길을 끈다. 고대 중국인들은 우리 민족을 동이(東夷)족이라 불렀다. 동쪽의 오랑캐라고 멸시한 말이었지만, 동이족은 활쏘기에 능한 민족이었다. 이(夷)는 대(大)와 궁(弓)이 합쳐진 글자다. 대궁, 큰 활을 잘 쏜다는 뜻이 담겼다. 동회천 당제 본풀이에서 어머니가 아들에게 하는 말은, 제주의 조상들이 활을 어떻게 생각했는지를 보여준다.

"너는 인간에 와서 글도 모르고 활도 쏠 줄 모르니, 저 산중으로 가 사냥이나 해 먹으며 살라."

활쏘기는 옛 선비들의 여흥이며 덕목이기도 했다. 활쏘기의 유전자는 세계 양궁의 강국으로 지금까지 이어진다. 현재 활쏘기는 국가 무형문화재 제142호다.

제주는 할망의 땅이다. 제주도를 만든 할망이 설문대할망이다. 애월읍 상귀리의 여신인 송 씨 할망은 소국에서 한라산으로 귀양 왔다. 귀양의 섬 제주도는 이때 이미 시작되었다. 상귀리의 강 씨 할아버지가 말을 타고 조총을 겨누며 송 씨 할망을 찾으러 나서는데 송 씨 할망은 말고삐를 쥔 채 화살을 쏘며 달아난다. 송 씨 할망은 분명히 뒤돌아보며 활을 쏘았을 것이다. 이런 자세는 서양에서는 결코 볼 수 없는 모습이다.

고구려 고분 무용총 벽화에는 말을 타고 사슴과 반대 방향으로 달리며 사슴에게 활을 쏘는 모습이 생동감 넘치게 그려져 있다. 유목민의 말타기 자세. 칭기즈칸의 기마병들은 후퇴하면서도 이런 독특한 자세의 활쏘기로 적에게 많은 타격을 주었다. 이런 자세를 유지하려면 몽골이나 제주의 재래 말처럼 말이 작고 달리는 주법도 달라야 한다. 활쏘기 자세로 보아 송 씨 할망은 북방계 또는 몽골계 유목민의 후손이었을 것이다.

<천지왕본풀이>에 나오는 착한 큰아들 대별왕과 못된 작은아들 소별왕 이야기는 몽골의 민간 신화에 나오는 해와 달 자매 이야기와 구조와 내용이 거의 같다. 형제와 자매라는 차이밖에 없다. 마지막 장면도 비슷하다. 대별왕이 소별왕에게 말한다.

"인간 세상에 살인 역적 많으리라. 검은 도둑 많으리라."

몽골 신화에선 착한 언니가 못된 동생에게 말한다.

"네 시대 사람들은 거짓말쟁이, 도둑이 될 것이다."

칠머리당영등굿은 500년 이상 이어져 온 제주의 당굿 중 가장 성대한 굿이다. 2009년 9월 30일 유네스코 세계 무형문화 유산으로 등재된 굿이기도 하다. 2월은 제주어로 영등달이다. 영등굿의 신명은 영등 할망이고 강남천지국 또는 외눈박이 섬에서 들어온 외래 신이다. 설문대 할망도 육지 할망이다. 섬은 개방과 폐쇄라는 양면성을 지니지만, 제주의 신화는 제주가 활짝 열린 곳임을 보여준다. 육지를 구별하거나 차별하지 않았다.

제주는 여성이 경제활동의 우위를 가진 모권사회(matriarchy)다. 백주 할망은 남편이 소를 잡아먹은 것을 알고 남편을 내쫓았다. 김만덕 할망은 제주의 남자가 촌스럽다고 평생 독신으로 살았다. 제주 여성은 주관이 뚜렷하고 피할 수 없는 실존의 고난 앞에서 남자보다 훨씬 적극적이었다. 제주 여성의 끈질긴 생활력과 거룩한 희생은, 500명의 자식들이 먹을 죽을 끓이다가 죽통에 빠져 죽은 설문대할망의 신화에도 나타난다.

산방산의 여신 산방덕은 제주 여인의 아름다움과 절개를 상징한다. 산방덕은 자기를 겁탈하려는 사또를 피해 바위가 된다. 그 바위가 눈물을 흘리니 지금의 산방굴 약수가 되었다.

제주어에는 아래아가 남아 있다. 다석(多夕) 류영모는 아래아가 매우 중요한 으뜸 모음이라고 말했다. 다석에 의하면 아래아(·)는 하늘(天)을 상징하는 모음의 원음이다. 원음이 수직으로 내려가 사람을 나타내는 ㅣ가 되고 수평으로 이어지면 땅인 ㅡ가 되는 것이다. 원음이 사람 뒤에 가면 ㅏ가 되고, 앞에 오면 ㅓ가 된다. 다석은 아래아를 '가온'이라고 불렀다. 가온은 세상의 중심 또는 가운데라는 뜻이다. 제주어에는 고대어의 흔적이 많이 남아 있어서 언어학적으로도 연구할 가치가 높은 언어이다. 제주어에는 15세기 조선의 표준어가 상당수 남아 있다고 한다. 놀랍지 않은가. 유네스코는 제주어를 '보전할 가치가 있는, 그러나 사라질 위험에 처한 언어'로 규정한 바 있다. 아래아를 사용하는 제주 시인이 많았으면 좋겠다.

이중환의 <택리지>에 나오는 조선 8도에는 제주도가 포함되어 있지 않다. <산수(山水)>편에서 제주도의 행정구역과 한라산 이야기가 잠깐 나올 뿐이다. 애석하다.

조선 시대에 조선 8도를 말할 때는 경기도부터 시작한다. 한양이 있는 곳이기 때문이리라. 그다음은 충청도, 황해도, 강원도, 전라도, 경상도, 평안도, 함경도 순이다. 조선 시대에 차별받던 서북인(西北人, 평안도와 함경도 사람을 아울러 이르던 말)의 애환이 느껴진다. 그런데 제주도는 8도에 끼지도 못한다. 제주도는 고난의 땅이고 사람보다 말이 더 귀하게 대접받던 곳이었다. 4.3 사건도 어린이가 기마경찰의 말에 채어 숨진 데서 비롯되었다. 말이 죽었다면 모를까 어린애 하나 죽은 건 그저 재수 없는 일이었다. 이승만 정권이 일제 강점기의 순사들을 처벌하고 민족의 정기를 바로 세웠다면, 이런 일이 있었을까.

제주도는 깊은 곳이다. 람사르 습지로 선정된 5개의 습지와 4대 곶자왈이 있고, 한라산을 비롯해 유네스코 세계지질공원으로 인증된 곳이 9개나 된다. 화석 같은 수많은 매장 문화재는 언제 어떤 모습으로 우리 앞에 나타날지 아무도 모른다.

<토정비결>의 이지함이 노인성을 보기 위해 세 번이나 서귀포를 찾아왔던 곳, 세계적으로 유래를 찾기 힘든 1속 1종인 제주고사리삼이 숨 쉬는 곳이 바로 제주도이다. 제주도 전체가 우리가 반드시 지켜내야 할 문화재이고 자연유산이다. 문제는 미래를 향한 우리의 생각과 태도이다. 경제성장만으로 일류가 되는 게 아니다. 문

화와 정신이 더불어 진화해야 한다.

　외국의 지질학자, 생물학자, 화산학자들이 국제 세미나 같은 곳에서 한국의 학자들을 만나면 제주도의 안부를 묻는다고 한다. 그들은 제주도를 동양의 하와이라고 부른다. 화산섬인 하와이에는 아직도 활화산이 있다. 외국 학자들에게 제주도는 연구의 대상, 지적 호기심의 대상일 뿐 아니라 언젠가는 가보고 싶은 선망의 대상이기도 하다. 사실 제주도의 매력과 아름다움을 말한 사람들은 일본의 문화 인류학자인 이즈미 세이이치를 비롯해 외국인들이 먼저였다.

　제주도에 관심이 많은 외국 학자들을 초청해야 한다. 그들을 초청해서 국제적인 세미나도 열고 학생이나 일반인들에게 강연하고 대화할 기회도 마련해야 한다. 제주도의 자연과 신화를 알려주고 음식도 맛보게 해야 한다. 그들은 자연스럽게 제주도의 홍보대사가 되리라. 주먹구구식 계산이지만 일억 원이면 대충 일 년에 서너 명은 초청할 수 있지 않을까. 지자체의 예산으로 본다면 1억은 미미한 액수다. 해마다 계속해서 이런 행사를 한다면 어떤 투자보다도 비용 효과가 높을 것이다. 아울러 외국의 부유층과 전문직과 저널리즘 종사자들을 목표로 하는 세부적이고 전문적인 관광산업을 병행해야 한다.

　설문대할망의 죽음을 가장 먼저 발견한 막내아들이 삼매봉 앞바다로 내려가 슬피 울다가 외돌개가 되었다고 한다. 나는 지금

　　　　　　　　　　　　　　　　　　　차츰차츰

외돌개를 지나 돔베낭길을 걷는다. 외돌개 밑 주상절리(柱狀節理)[13]에서 부서지는 파도 소리에 귀 맛이 시원하다. 잔잔한 먼바다를 바라보니 눈도 시원하다. 우리는 제주의 아름다움을 수수천년 지킬 수 있을까.

설문대할망이 한라산을 베개 삼아 드러누우면, 다리는 제주 앞바다의 관탈섬에 펼쳐졌다고 한다. 설문대할망은 왜 그렇게 커야만 했을까. 우리에게 그늘을 주기 위해서였다고 생각한다. 그래서 제주에는 그늘이 많다. 제주의 자연유산이 만들어 주는 그늘은 태고의 숨결을 품고 있다. 그늘은 휴식과 치유의 공간이다. 폭낭(팽나무) 그늘은 삼촌들이 옹기종기 모여 이야기하는 소통의 공간이기도 했다.

제주도에는 일만 팔천의 신이 있다. 제주도를 신들의 고향이라고 한다. 신들은 자기들이 살기에 가장 적합한 곳이 제주도라고 생각했을지도 모른다.

설문대할망은 속옷을 만들어주면 다리를 놓아 주겠다고 사람들과 협상했다. 참으로 살갑고 정겹다. 첫 월급을 타서 부모님의 속옷을 사드렸던 옛일이 생각난다. 속옷도 없이 자연 그대로에 가까운 설문대할망은 오늘 우리에게 이런 제안을 하지 않을까.

---

13) 용암이 급격하게 식어서 굳을 때 조각칼로 깎아낸 듯한 4~6각형 형태의 기둥.

"내가 만든 제주도를 너희가 온전히 보전한다면, 제주도를 인류의 고향으로 만들어 주겠다."

* 사람들이 내 말에 동의할 때마다 내가 틀렸다는 느낌이 든다.

- 오스카 와일드

차츰차츰

노트의 증언

2021년 2월 24일. 나는 잠시 서귀포를 떠나 인천 집에 왔다. 몇 권의 책과 노트를 살펴보고 싶었다. 그리고 탈장 수술을 받아야 했다.

시집들이 사라졌다. 은사의 시집을 비롯해 저자들에게 직접 받은 시집들만 안 보였다. 줄잡아 30년 동안 받은 시집들이었다. 나는 그 시집들을 받기만 했지 찬찬히 읽어본 적이 없었다. 뒤늦게나마 꼭 읽어보고 싶었다. 아내는 버린 적이 없다고 말했다.

노트를 찾지 못했다. 10권의 대학노트. 1980년대와 90년대, 대략 20년간 나의 독서일기와 같은 노트들이다. 10권이 맞다. 2009년 5월에 제주도에 갈 때, 그 노트들도 함께 갔다. 2017년 6월 서귀포를 떠날 때, 그 노트들은 나보다 먼저 소포로 집에 왔었다. 2018년 7월 다시 서귀포로 갈 때, 나는 그 노트들을 집에 두고 떠났다.

나는 서귀포에서 오면 시집간 딸의 방에서 잤다. 그 노트들을 쇼핑백에 담아 딸의 방 침대 밑에 두었다. 가장 안전한 장소라고 생각했기 때문이다. 나는 그 노트들을 꼼꼼히 읽으면서 나의 20세기와 결별하고 싶었다. 그런 이별이 나의 과거에 대한 예의라고 생각했다. 옛날 지식이라 가치는 적겠지만, 어느 한 구절, 한 단어가, 번뜩이는 영감을 줄지도 몰랐다. 과거를 살피는 것은 미래의 문을 열기 위해서다. 아내는 노트를 버린 적이 없다고 신경질을 냈다.

2021년 2월 26일. 아내가 한 뭉치의 노트를 찾아냈다. 이게 아닌 거 같아. 아내가 말끝을 흐렸다. 척 봐도 내가 찾던 내 자식들이 아니었다. 일단 나는 아내에게 고맙다고 말했다. 크기가 제각각인 12권의 노트는 패잔병들 같았다. 나는 노트의 표지들을 물티슈로 닦았다. 까마득히 잊고 있었던 내 과거의 흔적들이 담긴 노트였다. '네가 누구인지 알려주겠어.' 생각지도 못했던 노트들이 말하는 듯했다.

나는 노트를 연대순으로 분류했다. 1984년부터 1999년까지. 마지막 기록은 1999년 6월 10일이었다. 세상에! 나의 기도문이었다. 일부를 옮긴다.

"하느님, 도대체 저는 무엇입니까? 자식으로서 불효하고, 형제로서 띠앗머리 없고, 부모로서 무심하고, 남편으로서 비열한, 그러면서도 고결한 정신에 따르는 고결한 의무를 갈망하는 저는 도대체 누구란 말입니까?"

이것이 50줄에 들어선 사내의 기도란 말인가. 정말 내가 썼단 말인가. 아니라고 발뺌할 수 없는 나였다. 칭얼대는 아이처럼 나약한 정신. 대파국의 시사회를 보는 듯했다. 나는 2009년 5월 7일

제주도로 삶을 도피시켰다.

　이 노트들도 나의 20세기였다. 그러나 내가 찾는 노트와는 다른 20세기였다. 우울했다. 내가 보고 싶었던 10권의 노트는 나의 꿈이 축적된 카이로스(kairos, 때를 기다리는 시간)의 시간이었고, 이 열두 권은 망각에 묻혔던 크로노스(kronos, 일상적인 물리적 시간)의 시간이었다. 내가 보고 싶은 그 열 권의 노트는 어디로 갔을까. 노트라면 이제는 더 나올 게 없다고 아내는 잘라 말했다. 더는 찾지 말라는 소리였다. 아내에게 나는 질서 파괴자였다. 비밀의 장소에서 곰팡이들과 싸우는 10권의 노트가 어디선가 불쑥 나타날 것만 같았다. 내 집이라고 생각했던 곳에서 나는 극심한 소외를 느꼈다.

　나는 생각하지도 못했던 노트들 때문에 졸지에 내가 누구였는지를 폭로하는 과거의 법정에 서게 되었다. 기억에서 사라졌던, 아니 기억하고 싶지 않았던 과거들이 민낯으로 드러나기 시작했다.

　2021년 2월 27일. 영어에 얽힌 잡다한 메모 노트가 4권이었다. 대부분 1980년 대의 기록들이었다. 밥벌이를 위한 흔적들이 쓸쓸하다. 다른 세 권의 노트는 내가 대필 작가(ghost writer)였다고 증언한다. 한 권의 번역서(셰익스피어 입문)와 한 권의 저서(미국 문학사)와 한 편의 박사학위 논문(에드워드 올비 연구). 타인의 이름으로 유령처럼 살았던 1980년대 중반의 나였다. 올비의 〈Who's Afraid of Virginia Woolf?(누가 버지니아 울프를 두려워하랴?)〉를 분석하면서 엉뚱한 위로를 받았던 기억이 지금도 새롭다. 극중 인물인 마사와 조지 부부는 정말 지독하게 싸운다. 가공인물이긴 하지만 우리 부부보다 더 잘, 그리고 더 많이 싸우는 부부를 처음 보았다.

노예처럼 살았던 그 시절, 옛 상처가 도지듯 가슴이 미어진다. 내 위의 용종(물혹)이 어떻게 시작되었는지, 그 근원을 이제야 알겠다.

글자를 알아보기 힘들었다. 연필로 쓴 다음 파란, 까만 볼펜으로 고치고, 다시 빨간 볼펜으로 고친 글자들. 글자들이 흘린 피가 낭자했다. 글자들은 유난히 작았다. 종이를 구하기 힘든 유형지에서 쓴 글 같았다. 글자는 지워지고 짓이겨졌다. 파편처럼 흩어진 글자가 무덤을 이루었다. 그때는 시력이 실력이었네. 그 좋던 시력이 지금은 다 망가졌구나.

어떤 페이지에는 중간에 그림이 나온다. 꽃 그림이다. 또 어떤 페이지에는 자유분방하게 내뻗은 기하학적인 선들과 난해한 형상들이 낙서처럼 등장한다. 파란색 한 가지 크레파스로 그렸다. 딸이다! 초등학교에 입학한 직후였을 것이다. 책상에만 붙어있는 아버지, 자기랑 놀 줄 모르는 아버지, 아버지가 없는 틈을 타 아버지의 그 잘난 노트에 자기의 존재를 알리고 싶었을까. 어린 딸이 그때 내 곁에 있었다. 내가 망각 속에 묻어 두었던 그때 그 집에 딸이 함께 있었다.

부모님이 새집을 마련하려 하실 때, 아내가 주안에 있는 좋은 집을 골랐다. 돈이 부족했다. 나는 결단을 내렸다. 최초의 내 집, 수원의 13평 화서 아파트를 팔고 둘째 처형에게 천만 원이나 빌리기까지 하였다. 그래도 돈이 부족했다. 막내 여동생의 재형저축, 10년 공든 탑마저 무너뜨리고서야, 최초로 집다운 넓은 우리 집에 입주했다. 그러나 이런 결정은 치명적인 패착이었다. 노예의 글쓰기가 끝나고 나서 나는 아버지와 싸우고, 1녀 1남 1처와 함께 집에서 나왔다. 나는 대필을 위해 이방인처럼 입주한 셈이었다.

2021년 3월 2일. 입원 일자가 3월 11일로 확정되었다. 모든 예상과 계획이 빗나갔다. 왜 이렇게 입원하기가 힘든지 모르겠다.

평생의 친구를 만났다. 알아보기 힘들 정도로 야위어서 놀랐다. 친구는 뜬금없이 볶음밥이 먹고 싶다고 말했다. 중국 사람이 운영하는 집으로 갔다. 그 친구와 여러 번 갔었던 오래된 집이었다. 나는 울면을 시켰다. 친구는 나에게 미리 볶음밥을 덜어주었다. 친구는 몇 술 뜨다 말았다. 어쩌면 볶음밥과 관련된 어떤 추억이 떠올랐는데, 그래서 먹고 싶었는데, 속에서 받지 않는 모양이었다. 나는 울면을 덜어주었다. 친구는 울면을 조금 먹었다. 친구가 병원에 정밀 검사를 예약한 날이 하필이면 내가 입원하는 날이었다. 친구는 최악의 상태를 예상했다. 마음의 준비도 된 듯했다. 불길한 미래가 우리 앞에 바리케이드처럼 나타났다.

2021년 3월 4일. 한 권은 습작 노트였다. 제목은 〈사랑학 개론〉. 역시 글자를 알아보기 힘들었다. 내가 시골에 있을 때, 1974년부터 썼던 소설이다. 나는 〈사랑학 개론〉을 어떤 여자에게 바치려 했다. 그 거룩한 헌정은 내가 그 여자에게 이별을 통보하는 방식이었다. 〈사랑학 개론〉을 완성해서 그 여자에게 바치면, 나는 이별의 자격증을 획득하는 것이라고, 나 홀로 생각했다. 물론 그 여자는 전혀 모르는 일이었다. 나와 살면 불행해진다고 설득하면 할수록, 그런 말을 하는 걸 보니 사기꾼은 아닌 게 확실하다면서, 그 여자는 껌딱지처럼 내 곁을 떠나지 않았다. 변명인지 운명인지, 나는 안팎으로 옥죄는 상황에 내몰렸고 〈사랑학 개론〉은 미완성으로 끝났다.

그 여자와 결혼한 지 얼마 안 되어 어떤 스님이 〈사랑학 개론〉이라는 제목의 책을 냈다.

"어, 내가 쓰려던 〈사랑학 개론〉을 어떤 스님이 썼네. 제목을 완전히 도둑맞았네."

아내가 한마디 거들었다.

"당신은 게으른 게 탈이야."

2021년 3월 4일. 또 다른 세 권의 노트는 성경과 종교에 관한 글이 많았다. 내가 한때 신학생이 아니었는지 의심이 들 정도였다. 모든 글자가 선명했다. 재미있는 메모도 많았다.

"장개석은 〈로마서〉를 가장 좋아했다. 백범 김구는 로마서 8장 31절을 가장 좋아했다."

"국가에 속아서, 계급에 속아서, 비참한 대중들은 곳곳의 치열한 투쟁에 참여하고 있는데, 여호와는 이 땅에 인간을 창조한 것을 후회하고 슬퍼했다."

"묘지 위에서 화사한 꽃이 피어나고 새로 태어난 어린애들이 뛰어논다. 이것이 바로 에밀 졸라의 신화다."

요한계시록을 분석한 글도 있었는데 논문을 쓰기 위한 자료처럼

차츰차츰

보였다. 꽤나 학구적이었다. 낯설고 먼 과거들이, 추억의 행렬에 끼지 못했던 잊어버린 시간의 실타래가 한 올 한 올 풀리고 있었다.

2021년 3월 10일.

마지막 한 권은 아내의 노트였다. 비교적 얇은 바인더 노트인데 아내가 쓴 글은 한 장에 달랑 다섯 줄 뿐이었다. 아내도 잊어버린 노트였다. 아내는 비스듬히 괴발개발 휘갈겨 썼다. 나는 그 글자들을 펴주고 싶었다. 아내의 과거는 나의 과거와 동거하고 있었다. 아내의 과거 기록을 공개할 권리가 나에게 있을까. 없다. 그래도 공개한다. 아내의 아픔은 나의 아픔이었으니까.

1981년 8月 22日 새벽 1時 50分.
아 아, 가진 것 없는 者를 포용한 罪.
知性人이 아니면서 知性과 야합한 罪.
그리워지는 치사함.
罪.

81년이면 딸아이가 한창 재롱을 부릴 때였다. 새벽 1시 50분. 그 시각에 내가 어디 있었는지 알 길이 없다. 아내의 기록은 이것이 전부다. 아내가 말한 '罪'를 가슴에 품어본다. 나는 지금 아내의 페이지에 뒤이어 이 글을 쓰고 있다.

아내의 기록인 1981년 8월 22일과 나의 마지막 기록인 1999년 6

월 12일. 시간의 간격은 멀어도 고통은 같았다. 자신의 본성을 저버린 채 살았다는 점에서 아내와 나는 동지였고, 서로에게 가해자이면서 피해자였다. 불치의 질병 같은 서로에 대한 우리의 죄의식은 이제 서로에 대한 연민으로 바뀔 것이다.

　상심의 세월을 보낼 때 아내가 말했다.
　"당신이 고등학교 선생으로 계속 있었다면, 전교조에 휩쓸려 온전하지 못했을 것이고, 대학 교수가 되었다면, 변비에서 설사의 시대로 바뀐 80년대 말에 민주화 교수협의회니, 뭐니 해서 자리보전하기도 힘들었을 거야."
　의외였다. 다른 여자가 말하는 줄 알았다. 아내에게 처음으로 듣는 위로였다.

　나는 강의 중에 바이런의 말을 학생들에게 많이 인용했었다.
　"내가 그동안 수많은 적을 만나 봤지만, 아내여, 너 같은 것은 처음이다."
　'아내'가 무엇인지도 모르는 학생들이 킬킬대며 너무도 좋아해서 본의 아니게 그 말을 남용하게 되었다.

　2000년부터 나의 노트는 '나에게 쓴 메일'로 대체되었다. 거기에는 나의 21세기가 켜켜이 쌓여있다. 나의 과거 기록은 아날로그 방식에서 디지털로 바뀌었다. 나는 이제 읽지 않을 것이다. 읽더라도 기록하는 일은 없으리라.

사라진 10권의 노트여, 안녕.

 * 쓸개도 없이 쓰레기처럼

   간도 없이 간신처럼

   남의 땅을 헤매는

   개 같은 내 인생

   - 조재훈, 〈개 같은 내 인생〉 부분

38.
병원에서 1

　2021년 2월 22일. 육지에 왔다. 대장암 수술을 받고 6개월이 지났다. 정기적인 추적검사를 받아야 한다. 아울러 탈장 수술도 받을 예정이다. 장기의 일부분이 제자리에서 빠져나간 게 탈장이다. 나는 모든 형태의 탈출을 지지한다. 그러나 내 몸에서 일어난 장기의 탈출은 인정할 수 없다. 수술은 도망친 장기를 제자리에 돌려놓는 일이다. 수술이 잘 끝나면, 몸과 함께 내 정신도 추슬러지리라.

　대장암 수술을 했던 젊은 의사는 내가 육지에서 신뢰를 느꼈던 거의 유일한 의사였다. 그 의사는 다른 곳으로 가버렸다. 담임 선생님을 잃어버린 느낌이었다. 새로 배정된 의사도 젊었는데 말본새가 시원시원했다.

　"아, 그러셨구나. 그 교수님은 다른 데로 가셨어요. 우선 CT 촬영부터 하시죠. 제가 조정을 할게요. 제주도에서 오시느라 고생이 많으셨습니다. 허허."

　CT 촬영은 6개월 전에 예약한 것이었다.

2021년 2월 23일. 오늘 내가 가야 할 곳은 심전도 검사실, 외래 채혈실, 일반 촬영실, 세 곳이었다. 모두 6개월 전에 했던 검사였다. 수술료까지 포함해서 총액 123,800원을 카드로 결제했다.

2021년 2월 25일. CT 촬영이 오늘로 조정되었다. 모든 예상이 빗나갔다. 3월 1일이 월요일이고 공휴일이라 금쪽같은 하루가 사라졌다. 의사와의 2차 면담이 3월 3일로 확정되었다. 3월 2일 하루가 또 헛돌았다.

2021년 3월 3일. 지금까지 검사 결과 이상 없네요. 아주 좋습니다. 오늘은 폐기능검사를 받아보는 게 좋을 거 같습니다. 예, 그럼. 폐기능검사 역시 6개월 전에 했던 검사였다. 간호사의 지시대로 숨을 몇 번 길게 내쉬다가 끝났다. 작년보다 더 빨리 끝난 것 같다. 진찰료 19,830원(본인부담금). 3,000원(공단부담금). 검사료 11,076(본인부담금). 7,384원(공단부담금). 환자 부담총액 30,900원.

2021년 3월 8일. 2주 만에 수술 일정이 잡혔다. 3월 10일 코로나 검사와 심장 초음파검사. 3월 11일 16시 이후 입원. 3월 12일 오전 수술 예정. 새 의사를 배정받고 무려 10일이 대기 상태였다. 작년에는 이렇지 않았다.

코로나 검사는 입원 3일 전까지 해야 했다. 병원에서 보낸 안내 문자에 따르면 입원환자의 경우, 관내 보건소의 문자 통보로도 가능했다. 작년에 코로나 검사로 90,000원을 냈다. 이번에는 보건소에서 받고 싶었다. 공짜니까. 그러나 간호사는 문서로 된 결과지가 없으면 무효라고 말했다. 나는 보건소에 문의했다. 그쪽 여직원의 설명은 명쾌했다.

1. 문서는 없고 문자로만 나간다.
2. 이런저런 불만과 항의 때문에 우리도 그 병원에 문의했더니, 보건소의 '문자 통보'만으로 가능하다는 말을 분명히 들었다.
3. 그러나 수술처럼 중요한 일에 만에 하나 차질이 있으면 안 되니까, 그 병원에서 검사받는 게 깔끔하다고 생각한다. 덧붙여 이번에는 보험이 적용되기 때문에 훨씬 쌀 것이다.

나는 쓴웃음이 나왔다. 한 번 초기설정(default settings)은 영원했다. 언제부터인지 우리는 기계를 닮아가고 있었다. 나는 '깔끔'을 선택했다. 진찰료 19,830원(본인부담금). 3,000원(공단부담금). 국민건강보험법 제41조 4에 따른 요양급여 12,293원(본인부담금). 8,195원(공단부담금). 환자부담 총액 32,090원. 코로나 검사를 하는 데 왜 의사 진찰료가 필요한지, 왜 다른 진찰료와 차등이 없는지 모르겠다. 의사와 몇 마디만 해도 기본적으로 진찰료가 부과되는 것일까.

심장 초음파검사는 작년에 없던 검사였다. 초음파 진단료 240,000원(비급여 항목-선택 진료비 외). 탈장 수술에 심장 초음파검사가 왜 필요한지 아무도 나에게 말해주지 않았다. 내가 들은 건 초음파검사가 예약하기 힘든데 어렵게 주선했다고 담당 의사가 말한 게 전부였다. 게다가 가장 비싼 검사료였다.

병원에서 공지한 '환자 안전 안내'에 따르면, 환자는 "이 검사(치료)의 목적은 무엇입니까?"라고 물어볼 권리가 있다. 나는 그 권리를 포기했다. 나도 입력대로 출력하는 움직이는 기계였다.

생명에 기계적인 것이 결합하면 웃음이 발생한다고 베르그송이 말했다. 사람(생명)이 로봇(기계) 흉내를 내면 우리는 웃는다. 의사는 나 같은 경우의 환자들에게 나와 똑같은 검사를 받게 했을 것이다. 나이, 건강 상태, 병력, 가족력, 식습관 등 갖가지 다를 수밖에 없는 개인들에게 똑같은 처방을 내린다면, 생명에 기계적인 것이 결부된 경우이고 웃음이 나와야 한다. 아무도 웃지 않는 이 거대한 웃음 공장에서, 혼잡과 소란의 한복판에서, 나는 허전하고 씁쓸했다.

2021년 3월 10일 오전 8시 30분. 나는 입원환자 코로나 검사실로 갔다. 정문에서 안내하는 두 명의 젊은 남녀는 친절했다. 방호복을 입은 젊은이가 플라스틱 스툴을 내게 가져다주었다. 나는 네 번째였다. 접수를 끝내고 기다렸다. 병원에 오면 기다리는 법을 배우게 된다.

젊은 여의사가 창틀 밖으로 양손을 내밀어 검사했다. 여기 근무하는 의료진들은 우주인 같다. 그 여의사는 말이 없고 동작만 있다. 창틀 앞에는 두 명의 젊은 방호복 전사들이 검사를 도왔다. 그들의 동작은 오차 없는 기계의 정확성을 닮았다. 이번에는 코를 검사하겠습니다. 불편한 느낌이 있더라도 참아주십시오. 그들의 도움으로 비인두 PCR 검사가 끝났다. 끝났습니다. 고생하셨습니다.

나는 속으로 말했다. 고생은 당신들이 하십니다. 나는 문득 깨단했다. 생명에 기계적인 것이 결합할 때, 우리는 감사의 박수를 보낸다.

2021년 3월 11일. 마침내 입원에 성공했다. 1206호. 간단한 짐을 정리하고 환자복으로 갈아입었다. 간호사의 지시에 따라 신장, 몸무게, 혈압, 체온을 측정했다. 체온계는 환자의 준비물이었다. 폴대에 1,000mg의 투명한 수액 용기가 걸리고 굵은 바늘을 통해 수액이 내 몸에 침투하기 시작했다. 굵은 바늘이 내 팔뚝을 비스듬히 찌르면서 들어올 때 아팠다. 그 뻐근함이 기뻤다.

나는 저녁밥을 깨끗이 비웠다. 폴대를 끌고 병실 밖으로 나왔다. 병원의 구조는 낯익었다. 나는 천천히 12개의 병실을 한 바퀴 돌았다. 작년 8월에도 나의 병실은 12층이었다. 똑같은 병동일지도 몰랐다. 달라진 점은 텔레비전이었다. 작년에는 병실마다 텔레비전이 있었다. 우리는 환자 휴게실에 모여 텔레비전을 사이좋게 시청하기도 했었다.

나는 1층으로 내려갔다. 1층 승강기 앞에 입원실을 출입하는 사람들을 통제하고 안내하는 젊은 여직원이 혼자서 허리를 굽힌 채양쪽 종아리를 주무르고 있었다. 한산했다. 나는 편의점에 가서 2,500원과 3,000원짜리 라떼 커피 두 개를 샀다. 병원 편의점에는 1+1이나 2+1이 없다. 나는 그 까닭을 모른다. 편의점 주인도 모른다면서 안타까운 표정을 지었다. 나는 승강기 앞에 있던 그 여직원에게 3,000원짜리를 주었다. 그 여직원은 화들짝 놀라며 받았다.

맘에 안 들면 편의점에서 바꾸라고 알려주었다. 나는 조용한 곳으로 자리를 옮겨 2,500원짜리를 홀짝였다. 밤 12시 이후로는 금식이었다. 물도 마시면 안 되었다.

친구에게 연락이 왔다. 담도암 말기. 암세포가 많이 퍼져서 수술할 수 없다고 했다. 우리는 서로를 격려했다.

인턴으로 보이는 여의사가 와서 나의 이름과 생년월일을 확인하고, 무슨 수술을 받느냐고 물었다. 탈장이라고 말했더니 여의사는 나의 환자복을 걷어 올리고 수술 부위를 표시했다. 자정 무렵 담당 간호사가 와서 혈압과 체온을 잰 다음 정상이라고 말했다. 간호사는 여의사가 했던 수술 부위 표시를 확인한 다음 오전 9시와 11시 사이에 수술할 예정이라고 알려주었다. 간호사의 어투는 또박또박했으나 사무적이지 않았고, 간결하면서도 친절했다.

1206호는 6인실이었고 나까지 여섯 명의 환자가 있었다. 내 건너편의 환자는 아프다고 어린애처럼 울었다. 친구도 저렇게 아플까. 나는 밤새 잠들지 못했다.

* 짓누르는 압박에도 품위를 잃지 않는다.(Grace under Pressure) - 헤밍웨이

39.
병원에서 2

3월 12일 오전 9시 30분.

간호사가 나의 환자복 상의를 벗기고 반대로 입혔다. 오른쪽 팔에만 소매를 걸치고 등 뒤로 단추를 채웠다. 맨살로 드러난 나의 복부가 수줍어했다. 나의 몸은 담요에 뒤덮이고 나는 이송 침대 (stretcher car)로 옮겨졌다. 메신저로 불리는 젊은이가 이송 침대를 어디론가 옮겼다. 작년에는 없던 메신저라는 호칭이 낯설었지만, 나는 그 청년이 희망을 전하는 사람이라고 생각했다.

나는 눈을 감은 채 5층의 의료진에게 나의 이름, 생년월일, 수술 부위를 천천히 또렷하게 말했다. 커튼을 사이에 두고 여자의 울음소리가 들렸다. 삼키지 못해 터져 나오는 신음 같은 울음이었다. 나는 잠시 잠이 들었던 것 같다. 여자의 울음소리는 들리지 않았다. 마취는 언제쯤 하려나. 나는 양손의 엄지로 나머지 손가락들을 짚어보면서 시간을 보냈다. 커튼 젖히는 소리가 들리더니 남자의 목소리가 들렸다. 수술이 무사히 끝났습니다. 고생하셨습니다. 나는 고생한 기억이 없다. 나는 고맙다는 말을 했는데, 내 목소리

같지 않았다. 언제 수술을 했다는 것인지 희한했다. 물을 마셔도 된다는 말을 들었을 때, 나는 1206호의 내 자리에 누워있었다. 나는 잠의 늪에 빠졌다.

저녁에 의사들이 회진했다. 나를 수술한 의사는 나타나지 않았다. 간호사가 혈압과 체온을 확인한 다음 수술 부위를 살펴보는 듯했다. 배에 힘을 주지 말고 심하게 움직이지 말라고 했다. 저녁 식사는 밥이 나온다는 말도 했다. 일어나려고 했으나 배가 땅기고 아팠다. 나는 혼자 힘으로 일어나려고 버둥거렸다. 다행히도 나의 몸은 지난여름을 기억하고 있었다. 나는 지난여름보다 훨씬 수월하게 일어나 앉았다. 배에는 복대가 채워져 있었고 옆구리에 달린 주머니 같은 것이 보였다. 처음 보는 이 주머니가 나를 성가시게 하겠구나.

나는 저녁밥을 싹싹 긁어가며 다 먹었다. 나의 식욕에 놀랐다. 곧바로 누울 수 없어서 앉아서 무료한 시간을 보냈다. 정신이 멍하고 흐릿했지만, 특별히 아픈 데는 없었다.

3월 13일 오전 7시 30분. 아침 식사를 맛있게 하고 화장실에 가서 오줌을 질금질금 흘렸다. 오전 회진에도 나의 의사를 볼 수 없었다. 저녁 회진 때도 그분은 나타나지 않았다.

3월 14일. 내 오른쪽에 대장암 수술받은 사람과 건너편 80세의 어르신이 힘들어했다.

점심을 먹고 머리를 감았다. 거울에 비친 내 얼굴은 뽀얗고 멀끔

했다. 얼굴은 얼이 깃든 골짜기라고 다석(多夕)이 말했는데, 나는 내 얼굴에 자부심을 느꼈다. 내 정신은 고요하고 맑았다. 모처럼 맑은 정신으로 무엇을 하면 좋을까 생각하는데, 도깨비처럼 그분이 불쑥 나타났다. 나는 '어?'했고 그분은 '누워보시죠' 했다. 나는 곱다시 누웠다. 그는 복대를 찌지직 풀더니, 어? 했다.

"배가 왜 이렇게 불렀지? 원래 이랬나요?"

"아뇨. 배 나온 적이 없는데요."

"수술한 데가 터졌나? 터졌으면 꿰매야 하는데."

의사는 태평하게 말하면서 나의 배를 꾹꾹 눌러 보았다.

"아프지는 않은데요."

"터진 거하고 아픈 건 상관없어요."

의사는 '터졌다'는 말을 벌써 두 번째 했다. 의대 정규 과목에 〈환자와 말하는 법〉은 없나보다. 터진 것과 부은 것 사이에서 의사는 오락가락하는 듯했다.

"일단 조영제 없이 CT 촬영을 한번 해보죠. 그리고 식사는 절반만 하세요."

그는 아무 일 없었다는 듯이 휙 떠났다. 새로운 게임을 시작한 느낌이었다. 나는 담담했다. 어떤 식으로 어디까지 갈지 궁금했다. 그런데 왜 밥 반 그릇을 빼앗는 거지? 나는 찜부럭이 났다.

간호사가 나를 휠체어에 앉혔다. 메신저가 나타나 나를 어디론가 능숙하게 전달했다. 6개월 사이에 세 번째 하는 CT 촬영이었다. 조영제를 사용하면 6시간 이상의 금식이 필요하다. 조영제를 사용하고 사용하지 않는 게 어떻게 다른지 궁금하지도 않았다.

검사는 빨리 끝났다. 1206호에 돌아오자마자 간호사가 검사 결과를 알려주었다.

"이상 없대요."

헛웃음이 나왔다. 반 그릇의 밥은 여전히 압류상태였다. 나는 폴대를 조심스럽게 끌고 화장실로 갔다. 입원 후 처음으로 쾌변이 미끄럼을 타듯 흘러내렸다. 만 4일 만이었다. 나는 그 사실을 담당 간호사에게 알렸다.

나는 1206호가 마음에 들었다. 여기서는 싸우는 사람이 없다. 말 많은 사람도, 잘난 척하는 사람도 없다. 무엇보다 서로를 바라보는 눈길이 따스하다. 이만하면 천국이 아닌가. 1206호는 평화를 사랑하는 6인 공화국이었다.

간호사들은 손녀 같고 딸 같고 엄마 같고 때로는 선생님 같다. 그녀들의 언어는 치유의 힘이 있다. 치유의 힘은 환자들이 간호사들을 믿기 때문에 나온다. 여기 간호사들은 '응!'과 '응?'을 예술적으로 사용한다.

"의사 선생님이 몸에 있는 소변을 다 빼라고 했어요."

"보통 아픈 게 아니야. 아야, 아야."

"응? 지금 아무것도 안 했는데. 1분이면 끝나요. 딱 1분. 응! 진짜 이번이 마지막."

응석처럼 갑자기 치고 들어오는 '응?'과 '응!'은 1206호의 평균 나이 74.5세인 우리에게, 면회가 금지된 이곳에 딸이 찾아온 환각을 일으킨다. 간호사는 말하는 직업이다. 말과 마술이 원래 같은 것이었다는 누군가의 말이 떠오른다.

건너편 커튼 안에서 이루어지는 80세의 환자와 젊은 간호사들의 대화는 우습다가도 애잔하다. 커튼이 젖혀지고 보라색과 녹색 유니폼의 두 간호사가 태연히 나온다. 보라색이 후배다. 간호사들의 언니 같고 이모 같은 흰색 유니폼의 조무사가 와서 다시 커튼을 친다.

"아버님, 기저귀 갈아야죠. 뽀송뽀송하고 얼마나 좋아."

조무사는 '옹'을 사용하지 않는다. 조무사는 궂은일의 해결사다. 간호사와 조무사는 좁은 공간을 종종걸음 놓으면서 같은 말 같은 행동을 기계적으로 반복한다. 생명에 기계적인 것이 결합할 때 사랑이 나온다. 힘들고 진부하고 범속한 반복에서 사랑은 탄생한다. 사랑은 자기가 사랑인 줄도 모른다. 그런데 나이 지긋한 숙련된 간호사는 왜 안 보일까. 젊은 의사가 조언을 구할, 엄마 같은 간호사는 어디에 있을까. 최초의 의사가 엄마였다면, 아마도 최후의 의사는 간호사일 것이다.

3월 15일. 오전에 의사들이 회진했다. 그분만 빼고. 생각해보니 그분은 예상치 못한 시간에 혼자 나타났다. 무리를 짓지 않는 표범인가? 점심 무렵 밥상 겸 책상에 턱을 괴고 있을 때 그분이 불쑥 잘생긴 얼굴을 디밀었다.

"누워보시죠."

그는 복대를 확 열어젖히고 여기저기 꾹꾹 눌러보았다.

"내일 퇴원하시면 될 거 같아요. 배액관은 달고 나가셔야 합니다.

다음 주에 배액관을 떼기로 하죠. 간호사가 배액관 관리하는 법을 자세히 알려드릴 겁니다."

의사는 횅하니 사라졌다. 반 그릇의 밥은 끝내 사면받지 못했다. 나는 저녁때 밥 한 그릇을 싹싹 비웠다.

3월 16일. 오전 9시 반. 입원비를 계산하라는 연락이 왔다. 나는 1층으로 내려가 976,680원을 일시불로 카드 결제했다. 고맙다, 아들아. 다시 12층으로 올라와 간호사에게 약을 받았다. 간호사는 배액관 청소하는 법을 알려주었다. 수술 후 체내에 고여있는 분비물과 나쁜 피를 받아내는 주먹 크기의 통이 배액관이다. 나는 1206호 동지들과 작별 인사를 나누고 병실을 나섰다. 나는 이제 환자복을 입은 환자가 아니었다. 아무도 나를 주목하지 않았다. 촘촘한 시선의 그물망에서 벗어난 나는 오른손으로 오른쪽 옆구리의 배액관을 가무리며 뚜벅뚜벅 걸었다.

친구는 어떻게 되었을까. 치료를 버텨야 하는데. 담도암 판정이 나오기 전 나하고 단둘이 말할 때는, 수술을 할 수 없을 정도면, 산으로 들어가겠다고 친구가 말했다. 나도 동의했다. 나는 숲의 치유력을 막연히 믿었다. 숲의 공기에는 120가지의 화합 물질이 섞여 있는데 과학으로 밝혀낸 건 70가지에 불과하다고 한다. 수천만 년 동안 인간이 침범하지 않은 곳에서 나무와 새와 온갖 곤충과 박테리아와 미생물이 어우러져 빚어낸 숲의 정기. 그런 숲에 갈 수야 있으랴만, 그래도 숲의 원형을 간직한 숲이 있으리라 믿고 싶었다.

내가 검색을 통해 알아본 숲속의 요양원은 1인실이 한 달에 650만 원, 3인실이 300~350만 원이었다.

그 친구도 나처럼 1녀 1남 1처였다. 맨해튼에 사는 딸이 울며불며 귀국했다. 가족들의 결정은 항암치료였다. 담도암 말기 환자가 항암치료로 생존할 가능성이 2%니 2.5%니 여러 말이 나돈다. 나는 그런 수치를 믿지 않는다. 죽느냐, 사느냐, 둘 중 하나다. 우리는 항상 죽음을 짊어지고 산다. 그 친구와 나는 오늘 죽느냐, 내일 죽느냐의 차이밖에 없다. 나는 배액관을 떼면 서귀포로 가야 한다. 친구의 투병에 어떻게 동행해야 할지 모르겠다. 이제 우리는 죽음을 마주 보게 되었다. 우선 '웰컴'이라고 말한다. 죽음을 잘 모시고 싶은데 죽음이라는 손님을 어떻게 접대해야 할까. 우리는 그예 '어떻게 죽을 것인가'라는 마지막 숙제를 받았다.

* 사람은 견딜 줄 알아야 한다. 세상에 올 때 그러했던 것 같이, 갈 때도 또한.

Men must endure their going hence, even as their coming here.

‐ 〈리어왕〉에서

차츰차츰

글쓰기

다윈이 자서전을 쓰게 된 계기는 손주 때문이었다.

"할아버지가 자기 정신에 관해 쓴 짧은 글이라도 손주가 읽어볼 수 있다면 얼마나 흥분되겠는가?"

다윈의 말에 공감한다. 나도 손주들에게 이야기를 남겨주고 싶었다. 자서전까지는 아니고, 내 생각과 삶의 작은 조각들을 기록하고 싶은 욕망은 컸다. 처음부터 '완성'이라는 개념은 없었고, 쓸 수 있는 데까지만 써보자고 작정했다. 인간이 자기 이야기를 할 때 거짓말하기 마련이다. 내가 어떤 거짓말을 어떤 식으로 할지 벌써 궁금하다. 거짓말인 줄 모르는 거짓말도 많으리라.

글쓰기가 어렵다는 사실을 새삼 절감했다. 하느님에게 자신의 계획을 말하면 하느님이 웃는다는 말이 떠올랐다. 정말 쓰기가 힘들었다. 무엇보다 명사가 생각나지 않았다. 특히 고유명사가 더했다. 명사 없이 무슨 재주로 글을 쓰나. 생각해 보니 글을 써본 지 10년이 넘었다. 나를 10년 전과 동일시했던 것이 큰 착각이었다. 사실 10년이 어제같을 뿐인데. 나이 일흔이 이런 것인가, 슬펐다.

온리 세븐티 원(only seventy one). 이제 겨우 일흔한 살인데. 소설가 정유정은 "원고를 다시 보고 토할 것 같은 그런 기분이 들면 그만둘 때가 된 거다"라고 말했다. 나는 시작도 안 했으니 그만둘 수도 없었다.

나는 사위에게 큰소리를 뻥뻥 쳤었다. 내가 너의 후손을 위해 걸작을 쓰겠노라. 너의 후손은 내 작품의 인세만 받아도 평생 넉넉하게 살리라. 그러니까 나의 큰소리는 어떻게든 글을 써보겠다는 일종의 자기 최면이었다. 이제 무를 수도 없고 난처하게 되었다.

윌리엄 포크너는 불가능에 도전하다 실패한 것을 'splendid failure'라고 말했다. 멋진 실패라고나 해야 할까. 내 실력으로는 딱 떨어지는 말을 찾지 못하겠다. 포크너는 'splendid failure'를 작가의 역량을 평가하는 기준으로 삼았다. 나는 불가능에 도전하기로 마음을 정했다.

나에게 황홀감을 주는 얼굴이 있다. 웃다가 갑자기 흐느끼는 얼굴. 그런 모습을 보면 나는 아름다움에 질식해서 몸이 굳어버린다. 울다가 돌연히 웃는 모습도 황홀해서 미칠 것만 같다. 나는 그런 모습을 두 번 보았다. 두 번 다 여자였다. 세 번째는 내가 그 주인공이 되고 싶다. 열심히 살면 그럴 때가 꼭 오리라 믿는다.

내가 생각하는 잘 쓴 글의 기준은 간단하다. 독자가 읽으면서 웃고 동시에 울어야 한다. 그러나 이게 얼마나 어려운 일인가. 웃음

차츰차츰

대신 피식해도 좋고, 울음 대신 울컥해도 좋다. 이건 또 쉬운 일이 겠는가. 나의 손주가 내 글을 읽고 '우리 할아버지, 정말 웃겨.' 이 한마디만 해준다면 더 바랄 나위가 없다. 아득한 후손이 '아빠의 아빠의 아빠가 작가였어?' 이렇게만 말해준다면 나는 무덤에서도 벌떡 일어날 것이다. 내가 죽으면 자식들이 화장할 테니까 그런 일 이야 없겠지만.

문제는 쓰긴 썼는데 다음날 읽어보니, 이게 글인가, 이걸 후손더 러 읽으라고 썼나, 쓰라린 열패감에서 벗어날 수가 없었다. 〈객주〉 의 작가 김주영은 자신의 습작 원고지를 옛날 재래식 뒷간의 밑씻 개로 사용한 일이 있었다. 그리도 비정한 자기부정에 나는 숙연해 진다. 카프카는 자신의 원고를 여러 번 불태웠다. 심지어 죽기 직 전, 자신의 모든 원고를 불태우라고 친구인 막스 브로트에게 부탁 했다. 브로트는 친구의 말을 듣지 않았다.

나는 단단히 마음먹고 일주일에 5일, 하루 다섯 시간씩 도서관 에 가서 작업하기로 계획을 세웠다. 집에 책상도 없고 노트북도 없 으니 바른 자세를 위해서도 바람직했다. 그러나 도서관에서 나는 신문을 뒤적이거나 어슬렁거리며 책 구경할 때가 더 많았다. 때로 는 세 송이 매화를 닮았다는 삼매봉의 삼매봉 도서관 식당에서 느 긋하게 밥도 사 먹었다. 함박스테이크가 6,000원인데 맛이 좋아서 다른 음식도 한 번쯤은 먹어봐야 했다. 도서관 식당으로는 미슐랭 쓰리 스타급이었다. 돈도 못 버는 주제에 안 쓸 돈까지 쓰는 사이, 낡은 수도관에서 물이 새듯 시간이 빠져나갔다. 나는 그저 흘러가는 좋은 세월 멍하니 바라보기 일쑤였다. 아, 누가 말했던가. 글은 무엇으로 쓰나? 엉덩이로 쓴다. 책상머리에 엉덩이 깔고 앉아있기가 이리도 힘들단 말인가.

투병 중인 친구에게서 전화가 왔다. 친구는 나에게 책 한 권을 보내주겠다고 말했다. 한동일의 〈라틴어 수업〉. 나는 친구를 번거롭게 하고 싶지 않아서, 도서관에서 확인해 보겠다고 말했다. 마침 그 책이 서귀포 도서관에 있었다. 친구에게 전화했다. 친구가 말했다.

"혹시 뭐 쓰는 거 있니?"

"응. 자식들에게 줄 게 없어서 이야기를 주기로 했어. 뭐, 이것저것, 살아온 이야기도 쓰고."

"좋은 일이다."

"내가 8월 말에 검진받으러 육지에 가는데, 그때까지 다 쓸게. 내 글을 네가 읽어준다면 좋겠다."

"그래, 좋다. 건필을 바란다."

나는 친구에게 뭘 쓰겠다고 말한 적이 없었다. 친구는 뭔가 집히는 게 있었는지 쓰는 게 있느냐고 물었고, 나는 쓴다고, 8월 말까지 쓰겠다고, 마법에 홀린 듯이 말해버렸다. 이제 발등에 불이 떨어졌다. 무조건 써야 한다. 투병 중인 친구와의 약속인데 그 약속을 어찌 저버린단 말인가. 적어도 A4 100장 이상은 써야겠다. 나는 초고를 노트에 연필로 쓴다. 그다음 볼펜 색을 바꿔가며 고친다. 그래야 초고가 어떻게 바뀌었는지 그 과정을 확인할 수 있다.

차츰차츰

고치다 보면 결국 처음 쓴 대로 되돌아오기도 하지만, 어쨌든 나는 그런 원시적인 작업이 편하다. 나는 시대에 뒤진 사람이다.

워드 작업만 최소 20일 예상한다. 비가 오거나 바람이 심하게 불거나 섭씨 30도가 넘으면 도서관에 안 간다. 아무리 바빠도 지킬 건 지킨다. 나도 내 몸의 눈치를 봐야 하니까. 이제 석 달 남았다. 실제 쓸 수 있는 시간은 두 달 정도다. 잇달아 워드 작업을 하면 몸에 무리가 올까 봐, 얼추 완성된 초고를 미리 두들겨보았다. 나는 독수리 타법은 아니다. 나이 50에 잠자던 근육을 총동원해가며 한컴 타자 연습 프로그램을 이용해 한타에 영타까지 눈물겹게 배웠다. 자판을 세 시간 두드렸더니 손가락에 쥐가 났다. 도대체 나는 왜 어느 한구석 성한 데가 없을까.

내가 사는 원룸에서 서귀포 도서관까지 빠른 걸음으로 1,200보, 20분 거리고, 삼매봉 도서관까지는 1,800보, 30분 거리다. 내가 도서관을 고집하는 이유는 그나마 걸을 기회가 생기기 때문이다. 무엇보다 도서관은 시원하다. 특히 삼매봉 도서관은 아침부터 냉방을 틀어준다. 코로나 방역 2단계로 격상되면 서귀포 도서관은 문을 닫는다. 벌써 두 번이나 문을 닫았다가 다시 열었다. 다행히 삼매봉 도서관은 2단계에도 문을 연다. 그러나 방역 4단계로 올라갈지 누가 알랴. 도서관 이용에 관한 정보는 언론에 보도되지 않는다. 불만이 많지만, 일 년에 주민세 5,500원, 적십자 회비 10,000원만 내기 때문에 내가 참는다.

친구야, 〈라틴어 수업〉에 이런 말이 있더라.

"시 발레스 베네 발레오. (Si vales bene, valeo.)

당신이 잘 있으면 나도 잘 있습니다."

평생의 벗이여, 우리는 지금 새로운 시작을 하는 거야. 새로운 잎새를 만드는 거야. 그대가 평안하면 나도 평안하다. 기다려 줄 수 있겠지.

그 친구는 맨해튼에 한 번 가자고, 간 김에 캐나다까지 갔다 오자고 나에게 여러 번 말했었다. 친구와 맨해튼에 갈 약속을 정말 해봤으면 좋겠다. 그 옛날 종로의 어떤 아가씨가 별 볼 일 없는 친구의 별 볼 일 없는 친구와 결혼했으니, 그 친구는 결과적으로 내 결혼을 중매한 셈이었다.

내가 시골에 있을 때, 내 막내 여동생의 대학 졸업식에서 사진을 찍어 준 사람도 그 친구였다. 그 친구와 나의 관계를 글로 쓰자면 책 한 권이 부족하다. 나는 지금 그 친구가 나의 장례식에 참석해 주기를 기대한다. 돌이켜보면 나는 항상 이기적이었다. 아무리 부족한 글이라도 친구는 나의 글을 끝까지 읽어 줄 것이다.

힘내라, 친구야.

* 죽어가는 하루살이가 거북보다 더 장수를 누릴 수도 있다. Perhaps the perishing ephemeron enjoys a longer life than the tortoise.
  - 영국의 낭만파 시인 셸리(Shelley)

차츰차츰

41.
차츰차츰

〈아픔을 배우며〉

검지를 내밀면 너의 다섯 손가락이 꼬옥 움켜준다고 네 엄마는 말했지

너를 처음 만나 네 앞에 두근두근 내 검지 내밀었을 때 너는 야멸치게 내 손을 탁! 쳐냈지 엄마 뱃속에서 움직일 줄 모르는 너를, 양수가 너무 많아 그렇다고, 별일 아니라고, 동네 의사가 말했지 '선천성 근긴장 디스트로피'의 가장 흔한 증상을 의사는 몰랐구나

이제는 좀 컸다고 울지도 않고 우는 척하지도 않고 의사의 손길을 무심히 툭 쳐내는데 의사가 껄껄 웃으면, 살포시 바라보다가 씩 웃는다고 네 엄마가 말했지

엄마 뱃속에서, 천이백 그램의 핏덩이로 인큐베이터에서, 수술실에서, 응급실에서, 그리고 다시 수술실에서 밤새껏 낮새껏 무서움 익히며, 눈물에도 서열이 있다면 가장 가녀린 울음 어둠에 묻으며 너는 알았구나, 네가 너를 지켜야 한다는 아픔을. 육백일흔 날 들숨 날숨 이어가며 그 거부의 몸짓으로 그예 인공호흡기마저 밀쳐낸,

보고파라 탁, 치는 거부의 몸짓

혹시 나에게도 씩 웃어줄까 수줍은 내 검지

살그래 내밀어 본다 다시 한번 너에게

〈말 없는 발〉

내 앞에 앉은 여자가 식탁 아래 내 발에

자기 발바닥을 가만히 올려놓습니다

지인들이 많고 떠들썩한 술자리입니다

모든 여인에게 친절했던 마네처럼

나는 얌전히 여인의 발을 느낍니다.

수수만년 전에도 이와 똑같은 일이 있었다는

생각이 문득 들었습니다

어떤 외로움이 내 가슴을 적십니다

구두 신은 내 발등에 올려진 그이의 발

심알을 맺지 못한 어긋남이 그리움이라고

발 없는 말이 도란거립니다

서귀포 도서관에서 현택훈 시인의 시 창작 강의를 들었다. 시 쓰는 과제가 있어서 처음으로 시라는 걸 두 편 써 보았다. 2021년 5월의 일이다.

〈아픔을 배우며〉는 외손녀 김하린을 생각하며 썼다. 하린이가 내 손을 탁, 칠 때 나는 기뻤다. 판단이 시원하게 빠르구나. 신속한

차츰차츰

반응도 가능하구나. 애달픈 정성으로 비손하며 하린의 앞날을 응원한다.

<말 없는 발>의 '심알'은 겨레말인데 마음의 알맹이라는 뜻이다. '심알을 잇다', '심알을 맺다'는 속마음을 서로 연결한다는 뜻이다. 옛사람들이 사랑한다는 말을 에둘러 나타낼 때도 사용했으리라 짐작한다.

지금까지 41개의 조각 글을 썼다. 남겨질 아이들을 독자로 생각했기 때문에 조각 글이 오히려 효과적이라는 생각을 했다.

자제하려고 애썼지만 설명하는 글이 많이 들어갔다. 아마도 나는, 내 글을 읽는 손주들에게 뭔가를 가르쳐 주고 싶었던 모양이다. 뭔가 가르치겠다는 것은 내가 싫어하는 일인데, 정말 싫어하는 짓을 하고 말았다. 내 한계다. 쓰고 나니, 나만이 할 수 있는 또는 나니까 할 수 있는 나만의 목소리가 부족하다는 부끄러움에 젖는다.

라이브 무대에서 연주자가 객석을 외면하고 악기나 바닥만 바라보고 연주하는 것을 슈 게이징(shoe gazing)이라고 한다. 마치 신발을 쳐다보는 것 같다고 해서 붙여진 이름이다. 그런 연주자도 처음에는 관객과 호응하고 싶지 않았을까. 그러다가 어느 순간 관객을 의식하지 않는 게 더 자연스럽다고 느꼈을지 모른다. 나는 슈 게이징이라는 말을 좋아한다. 슈 게이징의 태도로 지금까지 글을 썼다. 그냥 쓰고 싶은 대로 썼지만, 살아있는 사람을 배려하려고 노력했다. 처음에는 배려한다는 게 사실은 눈치 보는 거라고 생각했다.

그러나 그게 아니었다. 쓰다 보니 '배려'는, 배려의 정신이 없었다면 영원히 알지 못했을 숨겨진 진실을 찾아가는 비밀의 통로였다.

쓰고 싶었지만 쓰지 못한 게 훨씬 많다. 아쉬움이 많지만 후회하지 않는다. 잡탕 같은 이런 글쓰기는 이번으로 끝이다.

살아있는 한 새로운 실패에는 계속 도전할 것이다. 살려면 뭐든 해야 하지 않겠는가. 타이타닉호의 악단은 탈출하지 못한 승객들을 위해 끝까지 연주했다. 마지막 곡은 〈Nearer, My God, to Thee(내 주를 가까이하게 함은)〉.

내 안의 신을 발견할 때, 인간은 비로소 자유롭고 숭고하다.

제주도가 방역 4단계인데도 도서관이 문을 연다. 얼씨구절씨구. 이 여름 무더위는 기세등등했다. 여기까지 쓸 수 있도록 나를 이끌어준 하린과 수필가인 나의 아픈 친구 이용섭(李龍燮) 형에게 뜨거운 마음을 전한다. 아울러 내가 하는 일에 초연한 무관심을 보여준 가족에게도 감사한다.

인생의 숨 막히는 순간에 예고 없이 찾아오는 사람을 나는 은인이라고 부른다. 제주도에서 만나 친구처럼 지내는 허 선생이 서귀포 도서관으로 나를 만나러 왔다. 모처럼 한가롭게 회포를 풀다가, 내 원고의 교정을 봐주기로 했다. 그는 국어 선생으로 정년퇴직했다. 출판까지 알아보겠다고, 아무 일도 아니라는 듯이 덤덤하게 말했다. 돼지고기, 해물, 묵은지의 삼합 요리도 대접받았다. 맛이 근사했다. 운명적인 인연이 소중하게 가꾸어져 간다.

앞으로 나에게 어떤 '오늘'이 허락될지 모르겠으나 오늘은 이렇게 여기까지다.

이제 나는 내가 쓴 글을 떠나고 내 글도 나를 떠난다. 이렇게 나는 나의 과거를 정리하고 나에게 버림받았던 나를 위로하며 어제의 나와 작별한다.

모두 평안하기를.

* 나는 나를 이해할 수 있는 사람들을 위해 글을 썼다. 나에게는 한 사람이 10만 명의 가치가 있고, 군중은 아무런 쓸모가 없다. - 헤라클레이토스

42.
영원한 미소

지금 아무도 없는데 잠시 올 수 있냐고 친구가 문자를 보냈다. 나는 친구의 집으로 갔다. 17층 아파트에서 내려다본 거리의 풍경은 졸음에 잠긴 듯 한산했다. 친구는 엉거주춤한 자세로 서성거렸다. 야위어서, 앉으면 뼈가 닿는 게 아파서, 앉지 못하는 친구는 나에게 자리를 권했다. 친구의 숨은 고르지 않았지만, 목소리에는 희미한 기쁨이 어렸다.

오늘 밤 아니면 내일일 거야. 틀림없어. 내 예감이 그래.

친구는 스스로 사망 예정일을 말하면서 기쁜 듯했다. 친구는 내가 먹을 간식거리를 내왔다. 만류해도 듣지 않았다. 처음 보는 작은 병의 외국산 맥주 두 병도 냉장고에서 꺼냈다. 내가 아니면 먹을 사람이 없다는 눈치였다. 나는 친손자가 잘 있냐고 물었다.

그럼. 음, 보통 놈이 아니야.

친구의 얼굴에 갑자기 화색이 돌았다. 그리고 언젠가 들었던 이야기를 반복했다. 자기보다 큰 사촌들을 텃세하듯 자리에서 밀어내고 소파를 독차지했다던 그 이야기. 나는 맞장구를 치다가 화제를

차츰차츰

바꾸었다.

아이스크림 먹을래? 그때 그 아이스크림 말이야.

좋지.

하지를 지난 따스한 오후 햇빛을 받으며 나는 한 블록 건너 아이스크림 집에 가서, 무심한 기계를 이리저리 두드리다가 무사히 주문을 끝냈다. 우리는 서로 알았다. 오늘이 마지막이야. 살아서는 마지막이라고. 슬프지는 않았다. 아이스크림 하나로 이별 파티를 한다는 생각도 없었다. 그저 먹먹할 뿐이었다.

친구는 아이스크림을 어린애처럼 맛있게 먹었다. 의외였다. 좀 더 사 올까. 아니야, 딱 좋아. 친구는 나에게도 함께 먹기를 권했다. 나는 먹고 남은 쓰레기들을 잘 정리했다. 친구는 집안의 쓰레기통에 버리면 된다고, 그러면 아무 흔적도 없다고 말했다. 빈 맥주병만 나가면서 분리 쓰레기통에 버리기로 했다. 친구는 어떤 흔적도 남기려 하지 않았다. 깨끗이, 조용히 죽음을 맞이하려는 친구를 나는 어떻게든 돕고 싶었다. 친구는 괜히 오라 가라 해서 미안하다고 말했다. 친구는 딸이 미국에서 보내준 사탕 모양의 코코아 초콜릿을 두세 움큼 비닐백에 싸주었다. 필요한 책이 있으면 가져가라는 말도 했다. 그러더니 어서 가라고 등을 떠밀다시피 했다. 내가 온 지 두 시간 가까이 지나고 있었다.

60년 이상을 함께 한 친구였다. 그 오랜 세월 우리를 결속시켰던 그 힘이 무엇인지 나는 궁금했다. 단순히 우정이란 말로는 설명이 안 되었다. 나는 친구에게 말했다.

자네 덕에 시간의 소중함을 새삼 알게 되었네. 덧없는 한순간이,

사라져가는 순간순간이 다 아름답다는 느낌이 드네. 정말 고마워.

나는 친구와 헤어지는 마지막 순간에 고맙다고 말했다. 나도 모르게 나온 말이었다.

친구는 5만 원 지폐 두 장을 내 주머니에 찔러주며, 가다가 맛난 거 사 먹으라며, 같이 먹으면 좋을 텐데 서운하다며.

2022년 4월 친구 생일에 다른 친구들과 함께 강화도에 가기로 했는데, 약속한 날이 오기도 전에 친구는 다시 입원했다. 그래도 우리는 병원에 가서 친구가 원하는 떡 케이크를 놓고 촛불도 켜고 생일 파티를 했다. 면회가 금지된 병원에서. 대기업 임원 출신의 친구와 나는 눈치가 보여 안절부절 어쩔줄 몰랐는데, 기자 출신의 친구는 지나가는 의사에게 사진을 찍어달라는 부탁까지 했다. 친구는 너무 힘이 난다고, 다음 주에 신포시장에 가서 민어회를 먹자고, 그러지 말라고, 우리가 너 있는 곳으로 오겠다고, 제발 참으라고.

내가 승강기를 기다리는 동안 친구는 문에 비스듬히 몸을 기댄 채 나를 향해 빙긋이 웃었다. 나는 들어가라고 손짓했다. 친구도 잘 가라고 손짓했다. 여전히 소리 없이 얼굴 가득히 웃음꽃을 피우면서.

승강기 문이 서서히 닫히면서, 친구의 미소가 문 틈새로 봉인될 때, 나 홀로인 승강기 안에서 나는 소리 없이 울었다.